编委会

主　　编：曾一果

副主编：王玉玮　施　畅

编　　委：林如鹏　范以锦　杨兴锋　支庭荣

　　　　　刘　涛　张晋升　杨先顺　曾一果

　　　　　郑　亮　罗　昕　林仲轩　申启武

　　　　　张建敏　王玉玮　施　畅

MPR 出版物链码使用说明

  本书中凡文字下方带有链码图标"＝＝"的地方，均可通过"泛媒关联"App 的扫码功能或"泛媒阅读"App 的"扫一扫"功能，获得对应的多媒体内容。

  您可以通过扫描下方的二维码下载"泛媒关联"App、"泛媒阅读"App。

"泛媒关联"App 链码扫描操作步骤：

1. 打开"泛媒关联"App；

2. 将扫码框对准书中的链码扫描，即可播放多媒体内容。

"泛媒阅读"App 链码扫描操作步骤：

1. 打开"泛媒阅读"App；

2. 打开"扫一扫"功能；

3. 扫描书中的链码，即可播放多媒体内容。

扫码体验：

暨南大学
影像工作坊丛书

毕业影像
创作与实践

主　编　曾一果
副主编　王玉玮　施　畅

Graduation Image Creation and Practice

暨南大学出版社
JINAN UNIVERSITY PRESS

中国·广州

图书在版编目（CIP）数据

毕业影像创作与实践 / 曾一果主编；王玉玮，施畅副主编. —广州：暨南大学出版社，2023.11
（影像工作坊丛书）
ISBN 978 - 7 - 5668 - 3783 - 7

Ⅰ．①毕⋯　Ⅱ．①曾⋯　②王⋯　③施⋯　Ⅲ．①电影文学剧本—作品集—中国—当代②电视文学剧本—作品集—中国—当代　Ⅳ．① I235

中国国家版本馆 CIP 数据核字（2023）第 188512 号

毕业影像创作与实践
BIYE YINGXIANG CHUANGZUO YU SHIJIAN
主　编：曾一果　副主编：王玉玮　施　畅

出 版 人：阳　翼
策划编辑：武艳飞
责任编辑：黄　斯
责任校对：苏　洁　黄子聪　林玉翠
责任印制：周一丹　郑玉婷

出版发行：暨南大学出版社（511443）
电　　话：总编室（8620）37332601
　　　　　营销部（8620）37332680　37332681　37332682　37332683
传　　真：（8620）37332660（办公室）　37332684（营销部）
网　　址：http：//www.jnupress.com
排　　版：广州尚文数码科技有限公司
印　　刷：深圳市新联美术印刷有限公司
开　　本：787mm×960mm　1/16
印　　张：17
字　　数：330 千
版　　次：2023 年 11 月第 1 版
印　　次：2023 年 11 月第 1 次
定　　价：98.00 元

序　言

　　暨南大学新闻与传播学院不仅重视学生专业基础的培养，也很重视对学生专业能力和创作实践方面的训练。有不少研究生和本科生就是在老师们的精心指导下，创作了许多优秀的作品。我们在这里所编选的《同在红旗下——纪念澳门回归二十周年》《翻过那座山》《草原英雄》《和田少年足球梦》等二十二部作品，便集中了近两年来暨南大学广播电视艺术专业研究生和部分本科生的优秀毕业作品。为了更完整地呈现出作品的样态，我们保留了作品的创作文稿（脚本）、故事梗概、创作阐释和推荐语。

　　这些作品既有反映家国情怀的大叙事和大主题，如《同在红旗下——纪念澳门回归二十周年》《风雨侨批　见党百年》《翻过那座山》等，也有讲述普通人乃至残障人士梦想、情感和生命故事的微观作品，如《奔跑的 Vlogger》《舟几口》《自由的轮椅》等。无论是大题材，还是小故事，每一部作品都很有特色，显示了创作者的用心和努力。例如《风雨侨批　见党百年》的创作团队花费不少功夫查阅大量有关侨批的文献和影像资料，并采访相关专家学者，为作品的最终呈现打下了扎实的基础，使作品具有了历史厚重感。《翻过那座山》是一部值得观看的纪录片，该作品曾获得第十届"光影纪年——中国纪录片学院奖"最佳大学生纪录片奖、第七届大学生国际纪录片节中国故事特别推荐优秀纪录片提名奖等重要奖项。该纪录片以扶贫工作为题材，讲述了一名

"90后"大学生陈好到山区基层参加扶贫工作的感人故事。在创作手法和后期制作方面，推荐老师给予很高评价，认为该作品创作团队"在前期拍摄中能够有意识捕捉、跟踪重要事件，挖掘生活中的冲突与困境，后期制作中，在忠于事实基础上善于运用对比式剪辑突出戏剧性，画面镜头不落窠臼，音乐具有明显的民族特色，情绪渲染恰到好处，充分说明参与创作的三位同学具有良好的团队合作能力、较高的影视艺术修养以及足够的创作激情"。这部作品的题目颇有象征意味，"翻过那座山"，所要翻越的不仅是生活中的大山，也是贫穷和限制发展的那座大山。翻越了那座山，走向的是幸福美好的未来生活。"她们和我们一样，是这片土地的孩子。"《爱的三重奏》以平等的视角聚焦了三个中非混血女孩，讲述了她们的成长故事，让人对全球化时代下中国这类家庭的孩子有了特别的关注。《天堂口的守门人》是一部人物纪录片，片长虽然只有17分钟左右，但拍摄难度非常大，因为该作品记录的是从事殡葬行业的入殓师刘子维、肖晨露夫妻的职业生活，这样的选题对于一个研究生来说是非常了不起的。对于许多人来说，殡葬行业直接与死亡打交道，给人带来的感觉是恐怖和不祥，选择殡葬行业作为拍摄对象是需要"大心脏"的。《天堂口的守门人》的创作者不但坚定地选择了这个题材，还用长达一年多的时间跟拍入殓师刘子维、肖晨露夫妻，其行动实在令人敬佩。而通过这部片子，我们相信世人对入殓师职业会有一个全新的认识。恰如推荐者所言："《天堂口的守门人》，将死亡诠释得自然美丽，也让这份职业更直接真实地呈现在大众面前，这是一部能让人思考的、有温度的纪录片。"纪录片《白眉》也是一部很用心思的作品，为了拍好这部讲述法国人刘奔到佛山学习"白眉拳"然后回巴黎开武馆的故事的纪录片，导演用了五年的时间跟拍，还自费跑到法国进行拍摄。《和田少年足球梦》拍摄时间虽然短，但选题具有很高的现实价值，该片通过讲述一群新疆少年在足球教练李明杰的带领下追求中国足球梦想的故事，真实地反映了新疆地区青少年的现实生活状况，新疆少年们自由快乐地为了梦想而奔跑，不仅感染了许多观众，而且也很有说服力地驳斥了一些西方国家对新疆社会的污名化报道。正因为如此，《和田少年足球梦》得到了中央电视台、新华社等主流媒体的转载和报道，还被国务院外交部发言人华春莹在推特上转发并点赞。

"东渐于海，西被于流沙，朔南暨，声教讫于四海"，暨南大学是一所著名的侨校，担负着将中华优秀文化传播到五洲四海的使命，每年也培养和招收大量的港澳台生及海外华侨华人子弟，在海内外具有广泛的影响。而我们这次所选编的作品有不少具有浓郁的"暨南味"——选题和内容与港澳台及海外华侨华人等相关。例如我们前面提到的《风雨侨批 见党百年》就是关于华侨华人的故事，通过挖掘大量侨批，讲述潮汕侨胞对家乡和对祖国的牵挂、眷念和乡愁。"有海水的地方就有华人，有华人的地方就有华文"，纪录片《华文》也以生动的个案故事讲述了华人在海外为中华文化的延续与传播所做的努力和贡献。《同在红旗下》以澳门回归20周年为背景，讲述了来自河南、香港、澳门和台湾的国旗仪仗队队员一起训练和升国旗的故事，尽管性格各异、出生环境不同，但通过升旗仪式我们可以发现，四地青年对祖国都拥有强烈的认同感和归属感。《留在中国》《爱的三重奏》《白眉》等都是讲述改革开放以来中外文化交流和碰撞过程中所发生的故事——既有中国经济的快速腾飞给他们带来发展机遇的故事，也有因仰慕中国文化来中国学习白眉拳的故事，以及跨国婚姻引发的家庭教育问题，等等。

值得注意的是，我们所选编的这些作品显示了今天年轻一代学子对国家发展和社会进步的强烈责任感，他们的作品充满了对家园、社会和生命的关爱之情。《玉米疯长》《爱的三重奏》《天堂口的守门人》《奔跑的 Vlogger》《天光墟》《自由的轮椅》对社会的边缘群体给予了充分的关注，并以平等的视角思考他们在高速发展的现代性社会中的生存境遇。纪录片《乐园》还将镜头对准了繁华城市中的流浪动物，书写它们在喧嚣都市里的艰难生存状况，通过动物的视角，《乐园》也深刻反省了人类的某些不文明行为。

最后需要说明的是，我们这次选编的目的，一方面是为了向读者汇报暨南大学新闻与传播学院近年来学生的毕业创作成果；一方面也是想通过这样的毕业成果汇报，为后来学生的创作提供一些具有借鉴意义和参考价值的创作案例。不过，限于篇幅，本书只选编了部分学生的优秀毕业作品，它们体现的是暨南大学优秀学子对当代中国社会某些方面的深入观察和思考。当然，尽管这些作品的创作者都下了不少苦功，但由于许多作品是初次创作，创作经验不足和拍摄器材限制等，不少作品在题材选择、内容呈现和镜头语言表达等方面还存在许多不足，有的作品甚至可以用"稚嫩"二字来形容。但我们依然相信并认为，这样的创作尝试是很有益的。

曾一果

2022 年 12 月

目 录
CONTENTS

留在中国

（纪录片）

扫码观看

🎞 作品信息

1. 故事梗概

2018年12月，来自非洲（苏丹）的主人公白雪在广东外语外贸大学顺利毕业。而此时的苏丹，因海关税率上升、面包价格上涨、燃气燃料短缺、生活必需品物价持续飞涨等多种原因，多地爆发大规模的民众抗议示威活动。相比之下，中国和平安定，百姓丰衣足食。于是在毕业之际，白雪毅然决定独自留在中国工作、定居，希望在中国追求自我价值的实现。在白雪看来，她拥有汉语国际教育硕士学历，HSK（汉语水平考试）六级，十分擅长与人交流，可以说满足在中国生活的基本要求。为了留在中国，白雪不断地投递简历、参加面试，争取在两个多月后留学签证到期前被中国公司录用。正当她对未来充满美好期待之时，一系列的困难接踵而至。面对不同的种族和文化，她会遇到什么难题，能否迎来生活的转机？

2. 作品截图/海报

3. 创作人员分工

导演：陈嘉玲

摄像：罗致凯、陈嘉玲、许森楠、王丽思、彭少坤、李泽宇

剪辑：陈嘉玲、刘冰冰

标题与海报设计：黄心怡

翻译：陈嘉岚、陈嘉君

字幕与配乐：陈嘉玲

推荐语

当前，随着全球化的深入发展，全球不同文化和族群的融合日益加深，中国的发展也给全球不同国家提供了机遇，吸引着世界的目光，"一带一路"合作稳步推进和中非贸易的日益兴盛让来华学习的非洲留学生人数持续增加。作为东南沿海多元化、国际化和开放性的重要节点城市，广州吸引了大量不同肤色、语言与文化的人群前来发展，在这些人群中，非洲人涌入广州是一个重要现象。

导演陈嘉玲敏锐地意识到这里有许多值得记录和讲述的故事，于是她立足广州，以非洲来华留学生群体作为关注的对象，通过"留在中国"这一主题来反映非洲来华留学生的种种故事，题材选取具有重大的社会现实意义。

纪录片《留在中国》讲述新时代和中国高速发展语境下非洲留学生在华生活的真实状况。导演选择苏丹女生白雪作为拍摄对象，跟踪拍摄她在研究生毕业后尝试留在中国发展，寻求工作的整个过程。白雪是众多非洲国家在华留学生的一个缩影，人物的选择具有典型性。故事的矛盾张力在于，在不同的文化背景下，主人公能否顺利找到工作，能否顺利办理工作签证，看似平淡的生活情节背后暗流涌动，平铺直叙的日常故事中隐藏着不同民族交往中的跨文化冲突，导演对人与人、人与环境、人与时代的关系碰撞、调适和应对的探讨。

就作品的创作而言，导演记录了毕业典礼、求职找工作等典型事件，也拍下了主人公的日常生活场景。导演十分注意处理与被拍摄者的关系，从被拍摄者身上获得了非常丰富的故事信息，捕捉到一些有意义的精彩细节和隐喻的画面。在镜头表现方面，人物挖掘深刻，情感表达丰富。导演的跟踪拍摄时间长达半年之久，前期拍摄次数和拍摄体量相对较大，这一点值得肯定。在剪辑方面，全片主线结构清晰明了，循着主人公数次求职的经历渐次展开，中间穿插必要的情绪性段落与表达，整体上叙事连贯且相对紧凑，主题表达明确，是一部值得观看的纪录片。

（推荐者：王玉玮）

作品阐释

1．选题背景

非洲是我国"一带一路"沿线国际合作不可或缺的重要组成部分。习近平总书记提出，"中国是世界上最大的发展中国家，非洲是发展中国家最集中的大陆，中非早已结成休戚与共的命运共同体"。面对中国的对外开放和经济快速发展，世界范围内的人口流动加速。越来越多的非洲学生选择到中国学习。据统计，2018 年中国有 81 562 名非洲留学生。中国成为继法国后，非洲学生倾向选择的第二大留学目的国。

作为在华非洲人社群的第二大群体，留学生们一旦来到中国并开始生活，他们便会通过与同学的交谈、与官员和普通中国人的交往、学术讨论及社交活动等方式展开交流。这不但发挥了中非文化沟通乃至深化中非关系的桥梁作用，而且扩大了中华文化的影响力，提升了中国在非洲地区的国家形象。

然而，对于非洲留学生来说，跨文化交往、生活习惯和肤色引发的一些问题也日益突出。在网络上，出现了一些针对非洲群体的负面言论。一方面，非洲群体长期聚居带来的社会问题，让不少民众怨言不断；另一方面，偏见反过来也会直接影响他们在中国的学习效率与生活质量。这给他们在华适应过程带来阻碍的同时，也影响着他们对中国的认知。长此以往，会给中非双方的民间交流带来一定的挑战。

全球化趋势势不可挡，我们也比任何时候都有更多的机会面对多元文化。面对全球化，我们尝试拍摄一部关于非洲留学生在华求职的纪录片，展现非洲留学生平凡、真实的生活，这对加强不同国家民众之间的文化沟通与交流，减少文化冲突和偏见，促进文明互鉴有很大的帮助。

2．创作理念与思路

在强调国际交流的当下，留学生群体无疑是社会关注的焦点。非洲留学生生活在中国的时间较长，是受跨文化交际、传播、影响最直接和最深入的群体之一。非洲留学生有其非洲文化特性，在中国文化的对比下，其性格、语言、文化、宗教信仰、生活习惯、行为模式等方面必然会经历冲击与融合。

《留在中国》聚焦"地球村"背景下的平凡人物，以纪实的手法对一位非洲留学生进行重点跟踪拍摄和深度访谈，真实呈现她在华求职中遇到的问题、困惑以及反思与解决过程。通过日常叙事展示她的生活态度和价值追求，以期能让人们对非洲留学生有更具体、更全面的了解，尽量减少文化冲突和偏见，达到相互尊重和理解。

此外,《留在中国》还考量影响他们毕业后留华的因素。例如,他们是否能与中国人和谐相处?是否有好的措施便于非洲留学生向中国社会介绍他们自身的文化?是否有适宜他们生活的条件?是否有好的政策鼓励他们就业?通过关注跨民族交际中个人与周围文化、环境、制度的关系,使影像更具在地性、接近性和时代性。

3. 人物形象

主人公白雪是一名来自苏丹的在穗"90后"留学生,她信奉伊斯兰教,需要戴头巾、每日做五次礼拜。她语言学习能力较强,会讲阿拉伯语、英语、汉语三种语言。面对新的社会环境,白雪通过观察和模仿,积极认真地学习新的社会规范和交往技巧,主动融入,以解决、摆脱已经或将要面临的困境。例如,她会跟路上的陌生人热情打招呼,会主动与面试官行握手礼等。来华留学两年多,白雪对当地的语言、风俗、食物、消费方式等逐渐接受和感到满意,可以说对生活环境基本适应。然而,白雪的内心依然有着许多焦虑和担忧。例如面对苏丹战乱,她坐立不安;多次求职失利,她情绪低落。

事实上,白雪愿意花更多时间与非洲朋友在一起,她更倾向于跟与自己有相似或相同文化、价值观和行为倾向的个体交往,尤其是情感体验上会更加愿意和同胞倾诉。例如,白雪积极参与苏丹在广州的同乡会活动;义务教授师弟师妹学习中文;遇到不顺利的事情更多的是向同种族的朋友抱怨、求助,等等。

4. 创作特色

纪录片《留在中国》所关注的话题具有生命力强、内容丰富、社会意义重大的特征。自"一带一路"倡议和"人类命运共同体"价值观提出以来,中国与世界各国的交往日益密切,来华留学生逐年增加。至今,中国已经和50多个非洲国家开展了以留学生教育为代表的多层次、多领域、多形式的教育交流与合作。在这种大环境下,关于留学生个体的心理问题、融合问题、就业问题等一系列呈现是该片的看点。

该片从"他者"视角展开,独特新颖。对中国而言,外国人便是"他者",而当"他者"进入中国题材的纪录片视域,能为中国纪录片题材带来新鲜的血液。此外,跟踪非洲留学生毕业后留华境遇是以往拍摄题材中较少涉及的,非洲来华留学生的逐日增多,会使其无可避免地受到更多的关注,让更多人想要了解非洲留学生在华的生活和他们的心路历程,但由于种种因素人们没有办法深入了解。因此,该片具有较高的观看价值,既能客观走进非洲留学生的内心和生活,也在一定程度上呈现了真实的中国形象。

📽 文稿

【字幕】中国广州　2018 年 12 月

"茉莉花，好一朵茉莉花，满园花儿开……"

【字幕】白雪（苏丹共和国）
　　　　广东外语外贸大学
　　　　汉语国际教育硕士

"是不是我头有点大？戴不进去。好了，就是这样的，哈哈哈哈哈哈。"

"你好，毕业啦，哈哈哈！"
"毕业啦？恭喜呀！"
"谢谢。"

【现场声】汉语国际教育硕士，高明，埃及。汉语国际教育硕士，白雪，苏丹。汉语国际教育硕士，小花，喀麦隆。

"今天我非常非常开心能够毕业，而且就是跟我们校长合影拍照，握着他的手，然后说，谢谢你给我们这个很没办法描述的时刻，真的让我很感动很开心。"

【字幕】2018 年秋季毕业后，为了留在中国发展，白雪开启了一段为期两个多月的找工作之旅。她需要在 2019 年 2 月 11 日前顺利获得工作签证，否则只能离开中国。

【字幕】"我希望留在中国工作，然后，开始自己的生活。"
　　　　　　　　　　　　　　　　　　　　——白雪

【出片名】留在中国

"早上好，老板娘。"

"Hi，早上好，要打印。"
"那边自己来。"
"好，要 50 份。"

"其实我有点紧张，不过没问题，我能做到的东西、能准备到的东西都已经准备好了。我觉得自己今天能够得到一份很好的工作，要自信。"

【画外音】尊老爱幼是中华民族的传统美德，请为有需要的乘客让座，谢谢。上车的乘客请往后面靠。

"加油，白雪。"

【字幕】2018 年 12 月 22 日　第一次面试

"我觉得自己能够很顺利，因为上大学的时候，我很刻苦学习，就是我参加过很多次的比赛，很多次有上台表演。"

"这里好像（可以）。你们好，在这里看到贵公司要招聘外贸业务员。"

"你好，你好，以前有做过吗？"

"以前我没有做过，但是以前我做过翻译跟单。我会讲三种语言，汉语、英语、阿拉伯语。"

"我们以前没有招过外籍人（士），你有那个工作签证吗？"

"我……其实我需要做工作签证。"

"那你的工作签证要怎么做？"

"需要问出入境那边，然后再告诉你们需要哪些文件。"

"你看这样行吗？因为你是外籍的，我们要问一下我们这边的（情况），了解我们的法律。比如招外籍人（士）需要你提供什么样的资料，因为担心劳动务工，如果你的资料不齐全，我们又招你来上班，就会产生那个法律问题。到时候了解完了我再回复你，你看行不行？"

"上面有我的电话号码。"

"我觉得现在最关键的是做工作签证，还有拿高工资。要找一家愿意给你工作签证的公司，就是有点难。因为手续有点复杂，然后工作签证的收费很多。比如在广州就是租房子有点贵，可能四千五千块钱。我觉得目前（如果有）八千块钱（工资）是一个很好的开始。"

【字幕】最终，白雪所面试的两家外贸公司均以不熟悉相关政策为由，没有了后续联系。

"他们（新公司）联系了我，要我到他们那边。然后我现在修改一下简历。"

"像（在苏丹）大学老师一个月有 2 500 到 3 000（苏丹镑），换成人民币可能有 300 到 400 元。"

【字幕】2018 年 12 月 24 日　第二次面试

"你叫什么名字？"

"白雪。"

"所以，你在贸易方面有什么经验吗？因为我们是贸易公司。"

"我只是一个翻译。"

"好，那你关于办公室的技能或其他能力怎么样？你会用电脑吗？"

"我……"

"你能弄包装单或者发票吗？你是没有做过吗？"

"我没有做过。"

"好。你在这里还有多久才回家？"

"二月。"

"2019年2月，是吗？很快了。如果你在一个公司工作，你需要工作签证，需要一个过程。像我，我待在中国十五年了。我现在申请工作签证也需要提前两个月。你还有什么问题吗？"

"没有了，谢谢。"

"不客气。"

"谢谢，再见。"

【字幕】第二次面试，因白雪的实习时间不满足公司要求而以失败告终。

【字幕】2019年1月11日　苏丹文化节

"今天是我们国庆节的晚会。1956年1月1日，苏丹获得独立。在广州有苏丹老乡会，有三百多人。有很多家庭还有留学生。苏丹有什么活动或者有什么特色的日子，我们就在这里举办活动。"

"来广州之前，我已经知道在广州有（苏丹）老乡会，所以我的爸爸放心让我来这里。在这里有苏丹老乡会，可以照顾我。我也可以跟他们一起过独立节或者苏丹国庆节、开斋节、古尔邦节，什么节什么活动都可以一起庆祝。他很放心的。这个就是让我想要留在这里的原因。"

"可能（苏丹）现在没有以前那么好。但是，当然，苏丹人民他们一直渴望一个更好的前途。"

【字幕】空闲时间，白雪义务辅导师弟师妹学习中文。

【现场带读声】几千年的中华文明、笔墨纸砚、可以这样说、正是因为。

【字幕】1月上旬，白雪已成功被一家公司录用。

"有一家公司愿意给我做工作签证。"

"你好，要马来西亚咖喱，不要肉的，不要放太多油哦。"

"好了。"

"汤，汤要不要？"

"不要汤。"

"（录取）公司是在小北那边。他们招聘的就是阿拉伯语翻译。他们要求我下个月15日去上班。"

【字幕】白雪通过手机微信客户端快速完成支付。

"你好，12 块钱是吧?"

"要什么？说。"

"草莓，草莓味的。"

"就草莓味对吗?"

"嗯，是的。"

"转好了。"

"就（是）两姐妹呀。"

"对，萨拉和伊娃。"

"对对对。"

"她姐姐很厉害呀。"

"对对对。"

"她姐姐不在这了。"

"回国，然后下学期（回来）。"

"对对对。"

"就是明年回来。"

"拜拜。"

【字幕】递交申请材料 14 天后

"出入境他们说不能给我工作签证，因为我的专业只是中文。他们要给工作签证的话，只能给高技术的人才。然后我说，这（份工作）本来跟我的专业有关的。他们说因为这里的非洲人很多，要减少，所以他们不愿意给我工作签证。"

"因为我已经是研究生毕业了，已经在中国有两年，学了七年汉语，考过了HSK（汉语水平考试）六级。就是已经蛮好。然后翻译，阿拉伯语是我的母语，你们要找另外一个人翻译，还比不上我。"

"我觉得都是借口，因为没有什么说服的理由。已经找了一家公司可以给我做工作签证，然后你们不想给我做，真的很勉强人的。"

【字幕】距离回国仅剩 25 天

"应该就是这里。"

"你们好。"

"先在这里坐吧。"

"翻译得怎么样?"

"可能专业术语还要再沟通一下。"

"我们前期的要求要学习产品呀,专业知识和术语呀,而且还要学习外贸技巧。就相当于说从外贸的小白,到一个外贸高手,最后能够成交做生意。会遇到很多问题挑战的,你说做客户嘛,有时候会加班哦。"

"嗯嗯,知道。"

"会吃很多苦的。"

"我知道。"

"你挑战得了吗?"

"我可以在附近找房子,在这里住,所以我没问题的。"

"大家一起共发展,一起拥有这个平台,有可能你后面就是这个公司的合伙人、发展人、老板,一起合作。两天之内给你答复。我要跟我们的人事和副总一起开个会,因为你是很特殊的嘉宾,不一样。"

"那非常感谢你啦。"

"谢谢。"

"好。"

"我挺累,待会我要回家,做礼拜。"

"累死了,希望自己还会有力气。"

"你去哪儿了?(阿拉伯语)"

"我去面试。(阿拉伯语)"

"干吗?(阿拉伯语)"

"我去面试,老板给我资料翻译,用了三四个小时翻译。"

"你发烧吗?"

"不对,从5点到9点半在翻译。5、6、7、8、9点半,四个半小时在翻译。后来说,这些都是专业词都要认识,让我感到没有翻译得好,等等。说要在这个行业工作的话就要努力,我说那肯定。总的来说我有没有通过呢?他说:'两天之后联系你。'"

"唉,累死了。"

【画外音】人人都想赚钱。大房子,更大的房子,更大、更大、更大的房子。大房子,太蠢了。你们的白宫就是最大的房子。为什么?为什么?没有思考,只是活着活着。觉得只要有钱了所有的问题都能解决。人们只会向上帝祈祷,求您,求您,拜托,天父,顺顺利利,让我顺利,没问题。你想要没问题?死吧,死了才会没有问题。多简单。没问题意味着,你没在生活。有了问题,才有生活的机会。

【字幕】两天后，白雪依然没有等到那通电话。

【字幕】距离回国仅剩 22 天

"今天我联系了一家（中介）公司，就是搞定签证的问题。我跟他说办理工作签证要多少钱，他说他们代理签证申请的费用是七千。"

"我的脚有点冰，你到我们这里看看，我们这里这么冷。"
"喂，您好，亲爱的爸爸。（阿拉伯语）"
"喂，你好。（阿拉伯语）"
"你好，亲爱的，你好吗？（阿拉伯语）"

"我爸爸说他同意我通过中介做工作签证，就是我和公司分这笔钱。那我就跟那家公司说一说吧。"

【字幕】即使白雪父亲同意与录用公司平摊中介费用，但公司以价格高昂为由再次拒绝。

【字幕】距离回国仅剩 15 天

【字幕】2018 年到 2019 年初，苏丹多地爆发大规模的民众示威游行，抗议经济形势恶化。

"唉，刚才那个女同学的父亲因为在苏丹抗议去世了。他在上班的时候在一家医院被杀了。"

"家里有汽油危机，有药品危机，面包危机。如果买不起，那怎么办？我们不吃饭吗？"
"真的是一个失败，大大的失败！"

【字幕】距离回国仅剩 11 天

"我们公司现在就是做洗涤行业、洗衣粉。非洲还有中东是我们做外贸很好的一些主要地区。工资是底薪加提成加奖金的组合方式，底薪目前是三千人民币。当然我们还有一个惩罚制度，比如当月没有开发客户，也没有任何客户的返单、订单，会惩罚工资（底薪）的 30%。"

"我要问一下是否符合招外国人的这个（条件）。然后我这边也查清楚，因为昨天你跟我说的时候，我还没有考虑这个问题，后续有什么问题我们再联系。"

【字幕】最后一次面试，考虑到宗教信仰、饮食文化、工资待遇、签证办理等多方面的问题，白雪与企业双方难以协调。

"现在没有时间继续面试，只有一个星期就要回国。上次他们跟我说，这里非洲人很多，会越来越多。我真的很伤心，现在我是心情很失望。不过我该怎么办呢？这是现实，我应该接受。"

【字幕】直到2019年2月11日，白雪依然未能获得工作签证，不得不离开中国。目前，白雪在沙特阿拉伯与父亲、哥哥一同生活。

【字幕】在白雪离开中国10个月后，2019年12月5日，广州举办非洲在华留学生就业交流会，以方便他们在中国的实习、就业与创业。

【字幕】《义勇军进行曲》，中华人民共和国国歌。

"起来，不愿做奴隶的人们，把我们的血肉，筑成我们新的长城。中华民族到了最危险的时候，每个人被迫着发出最后的吼声。起来！起来！起来！我们万众一心，冒着敌人的炮火，前进！"

"冒着敌人的炮火，前进，前进，前进进！"

【字幕】自2000年中非合作论坛召开以来，非洲来华留学生数量急剧增加。

"可以留在中国工作，中国很大，也发展得很快。中国人很热情的。"

【字幕】据统计，2018年非洲在华留学生总数为81 562人，中国已经排在法国之后，成为非洲留学生的首选目的地之一。

"我需要在中国找工作吗？是的，为什么不呢？我学习之后，我也要工作或者做生意。为什么不？"

【字幕】非洲在华留学生发挥了中非文化沟通与交流乃至深化中非关系的桥梁作用。

"因为现在中国人在非洲的每个地方。他们有那么多的商业事务，那么多的计划，那么多的公司。与政府合作，需要会说中文的人。"

【字幕】然而，由于签证政策收紧等种种原因，越来越多的非洲留学生毕业后留在中国存在一定难度。

【字幕】2020年2月27日，司法部发布外国人永久居留管理条例（征求意见稿），引发公众热议。

风雨侨批　见党百年

（短视频）

扫码观看

作品信息

1. 故事梗概

侨批真实地反映了近现代海外华侨华人与侨乡的互动。侨批中侨汇的主要作用是赡家，是众多眷属赖以生存的主要经济来源；此外还有捐献、投资等功能，促进家乡经济繁荣发展，实现报效桑梓的心愿。侨批中的家书，是国内亲属与海外华侨华人联系的主要媒介，维系了海外侨胞与家乡亲人的情根。侨批承载着丰富的文化内涵，其中非常重要的一点是，侨批体现了广大华侨的爱国主义精神。例如抗日战争时期，用戳印来表现爱国热忱，层出不穷，声声高昂："抵制日货，坚持到底。卧薪尝胆，誓雪国耻。""你买日货，日人赚你的钱，便造子弹来杀你和你的同胞，你该当何罪！""抵制日货，誓雪国耻。""振起铁血精神，坚持抵制仇货。"……上述此类侨批无形中成为一种媒介，起到了传播爱国主义精神的作用。当然，不仅是抗战时期，还有革命时期、新中国成立时期、改革开放时期，海外侨胞都通过侨批往来昭示着对故乡、祖国和亲人的一片深情。一封封侨批也见证了中国共产党的诞生和国家的壮大。这便给了影片一个创作灵感，以建党百年来的侨批为切入口深入挖掘华侨华人与党的故事。

2. 作品截图/海报

3．创作人员分工

导演：黄超宏

文案：杨玉其

摄像：邹艳婷

后期：李玲钰

4．获得的主要荣誉

党媒平台展播：光明日报公众号、视频号；

中共广州市委网信办主办"广州百年红——庆祝中国共产党成立 100 周年优秀网络短视频大赛"短视频大奖（2021.7）；

广东高校网络思想政治工作中心主办"传承红色基因，争当时代新人"作品征集大赛一等奖（2021）。

推荐语

建党百年之际，《风雨侨批　见党百年》这部作品，聚焦于侨批这一特殊载体，从暨南大学华侨学生的视角，透过百年历史回顾，讲述了侨批中华侨华人与我党的故事，用真切的情感活化厚植于侨批中的家国情怀，表达建党以来海外华侨华人对祖（籍）国的热爱。

作为庆祝中国共产党成立一百周年的献礼作品，《风雨侨批　见党百年》标题中的"见党百年"也带有同音的"建党百年"之意，创作者之用心可见一斑。作品构思精巧，角度别致，内涵丰富，以侨批串联党史这个创意尤其令人拍案叫绝，以华侨的角度再现党史，展现了华侨华人在党的百年征程中所做的贡献。

该影片虽为学生作品，镜头语言和内容呈现还有稚嫩之处，但因侨批年代久远，相关资料大都以史料居多，想要在有限的历史文献中表现出故事的丰富趣味，确实有一定难度。如若单纯以历史资料配合旁白解说的形式呈现，未免显得乏味。作品最终采用了"纪实＋扮演"的手法表现侨批在历史长河中的变迁，倒也能看出同学们在作品的可看性上下了不少功夫。

《风雨侨批　见党百年》镜头细腻，内涵深刻，虽是表现重大历史主题却少见宣教意味。该团队花费了数月时间倾力为之付出，在搜集相关历史资料的过程中也遇到了很多障碍。筹备阶段同学们去了很多博物馆和文献馆查找史料，在浩如烟海的文献中整理出可供使用的素材宛如大海捞针，但大家还是克服了重重困难，找到了许多符合镜头阐释需要的侨批，从客观真实的情形出发去诠释历史，这种对历史的尊重态度也十分值得肯定。这几封侨批，不仅寄托了华侨对故乡的一片深情，更见证了一百年来中国共产党的诞生与壮大。前期的资料累积为最终作品的呈现打下了扎实的基础，更为片子增添了足够的历史厚重感，增强了作品的感染力。

（推荐者：谢毅）

作品阐释

作为百年侨校，暨南大学秉持"以侨为桥"的理念不断探索发展，侨批对于暨南学子而言，不仅是历史的热忱见证，更是现在的珍贵宝鉴。2021年，正值建党百年之际，本片聚焦于侨批这一特殊的载体，从暨南大学华侨学生的第一视角出发，透过百年历史进程，挖掘出侨批中华侨华人与党的故事，表达建党以来海外华侨华人对祖（籍）国的热爱与自豪，用真切的情感活化厚植于侨批中的家国情怀。

突出暨南大学的侨校特色，响应习近平总书记提出的"打好'侨'牌"理念，是我们影片创作的出发点。多年来，习近平总书记心系海外侨胞，深情寄语华侨华人。"华侨一个最重要的特点就是爱国、爱乡、爱自己的家人。这就是中国人、中国文化、中国人的精神、中国心。中国的改革开放，中国的发展建设跟我们有这么一大批心系桑梓、心系祖国的华侨是分不开的。"我们通过阅读大量文献和影像资料后发现，分布在世界各地的6 000多万海外华侨华人，在中国革命、建设、改革开放各个时期做出了不可磨灭的贡献。抗日战争时期，他们在全球各地成立抗日救亡爱国组织，以各种方式为中华民族夺取抗日战争胜利贡献力量；新中国成立伊始，他们不顾列强封锁，或坚持与祖国进行贸易，或毅然回国效力；改革开放以来，他们利用融通中外的天然优势，或参与到祖国日新月异的建设中，或推动中华文化与各国文化交流互鉴、交相辉映。可以说，国家的发展始终离不开海外华侨华人的大力支持。

党和国家的发展与华侨华人的联系，具体由什么来体现和承载？这便是我们创作团队需要解决的问题，也是本片的内容核心。通过阅读大量史料，我们把目光对准了"侨批"。"侨批"是海外华侨华人寄给国内侨眷的书信与汇款的合称，又称"银信""番批"，广泛分布在广东省潮汕地区，以及福建、海南等省份。当地方言把书信叫"批"，潮汕、闽南华侨与家乡的书信往来便是侨批。纸纸侨批，寄托着侨胞浓浓的乡愁。其中，有对家人的牵挂，有对家乡的眷恋，更有对祖国繁荣昌盛的祝愿和希望。

为了用侨批串联党史，我们选取了党的发展历程中关键的四个时期：建党初期、抗战时期、建国时期和改革开放时期，每个阶段选择一封侨批，以"读信"的方式讲述各个阶段海外侨胞与党的联系。如何选取每个阶段的代表性侨批，就成了我们第一个要重点解决的问题。于是，我们团队四人花费了几个月的时间和精力，去了很多博物馆和文献馆查找史料，但相关的文献还是不够丰富，我们又专门采访了相关专家学者。辛勤的付出终有所收获，前期的资料积累为最终作品的呈现打下了扎实的基础，为影片增添了不少历史厚重感。尽管最后侨批的选择上稍有遗憾，但也大体解决了这个难点。第二个摆在我们面前的问题是如何呈现侨批这个创意？由于侨批年代久远，相关资料大都以史料居多，若单纯以历史资料配合旁白解说的形式呈现，作品未免显得乏味。为了不让片子过于枯燥单调，我们也设计了很多拍摄方案，通过一次又一次的讨论，最终敲定了"纪实＋扮演"的方案。在人物设计方面，我们特意找了暨南大学的华侨学生担任影片的主角，以她的口吻讲述这段历史，最后以"回信"的方式表达新时代暨南学子的责任与担当，既保留历史质感，又能彰显青年学子对历史的追寻，体现年青一代的爱国情怀。

片名"风雨侨批　见党百年"实属灵光乍现，颇具意味，"见党百年"暗含着"建党百年"之意，简单的八个字彰显着影片宏大的主题思想，而我们又将如此大的命题用了较为合适的方式演绎出来，影片最终所呈现的效果还是符合预期的，也得到了学校、社会多方的支持与肯定。作为"中国第一侨校"的学子，用影像传播侨批文化、展现华侨华人的家国情怀、献礼建党一百周年，这是我们的使命，也是我们的荣耀。

文稿

【旁白】
侨批，俗称"银信"，专指海外华侨汇寄至国内的汇款暨家书，曾经是海外华侨与祖国、与亲人的重要牵连。

我是印度尼西亚华侨后人，回到大陆求学的同时，也在追寻前辈的足迹。数十年前他们离开故乡去到东南亚，通过侨批往来昭示着对故乡、祖国和亲人的一片深情。同时，一封封侨批也见证了党的诞生与壮大。

(一)

【字幕】那一年，内忧外患
【旁白】
1927年南昌起义，党第一次拿起自己的枪杆子。革命军南下潮汕，但遭到敌军顽强抵抗，地方革命政权仅存7天，随即全面撤退。

【同期声】

汕头四处平静，叫弟下汕付十七日之轮，但奈揭中四处荒乱，不便于行。故候平静些，等廿出之后，如是平静，才要下暹。

【旁白】

信中这位急于前往泰国、署名再德的先生极有可能是当时的革命者，革命局势的严峻让他们不得不流离海外。

（二）

【字幕】那一年，奋勇当先

【旁白】

同样是战争年代，面对日寇侵略，华侨华人有钱出钱、有力出力。

【同期声】

君哲亲爱的妻：

读你来书，知道你为慎重起见再行信调查确实才能把三百元取给三婶作家费。亲爱的，你如有便，当全数取给她，因我已告诉她了。那三百元，我按要作一年家费，因为在此抗敌时期，除起捐助战费外，生活要力求简单，所以那数目并不大。

附上贰元，到收。

祝你快乐！

你的章嶙
九月廿四日

【旁白】

如章嶙先生一家一样，捐款是华侨在抗日战争期间支援祖国最主要的方式。抗日战争的胜利是全民族抗战的结果，自然离不开海外华侨华人的强力支持。

（三）

【字幕】那一年，时代在召唤

【旁白】

新中国成立后，海外华侨华人倍感振奋。回祖国去，为建设新中国而奋斗，成为时代的召唤。

【同期声】

亲爱的大哥大嫂：

解放后的新中国，在短短的三年当中，全国一切的一切都焕然一新。

中国人民在伟大的中国共产党和毛主席正确领导下获得了彻底的解放。中国人民成为真正的主人翁了。不能否认，海外的华侨都一批一批地投入祖国的怀抱里。

（四）

【字幕】那一年，翻天覆地

【旁白】

社会主义中国的现代化建设在党的十一届三中全会后迎来转机，焕发出新的生机与活力。

【同期声】

祖国广筑公路，交通方便，大兴水利、农工发展、国家强盛、国泰民安。况实施四个现代化，国际地位高昂，威震遐迩，华侨沾光不浅，引为快慰耳。

【旁白】

这是泰国华侨罗尧大在1979年4月20日寄给广东丰顺县的侄儿罗培衡的一封侨批，字里行间充满了海外华侨对祖国改革开放以来的崭新面貌无比自豪之情。

（五）

【字幕】这一年，不忘初心

【旁白】

这是一封给历史的回信：

回首百年路，绵延家国情。

无论是战争还是建设，华侨华人的前辈们始终用实际行动支持着故土的发展。如今，新一代的华侨华人已经可以放心地向前辈交出答卷。面对未知的艰难，我们有信心与党站在一起，有能力做出自己的贡献。正如新冠肺炎疫情中，华侨华人捐款、捐物资，强大的凝聚力传递防疫正能量的同时彰显国际担当。

为中国人民谋幸福，为中华民族谋复兴，党的历史是奋斗的历史，今天的中国是前行的中国，未来生生不息。

玉米疯长

（微电影）

扫码观看

作品信息

1. 故事梗概

《玉米疯长》讲述了一个即将拆迁的村庄中，在小卖铺卖货的曹少立和好友小风因为捡到了一部手机而与钉子户家的小孩萱萱相识、相交的故事。萱萱为了让曹少立和小风把手机还给她，经常跟在曹少立和小风身边，帮小卖铺打扫卫生，给学习不好的小风补课，还和曹少立一起帮被欺负的小风报仇。三个人在日常相处中建立起了友谊。就在这时，曹少立和小风无意中破解了手机的密码，看到了手机中萱萱大量不雅照片。也在一次机缘巧合之下，两个少年看到了萱萱被自己的继父侵犯。曹少立和小风不知道应该怎样面对萱萱，萱萱也感受到了两人的变化，不再去找两人玩。而此时，曹少立的亲戚说服萱萱的继父同意拆迁，还谋划一起做生意。曹少立和小风用自己的方式报复萱萱的继父，这一幕被萱萱看到了，三人的关系又变得与从前一样。中考到了，处在压力中的小风在考场作弊被抓。小风妈妈不与小风说话，还砸碎了小风心爱的指甲油。本以为可以和亲戚去住楼房的曹少立也被暴打一顿赶了出去，而萱萱继父此时也要带着萱萱离开村庄。两个少年为了帮助萱萱打伤了她的继父……

2. 作品截图/海报

018

3. 创作人员分工

制片人：杨阳

导演：康婧

执行导演：王怡

编剧：康婧

摄影：侯佳序

美术：武启星

剪辑：康婧

男主角：李学虎

女主角：刘雅萱

男配角：段国梁

4. 获得的主要荣誉

第十四届上海大学生电视节最佳导演奖；

第十四届上海大学生电视节最佳编剧入围奖；

第十四届上海大学生电视节最佳影片入围奖；

第十四届上海大学生电视节最佳女主角入围奖；

第十四届上海大学生电视节紫丁香评委会大奖入围奖。

推荐语

《玉米疯长》讲述了在农村拆迁的大环境下，三个缺失家庭的爱与理解的少年互相帮助、互相扶持，在与家庭无法修复裂痕的情况下，选择离开自己家的故事。片子表达了少年人都会经历的那段无助、迷茫又渴望长大的成长阶段。少年们一边渴望着脱离身边的成年人，一边又极力地模仿他们。不再纯真的童年和尚未完全成熟的成年世界相互冲击，他们惶惶不可终日。片子主题为"青春与成长"，当野性的欲望跟随疯长的玉米一起被铲平时，也意味着成长的完成。贯穿故事始终的村庄拆迁背景是导演对于"农村对于农村中的人意味着什么"的思考。快节奏的时代下，农村更像是村庄边缘群体的一个保护罩，而三个少年离开村庄的结局，一方面是成长的突破，另一方面也是村庄变迁，青年群体不得不抛弃故土的社会现状。

《玉米疯长》以固定镜头为主，平稳的镜头与相对稳定的村庄社会相映衬。影片镜头对情感的捕捉较为含蓄，不煽情，其中运用监控摄像头的"窥视"之感，也暗指村庄中熟人社会之间看破不说破的相处之道。影片镜头语言与故事情节的"留白"处理给予影片"余味悠长"之感。《玉米疯长》的演员全部为非职业演员，其中多数即为在村庄中生活的人，影片多从演员行为表现情感，减少演员的表演痕迹。影片取景当地，有玉米地、小卖铺、街道、房屋等场景，展现当地风土人情，导演利用熟悉的环境，将自身对村庄的情感融入影片之中。《玉米疯长》以四人之力低成本完成拍摄。《玉米疯长》"具有明显的现实主义风格，无论是对节奏的掌握、人物的刻画，还是对演员表演分寸的把握，都比较成功"。

（推荐者：王玉玮）

作品阐释

1. 选题背景

《玉米疯长》是在农村拆迁环境与边缘少年缺失家庭的爱和理解的背景下创作的作品。第一个创作背景是农村拆迁。在城市周边的农村，几乎所有人都期盼着有一天拆迁占地，这意味着农村人可以一夜之间富裕起来。因为拆迁发生过很多事情，有的人因为计算平方米数字和自己预期的不一致去给负责拆迁的人送礼，有的人则使用暴力解决这类问题。有的村庄因为占地给的赔偿款低，日夜守在自己的土地旁制止拆迁。有的家庭因为拆迁，亲人之间关系变差。《玉米疯长》的故事就发生在一个即将拆迁的农村。第二个创作背景是在农村中生活的边缘青少年。农村中底层民众居多，大多数家长为了孩子的教育，都会在孩子上初中的时候全家搬到城市居住，于是留在农村中的小孩大致可以分成两类，第一类是从小缺失父母的教育，在村里上中学的，这样的孩子多数辍学成为"小混混"。故事中的曹少立就是这一类人，这样的人有远大的目标，也有很大的野心，但是对于未来的理解大都基于自己的想象，同时，他们也会有很多恶习，例如曹少立经常小偷小摸、谎话连篇，但也同样善良仗义、自尊心强。第二类是自身或家庭条件不好的，例如智力与家庭经济条件差，故事中的小风就是这个村庄中的外地人，这样的家庭需要租房子住，靠体力劳动养家，父母寄希望于孩子学习成绩好最后可以改变自己的命运，可是对一个智力水平较低，加上一直接受错误家庭教育的孩子来说，这个希望是很渺茫的。

2. 选题意义

《玉米疯长》讲述了在农村拆迁的大环境下，三个缺失家庭的爱和理解的少年互相帮助，互相扶持，在与家庭无法修复裂痕的情况下，选择离开自己家的故事。他们离开家时农村也被拆毁，此时疯长的玉米也会在不久的将来被铲平，覆盖上钢筋混凝土。而新的高楼会在这片土地上建起来，这也预示着，跟上时代的人会跟着时代前进，被时代抛下的人也永远被时代抛下。这个选题的意义基于一个思考，农村对于农村中的人来说意味着什么？年轻人已经不再种地了，年轻人在城市中工作，要成婚时配偶会要一套房。在农村中居住的大多是老人和一些边缘人群。在前进的时代中，这些人首先被抛弃，老人们离开了他们熟悉的土地，轮流在儿女家居住直到死去。边缘人群被赶进城市中成为最底层的劳动力，大概率很难突破自身局限。快节奏的时代下，农村更像是这类人的一个保护罩。《玉米疯长》的主人公是三个少年，也是村庄中的边缘人群。这个选题一方面揭示了农村边缘青少年与家庭关系破裂导致离家出走的成长钝痛；另一方面则是反映了在农村变迁的进程中，失去保护的边缘人群个人命运该何去何从。

3. 导演阐述

我从小生活在农村，村庄占据了我全部童年记忆，像是静谧无声的黄昏里，从围绕着村庄的玉米地中吹来一丝夹带草香味的湿润的风一般，包裹并深深刻在我的记忆中。村庄流传的故事中，有一呼百应的"大哥"，他们发达过后又身陷囹圄；有聪明美丽的女人，她们的名字在一个个"大哥"的故事中，成为村庄人茶余饭后的谈资；也有芸芸众人，或为钱或为情或为尊严，有过鸡毛蒜皮、头破血流和辛苦努力。如今，村庄已经沉寂了下来，或者说传统的村庄接近消亡。围绕着城市的村庄陆续拆迁，年轻人不再务农，他们外出闯荡求学。我回到村庄和小时候的玩伴交谈时，他们大多数都盼望着村庄尽快拆迁，以拿到一笔或许可以改变自己命运的拆迁款。中国农村或许就在一点点地拆迁与重建中渐渐消失，所有的个体都被卷入时代的车轮中前进。我很希望《玉米疯长》的三个主人公也像是村庄流传故事中的主角，有义气、有情谊、有胆识，可以改变时代下自己和村庄的命运。但曹少立、小风和萱萱只是生活在村庄中的几个普通少年，他们虽不甘平凡，却也迷茫无助，在村庄疯长的玉米被夷为平地之后，失去村庄保护的他们命运也随之改变。

文稿

曹少立：十六岁，长相讨喜，身材健硕。父亲早逝，母亲在他很小的时候就抛弃了他。曹少立从小在四姨家长大，辍学后在四姨家的小卖铺帮忙干活。为人仗义，机灵，鬼主意很多，有小偷小摸的毛病。

小风：十六岁，是个小胖子。父母打工，租房子住，学习成绩很差，经常被欺负。喜欢为别人涂指甲油，爱哭，为人单纯善良，智商偏低。

萱萱：十五岁，漂亮瘦弱，母亲是个家庭妇女，继父是个包工头，经常侵犯萱萱。萱萱不喜欢与人交流，有自己独特的想法，但想法很消极。

1. 老张头家　　　　　　　　　　日（内）

曹少立和小风在安装一个针孔摄像头。

曹少立：我四姨夫没我什么都干不成，还拆迁办的，最后跟这两家说了快一个月呀，还没签字。

小风：你说那个寡妇半夜来这家干啥了？

曹少立：能干啥？

曹少立把大拇指和食指捏了一个圈儿，笑嘻嘻地给小风做了个手势，两人笑。

小风：拆迁以后咱们就不能在一起耍了。

曹少立：四姨夫分了个三室一厅的楼房，我能搬过去住楼房，有了个人的房间，到时候你也能来住。

小风笑。

曹少立把墙上的年画掏了一个小洞，露出后面的摄像头。

两人从窗户离开，曹少立又探回头把桌子上的几张零钱拿走。

2. 小卖铺　　　　　　　　　　夜（内）

小卖铺里屋摆三桌麻将，都坐满了人，四周坐着不少闲聊抽烟的人，屋顶角落装着一个监控。

小卖铺外屋屋顶装了两个监控。

小风和曹少立坐在收银柜台后，柜台上放着一个电脑显示屏。

显示屏上是监控画面，两个是小卖铺的画面，其余两个分别是老张头家和萱萱家的画面。

曹少立指着萱萱家的画面。

曹少立：这家人是个包工头，也不签字。

小风拿着一本答案慢吞吞地往数学练习册上抄，包括解析。

曹少立：唉唉唉，老张头回来了。

两人盯着屏幕，坏笑。

3. 小卖铺　　　　　　　　　　日（内）

少华坐在小卖铺里，背着书包，绷着脸。

曹少立：四姨夫，我有让老张家签字的办法。

四姨夫：你把那烂菜多少捡一捡。

曹少立：王寡妇昨天去老张家了。

四姨夫：那咋啦？

曹少立：一黑夜没出来。

曹少立拿出一个屏幕已经碎了的手机，播放一段拍摄电脑屏幕的视频。

视频中老张头拿了几张钞票给王寡妇。

四姨夫：你把这个传我手机里。

曹少立拿过四姨夫的手机传输。

少华冲四姨夫伸手，四姨夫给了少华两百块钱。

四姨夫：礼拜天领你跟少华吃肯德基。

曹少立：行了。

少华：我不想领他。

四姨夫揽着儿子的肩膀走到门口。

四姨夫：爸不领他，赶紧补课去哇。

四姨夫进了里屋的麻将馆。

少华瞪了曹少立一眼，走了。

箱子角落有一个断了背带的白色小布包。

曹少立捡起小布包，里面有一个粉色猫咪小钱包、一瓶廉价指甲油和一支唇膏，还有一叠卫生纸，卫生纸里面包着一部苹果手机。

曹少立把小布包扔在原处。

曹少立坐在柜台后，打开手机，手机屏保是一张老土的草原雄鹰壁纸。

曹少立试密码。

萱萱气喘吁吁地冲了进来，一眼看见曹少立拿着的手机，曹少立把手机揣兜里。

萱萱捡起了地上的小布包查看。

萱萱：那个手机是我的。

曹少立：咋啦就是你的？我还说是我的。

萱萱上去要从曹少立兜里抢手机，抓破了曹少立的手，曹少立把萱萱推倒。

四姨：咋啦这是？

四姨从外面进来扶起了萱萱。

四姨：少立欺负你了？

曹少立：我没欺负。

萱萱不说话。

四姨：萱萱，你爸回来没？

萱萱低着头不说话。

四姨：你爸天天包工程见不上个人，说没说多会儿来签拆迁合同？

4．小卖铺 黄昏（内）

曹少立捡烂菜叶子，萱萱还站在曹少立身后。

曹少立：哎，你把这一堆烂菜叶子全捡了，我就给你手机。

萱萱立马蹲下捡菜叶子。

5．水库 黄昏（外）

水库边，曹少立走在前面，萱萱跟在他身后。

曹少立停下，萱萱也停下。

曹少立朝着水库推了一把萱萱，但手还是抓着萱萱，萱萱一个趔趄紧紧地抓住曹少立，曹少立笑个不停。

萱萱放开手。

曹少立：这个地方淹死过好几个娃娃。

萱萱：手机还我。

曹少立：你那会儿为啥没告诉我四姨我拿你手机了。

萱萱：我不想和大人说话。

曹少立：你以后就是个大人。

小风哭着走过来，全身很脏，校服上还有鞋印，书包湿了，被撕碎的书在怀里抱着，另一只手举着一把锥子。

曹少立：你捅他们了？

小风：我没敢。

6．小风家 夜（内）

曹少立在炒蛋炒饭，萱萱站着。

曹少立：以后我没走到学校你就别出来，老子迟早把大勇给办了。

小风在哭。

小风：他把我妈给的五百块钱补课费也抢了。

曹少立端上来两碗饭。

曹少立：哎，你不是在市里头念过书吗？

曹少立用手肘碰了一下萱萱。

曹少立：你给小风补补课。

萱萱：我补不了。

曹少立：补好了我就给你手机。

两人吃饭，萱萱站着。

萱萱给小风讲题，小风看萱萱的手指甲，手指甲上的指甲油已经脱落了大半。

萱萱：你懂了吗？

小风不动。

萱萱：你把这个数代进去就能算出来。

小风点点头。

萱萱：那你做。

小风盯着练习册不动，用拳头打自己的头，眼泪吧嗒吧嗒往下掉。

萱萱：你哭什么？

小风不说话，突然整个人钻进了床底下，拖出来一个箱子，箱子里满满装着指甲油。

小风细致地为萱萱修剪打磨指甲，涂上指甲油，粘了水钻。

曹少立：可以啊！

萱萱：真好看。

小风整个人神采奕奕。

小风妈妈推车进了院子。

小风快速把指甲油丢进箱子里，把箱子踢进床底。

小风妈妈：做甚了攒这么多人。

小风妈妈把塑料袋里包着的饭盆放在桌子上。

曹少立：她给小风补课了。

小风妈妈：咋啦，又让把书扯了？

小风哭了。

曹少立：有人欺负他。

小风妈妈：不好好学习上社会可要让人欺负了，个人不争气怨别人欺负了。

小风：他们就专门欺负我。

小风妈妈：和你说不要理那些混娃娃，一心一意学习。妈一天受苦为谁了，不是就指望你出人头地。

7. 小卖铺   日（外）

一个男人走入小卖铺，四姨跟在后面。

四姨：你四姨夫了？

曹少立：他不在。

四姨给了曹少立五十块钱。

四姨：你出去耍一耍，四姨给看铺子。

曹少立接了钱。

四姨和男人进了里屋。

曹少立偷看里屋，看到了四姨光着的脚。

门口有声音，萱萱来了。

萱萱站在小卖铺外面，曹少立出来，给了萱萱一根雪糕，两人吃。

曹少立看着萱萱白色 T 恤里面鼓起来的文胸挂带。

两男一女骑着一辆崭新的摩托车驶过，停在旁边网吧门口，三个人说说笑笑进了网吧。

曹少立：那是欺负小风那人的摩托车。

曹少立把雪糕都塞进了嘴里，打了一个颤儿，进了小卖铺，片刻手里攥了盐和白糖出来。

曹少立朝萱萱挑了一下眉。

曹少立走到摩托车旁，蹲下系鞋带。

萱萱看着网吧的门口。

曹少立拔出摩托车的机油尺把白糖和盐塞了进去。

8. 小卖铺　　　　　　　　　　　　日（内）

麻将馆里满地烟头啤酒瓶，桌子上散落着麻将，曹少立和小风在里屋坐着。

萱萱在外屋擦货架。

小风拿着萱萱的苹果手机，试密码。

小风：我解开密码了。

曹少立：多少？

小风：四个八。

曹少立和小风查看相册，大都是些施工工地的照片，两人翻到了萱萱的照片，是裸照。

曹少立和小风慌忙把手机藏在衣兜里。

萱萱端着水盆进来，擦麻将桌。

曹少立和小风看萱萱的胸部。

萱萱发现了两人的目光。

萱萱继父和四姨夫进门。

萱萱继父：萱萱走哇，爸领你和你妈去市里头吃饭，跟你张叔叔一起。

萱萱继父揽萱萱的腰，萱萱挣开他的手。

萱萱继父：旗里派出所刘队长叫了哇？

四姨夫：你放心哇，叫了。

萱萱继父：走，让你见见警察叔叔长甚样儿。

萱萱继父去拉萱萱，萱萱躲开。

萱萱继父：这俩后生也一起走哇。

曹少立和小风摇头。

萱萱继父：听话，你妈在车里等着了。

萱萱继父拉着萱萱的手腕，将她拉了出去。

9. 四姨家　　　　　　　　夜（内）

曹少立赤着上身，萱萱趴在床上，曹少立摸着萱萱的白半袖，让她里面穿的内衣挂带突出。曹少立把手伸入萱萱的衣服中。

曹少立醒了，他手里握着萱萱的手机。

曹少立掀开被子一角往里看。

曹少立把洗过的内裤挂起来。

10. 小卖铺　　　　　　　　黄昏（内）

四姨夫打着电话走进来，把肯德基袋子放到曹少立面前，又走入里屋。

四姨夫：我想跟那个包工程的开个碎石厂。

曹少立打开袋子，里面有半个吃剩的汉堡。

小风抱着书进来。

曹少立：你吃没？我一个没吃完给你留了半个。

两人把袋子里的东西捡着吃完。

小风：萱萱今天不来给我补课了？

两人看监控，萱萱家的监控也没有人。

小风趴在书本上睡着了，曹少立在玩萱萱手机。

监控中，萱萱一家三口进入家中，萱萱继父打萱萱妈妈，萱萱妈妈缩在墙角，萱萱继父抱起萱萱放在炕上，扒萱萱的衣服，萱萱反抗，萱萱继父解下自己的裤带。

曹少立无意瞥见监控，摇醒小风。

两人盯着监控一动不动。

11. 萱萱家　　　　　　　　日（内）

萱萱换衣服。

萱萱在镜子面前观察自己的身体。

12. 小卖铺　　　　　　　　　　日（内）

萱萱把五块钱放在曹少立和小风面前，去冰柜拿了三根"火炬"雪糕。

萱萱把两根"火炬"雪糕递给曹少立和小风。

萱萱：请你们吃"火炬"。

两人谁也没拿，互相看。

曹少立拿了一根。

萱萱看小风，小风不敢看萱萱。

曹少立又把另一根拿给小风。

曹少立：给你你就吃，我进里头看看。

曹少立进了里屋。

萱萱：今儿留啥作业了？

小风不说话。

小风：我也进里头看看。

13. 水库　　　　　　　　　　黄昏（外）

曹少立和小风在堤坝一头走，萱萱在他们身后远处止步，曹少立和小风停下，回头看萱萱。两人折返朝萱萱走去。

三个人一起站着，谁都没说话，萱萱看两人，两人谁都没有看萱萱。

萱萱也沉默。

曹少立把手机还给了萱萱，萱萱接过，扔进了水库。

萱萱转身走了。

14. 水库　　　　　　　　　　日（外）

曹少立和小风在堤坝上走，两人回头看，身后没有人。

15. 四姨家　　　　　　　　　　夜（内）

曹少立在厨房忙活，四姨一家三口坐在桌前。

曹少立：咱们多会儿往新楼房搬呀？

少华：搬也没你住的地方。

四姨拍了少华胳膊一巴掌。

曹少立没听见。

四姨夫：他意思让我把他那凉房也算成住宅面积。

四姨：算就算哇，你不是想跟他开碎石厂吗？

曹少立把最后一盘炒菜端上桌子，拿了筷子盛米饭。

曹少立：跟谁？

四姨：就，萱萱他爸。

曹少立：不要跟他做买卖，那人是个牲口。

四姨夫：咋说话了你。

曹少立：真的，你不知道他那天……还打老婆了。

四姨夫：男人打老婆算甚。

四姨：看把你厉害的。

四姨电话响了，四姨接起电话一脸严肃。

四姨：两天没回家？

四姨看曹少立。

四姨：你见萱萱没？

16．村庄街道　　　　　　　　　夜（外）

大人们在村子里找。

曹少立和小风喊萱萱的名字，寻找萱萱。

两人对视，朝着与大人们相反的方向跑去。

17．水库　　　　　　　　　　　夜（外）

曹少立和小风气喘吁吁地跑到堤坝上。

四周无人。

水库的水倒映着月光。

小风：你说她会不会跳下去了？

曹少立看小风。

曹少立脱掉了鞋和半袖，把兜里的手机递给小风。

像是跳远一样，准备了几次都没敢跳。

萱萱：你们干吗呢？

曹少立一个趔趄险些摔下去。

萱萱从二人身后走上来，衣服有些脏。

18．村庄民房　　　　　　　　　日（外）

曹少立帮助四姨夫量地。

19．村庄巷口　　　　　　　　　日（外）

萱萱继父从车上下来，用袖口擦了擦车身上的污渍。

20．小卖铺　　　　　　　　　　日（内）

曹少立和小风站在里屋门口，萱萱继父和四姨夫在麻将桌上签合同。

四姨夫：你签完这个村儿就能拆了，少立，拿两瓶啤酒。

曹少立开了两瓶啤酒，朝一瓶中吐了一口口水。

曹少立冲小风使了个眼色。

小风郑重地点点头，举起了一把锥子。

萱萱继父把合同放在公文包里，接过曹少立递过来的酒瓶。

曹少立拿走了萱萱继父的公文包。

21．村庄巷口　　　　　　　　　　日（外）

曹少立和小风用锥子，把萱萱继父的车刮花。

萱萱在两人身后看他们，曹少立和小风发现了萱萱。

曹少立对萱萱做了个噤声的手势。

萱萱搬起一块石头，砸在了车玻璃上。

三个人笑。

22．水库　　　　　　　　　　日（外）

曹少立和小风拿着萱萱继父公文包。

三个人把里面的文件都拿出来。

小风：个十百千，五千六百……

曹少立拿过小风手里的合同。

曹少立：五十六万四千九百三十六块二毛。

小风用文件叠飞机。

小风：这能买多少指甲油！我要有这么多钱就不用念书了，长大也不用打工了。

曹少立把合同烧了。

萱萱：长大了有这么多钱，肯定就想买更贵的指甲油，怕钱没了就更辛苦地打工。

萱萱用文件折纸船，扔到水库中看着纸船飘远。

曹少立：这算啥，我长大以后挣的比这个多多了。

曹少立把包里的银行卡当飞镖扔进水中。

三人坐在水库边。

23．村庄街道　　　　　　　　　　日（内）

曹少立和四姨夫量地。

四姨夫：你说给萱萱他爸一声，一会儿去他们家量。

曹少立走到萱萱家门口。

24．萱萱家　　　　　　　　　　日（内）

曹少立进入萱萱家。

萱萱洗头发。

曹少立偷看萱萱洗头发。

萱萱擦干头发。

萱萱继父粗暴地在家找东西。

萱萱不敢说话，继父看到了萱萱。

萱萱继父：萱萱回来了？

继父接过萱萱的毛巾和梳子，为萱萱擦头发。

萱萱看到曹少立。

萱萱反抗，手抓玻璃，发出刺耳的声音。

曹少立跑到门口重新进入萱萱家。

曹少立：我四姨夫说一会儿来量地。

萱萱继父点头。

25．村庄玉米地　　　　　　　　日（内）

萱萱在前面走，曹少立在路一侧不安地上蹿下跳。

两人坐在玉米地的水泵旁。

26．小风家　　　　　　　　　　日（内）

小风在学习。

小风妈妈给小风端上来四盘菜，其中一盘装着几只虾，还有罕见的水果。

小风：妈，你不去上夜班？

小风妈妈：妈请了三天假，专门给你做饭，等你中考完了再上班。

小风和妈妈吃饭。

小风：妈，考完我能学做指甲不？

小风给妈妈涂指甲油。

曹少立敲了敲窗户，手上搬了几个空纸箱子。

曹少立：姨姨，我四姨让我跟你说一声，村下礼拜就拆了，让你们张罗张罗拾掇东西哇。这个月房租不用给啦。

小风妈妈：噢，进来吃点哇。

曹少立：不了，我往新楼房搬呀，也拾掇东西了。

小凤妈妈：看少立高兴的，他四姨没少立分的那几平米也不够闹个楼房。

小凤妈妈抽出手，把指甲油扔进垃圾筐，把好吃的饭菜往小凤碗里粗暴地夹。

小凤妈妈：咋也得给妈考出库了哇，别人有好命住楼房，你学习好点妈租房住也不羞，妈这是为你活的了！

小凤在书桌前学习，小凤妈妈一走近，小凤拿书盖起了什么，等妈妈走远了再拿开书。

27. 学校　　　　　　　　　　　日（外）

学校门前挂有中考的横幅，人群攒动。

曹少立：你三伏天穿个大褂子不热啊？

曹少立要扒小凤的衣服，小凤不让。

小凤随着人群走入学校。

曹少立和萱萱坐在树荫下。

开考铃声响起。

萱萱：你为什么不上学了？

曹少立：念书没用。

萱萱：没用那么多人还念。

曹少立：没调的人才一直念书，看别人念他们也跟着念。

萱萱被逗笑了。

萱萱：人得多厉害才敢和别人不一样啊！

曹少立：你为什么也不上学？

萱萱看着学校不知道在想什么。

萱萱：因为我和别人不一样啊。

曹少立看着萱萱。

对面小卖铺一对情侣很亲昵。

萱萱和曹少立看他们。

曹少立拿雪糕给萱萱。

曹少立：想不想找对象？

萱萱：嗯？

曹少立：没事。

萱萱看曹少立，曹少立有些不好意思。

萱萱移开了目光。

考完的学生从校门走了出来，将曹少立和萱萱淹没。

人走光了，曹少立和萱萱也没等到小风。

小风蹲在校门口哭，曹少立和萱萱走到他面前。

小风用拳头不停地打自己的头，他的胳膊上写着密密麻麻的小字。

28．学校　　　　　　　　　　黄昏（外）

小风妈妈拉着小风站在校门口，一辆车驶了出来。

小风妈妈上去拦下了车，赔笑脸说话。

车还是要走，小风妈妈跪在车前面抱着车哭，把小风也拉跪下。

学校保安把小风妈妈拉开，车走了。

小风妈妈坐在地上失声痛哭。

小风妈妈在前面走，小风在后面跟着。

29．小风家　　　　　　　　　夜（内）

屋子里大半物品都打包收在纸箱里面。小风妈妈一言不发地坐着，一动不动。

小风妈妈慢腾腾地收拾东西。小风也帮忙收拾东西，递给妈妈的东西，妈妈不接，像是家里没他这个人一样。

小风妈妈打开一个纸箱子，箱子里面全是指甲油。

小风妈妈抓起一把指甲油摔在地上。

小风抱住箱子。

小风：妈，我错了，我再也不敢了。

小风妈妈推开小风，一边砸一边骂指甲油。

小风妈妈：让你不好好学习，让你不学好，让你作弊……

小风：妈，我真的错了！

指甲油碎在地上，流淌出五颜六色的液体。

小风哭着收拾满地碎片。

30．四姨楼房　　　　　　　　日（内）

房子精装修，满地纸箱，四姨一家三口都在。

曹少立把一个纸箱子扛了进来，满头大汗。

曹少立：四姨，我住这个阴面的家哇，你们跟少华住两个阳面的。我的东西装不下，我明儿个再搬一趟。

四姨夫：少立，不行姨夫给你租个平房住哇。

曹少立：租甚平房？

四姨夫：少华他奶奶也说过来住了，村里拆了房，不能让老人租房住哇！

曹少立：凭甚让我租房住，这个房里头不是还有我的十几平米?！

四姨夫：看你这个娃娃咋说话了，你咋不说你妈跟人跑了还是我跟你四姨把你拉扯这么大的。

四姨：咋说话了你！

曹少立：你咋不说我妈每个月还给你打钱了。

四姨夫：你妈给了我几个可怜钱，你妈有钱你找你妈去了哇。

四姨夫把曹少立往门口推，四姨拉四姨夫，曹少立气得肩膀一耸一耸的。

门口少华一身肥膘，嚼着面包，像是在看戏，还在笑。

曹少立上去狠狠扇了少华一个耳光，夺门而走，门刚开一个缝儿，曹少立就被四姨夫拽了回去。

四姨夫：打谁了你，谁让你打的？

四姨夫边说边抽了曹少立几个耳光，四姨拦着四姨夫。

四姨夫：养来养去养了个白眼狼。

曹少立鼻子出血晕头转向，四姨夫踹曹少立。

四姨：行了你。

曹少立被踹出了门。

31. 小卖铺   日（外）

萱萱和小风坐在小卖铺外面的台阶上，小风哆哆嗦嗦地哭，抠着沾满双手的指甲油。萱萱轻轻拍着他的肩膀。

一辆车停在了萱萱和小风面前。

车上是萱萱继父和萱萱妈妈，后座放着满满的行李。

萱萱继父：上车，萱萱。

萱萱：我不走。

萱萱妈妈：不走咋呀，这儿的房搬空了。

萱萱继父：听话，上车跟爸走。

萱萱不动。

萱萱继父下了车去拉萱萱，萱萱拉小风。小风拽住萱萱不让她被拉走。

萱萱咬了一口继父的手，萱萱继父吃痛扇了萱萱一巴掌，一个酒瓶飞过来砸在了萱萱继父的头上，血流了下来。

曹少立脸上红肿，喘着粗气看着萱萱继父。

萱萱继父：你个小牲口。

萱萱继父和曹少立扭打在一起。

小风抡起一块砖头砸在萱萱继父头上，萱萱继父用双手护头。

小风扔了砖头愣在原地。

所有人都看小风。

曹少立拉着萱萱和小风跑进了小卖铺。

萱萱继父捂着头坐在了地上，只剩萱萱妈妈的惊叫声。

32．村庄   日（外）

挖掘机推倒一间又一间房子，激起漫天灰尘。

三个少年背着包从废墟旁走过，所过之处建筑轰然倒塌。

33．水库   日（外）

三个人看着村庄的方向。

四周农田里的玉米还在疯长，包裹着的村庄已经是一片废墟。

（本文稿为剧本，拍摄成片有改动）

白眉
（纪录片）

扫码观看

作品信息

1. 故事梗概

纪录片《白眉》讲述了法国人刘奔来到佛山向白眉拳传人刘伟新学习白眉拳的故事。

刘奔年轻时对中国功夫颇为向往，也先后接触过螳螂拳、太极拳等，而后他发现白眉拳快准狠的风格是自己心之所向，便来到佛山拜师学艺。起初白眉拳的传人刘伟新本着"传内不传外"的想法，对"收一个老外为徒"有所顾虑。不过，最终刘奔的诚意打动了刘伟新，刘伟新倾囊相授，刘奔也学有所成，并得到了师父的认可，被允许在法国开设武馆，把佛山白眉拳带向世界。舞狮也是佛山标志性的文化符号，在当地往往和练武有密切的关系。刘奔正式拜师修习白眉拳也是从舞狮开始的，回到巴黎后，他甚至在当地创办了舞狮队，活跃在很多场合。刘奔在法国开白眉拳武馆，招收法国人以及华人学徒，传授中国功夫，成为中法民间文化交流的一员。

2. 作品截图/海报

3. 创作成员分工

导演：吴梓鸿

摄影：吴梓鸿、王静媛、焦童

采访：焦童

剪辑：吴梓鸿

推荐语

　　纪录片《白眉》主题鲜明，题材新颖，构思精巧。法国人刘奔因酷爱中国文化，热衷于佛山白眉拳，不远万里来到广东佛山向刘伟新拜师，学习白眉拳。由此，法国人刘奔与佛山刘伟新，开启了鲜为人知的跨国功夫传承。刘奔带着一批法国学员来到佛山，体验中国武术文化，以武会友，同场竞技，增进了中国和法国的相互了解。随后，刘奔在法国开设白眉拳武馆，招收法国以及华人学徒，传输中国文化以及白眉拳，成为一个在巴黎开"佛山白眉拳学校"的法国武师，也是中法民间交往的重要参与者。

　　中国武术的"走出去"是指弘扬中国武术文化、体现中华民族精神。其不仅成为武术文化国际交流与合作的重要桥梁，而且承担着传播中华优秀传统文化的时代使命。纪录片《白眉》中法国人刘奔来佛山学白眉拳，之后在法国巴黎向法国人传授中国白眉拳，从而起到春风化雨、润物无声般地传承中华优秀传统武术文化的作用。

（推荐者：陈喆）

作品阐释

　　纪录片《白眉》的创作源由是笔者在寻找拍摄选题的时候刚好碰上一项名为中法大学生新闻奖的比赛，于是便决定以其作为拍摄方向，顺道参加比赛。比赛要求参赛者在符合加深中法双方了解的原则与宗旨的基础上，充分反映中法两国深厚的文化交流，两国人民的友好情谊。在这个前提下，笔者开始构思选题。首先，笔者根据纪录片的核心主题进行了一系列的构想，并按照主题对潜在的拍摄对象预先做了一系列的背景身份和属性的设定，其中要求大致如下：①能够体现中国文化；②人物形象要正面积极；③人物与法国有所关联；④家庭经济条件过得去；⑤最好是中法婚姻家庭；⑥倾向表现饮食文化的主题；

⑦人物自带故事性；⑧能用中文进行沟通。

　　根据这八个要求，笔者找到了名为陈志华的香港人。陈志华和他的米其林一星厨师法国妻子阿德琳·格拉塔尔因食结缘。由于二人对中国饮食文化有着共同的爱好，便一起开了专做中法融合创意菜的米其林一星餐厅。法国妻子熟悉各种中国料理的技巧，不断进行中法融合菜的研究。而中国丈夫陈志华极为喜爱中国茶道，在配合妻子将中法口味融合的同时致力于在法国推广中国茶道。陈志华以中国工夫茶搭配法式菜色，根据菜色的不同特点搭配适宜的品种茶叶，并为食客现场泡中国茶，使得越来越多的法国人爱上中国传统饮食文化。由此可见陈志华夫妇完全符合笔者以上设想的所有条件，可是后来笔者发现 Netflix 纪录片《主厨的餐桌》已经拍摄过陈志华夫妇的故事，而且考虑到陈志华夫妇的时间及中法美食主题可能过于普遍，因此便打算另选他人。过了两天，笔者灵机一动想到拍摄中国人在法国教功夫的故事。中国功夫为世界所认识，外国人也相当热爱中国功夫，相关主题的影视也比较少，或许是一个不错的选择。考虑至此，笔者便迅速在网上寻找相关资料。恰好，前一天新华社巴黎分社的记者发表了一篇名为《法国小伙恋上佛山白眉拳在巴黎开武馆收徒》的摄影报道，报道里的主人公邦雅曼·居洛斯是一名法国人，会汉语；居洛斯会中国功夫，甚至在法国开班授徒；居洛斯有三顾佛山的拜师经历，等等。笔者联系他和他的师父刘伟新后，发现他每年暑假都会带着徒弟到佛山居住一个月，最重要的是这位法国青年比起早已成名的陈志华夫妇，显然更愿意接受纪录片拍摄，因此笔者决定把他作为本次拍摄的对象，亦因此诞生了《白眉》这一部短纪录片。

　　《白眉》是一部讲述法国人邦雅曼·居洛斯前往中国佛山学习白眉拳后回法国开武馆授徒，将中国武术精神发扬光大，推动中国武术国际化，并以武术建交，通过武术的交融搭建中法两国文化沟通的桥梁，在海外传播中国文化的故事。

　　拍摄对象邦雅曼·居洛斯是一个 36 岁的法国青年，同时也是佛山白眉拳传人。邦雅曼·居洛斯从小就对中国功夫尤为迷恋。14 岁那年，在父亲的带领下他第一次来到中国拜访少林寺，但少林寺一行没有让他满意，之后他就一直在法国各地寻找中国师父学习中国功夫。为了更深入透彻地了解中国这个国家、领悟中国功夫的精髓，他潜心学习中国文化及汉语，在大学时他选择了中国文化专业。2006 年，居洛斯来到上海，一边在当地教授法语，一边学习中国功夫。一次偶然的机会，居洛斯接触到了佛山白眉拳。自此，他便立下志向，以后只专心学习佛山白眉拳。2006 年至 2010 年，居洛斯先后师从佛山白眉拳师陈幼文、刘伟基与刘伟新，并被刘伟新收为佛山白眉拳传人，取中文名为刘奔。2011 年，居洛斯在巴黎开设了自己的武馆，专门教授佛山白眉拳。每年 8 月，他都会带着他的徒弟们回到佛山向师父刘伟新讨教学习。

如今，他的武馆已有150余名法国学员（最大57岁，最小5岁）。居洛斯偶尔也会接受商业演出，例如婚礼、农历新年或开幕典礼上的舞狮表演等。

在前期构思和创作过程中，笔者认为中国作为世界公认的武术大国，在全世界的武术爱好者心目中是一个神圣的武术国度。自李小龙凭借自身优秀的技艺和自强不息的精神把"KUNGFU"这个词带进西方世界以来，已经过去了30多个年头。如今，外国人走进中国武馆，远赴中国学习武艺已渐成热门趋势。在选题的意义上，外国人走进中国武馆，远赴中国学习武艺表面上体现的是外国人对中国功夫的热爱，从宏观上来说体现出了中国国际地位的提高，展现了中国的文化自信。"中国热"成为现如今的热点，会说中国话，学习中华文化成为国际上的潮流趋势。而中国武术在世界上有显著的地位，这当中蕴含着更为丰富的文化内涵。中国武术不仅体现在肢体的搏击中，其中还包含了中国传统的儒家和佛学思想、武道精神、中医养生文化，等等。法国青年居洛斯来中国学武的故事，充分体现了中国武术在国际上的魅力与吸引力。他学成后返回法国开办武馆授徒，将中国传统功夫文化、武术精神弘扬海外，推动了中国传统武术的国际化，将古老的中国文化纳入国际视野，又可将现代的西方文化融入深厚的中国韵味之中。因此，以纪录片的方式侧重记录法国青年居洛斯在中法两国学习及教授佛山白眉拳的过程，采访与居洛斯武馆有关的人，比如巴黎香格里拉大酒店的两位管理层和武馆里的小学员等，透过他们的西方文化视角，对传统中国功夫，甚至是对传统中国文化的内在精神和核心价值的认识及理解，以及对揭示古老与现代、传承与创新、东方与西方不同文化的碰撞与交流的奥秘都具有一定的意义。

然而，虽然纪录片《白眉》最终能够完成拍摄并且有机会呈现在观众面前，但是在笔者看来，它是一部不成熟的作品，鉴于时间、成本、人手、资源和语言等多种主观与客观因素，笔者未能真正深入拍摄对象的生活当中，未能真正了解居洛斯的性格、习惯和心态等各方面，无法挖掘出居洛斯更内在的东西，这直接导致该片"观察生活的能力"有所缺失。所以在纪录片《白眉》中，场景内容表现比较雷同，居洛斯的人物呈现比较单一，人物形象塑造不够丰富深刻，导致影片故事性不足，文化体现欠缺深度，使得纪录片的最终呈现与预期出现偏差，这是笔者一个很大的遗憾。

文稿

1. 地点：佛山白眉拳馆
【字幕】佛山白眉拳体育总会巴黎分会

【字幕】刘奔　白眉拳传人

【采访】

BEN：J'ai commencé le Pak Mei en 2006．Ça fait maintenant 11 ans．Aujourd'hui 2017Ça fait 6 ans que j'ai ouvert cette école．Et j'ai à peu près 130 disciples，130 élèves．11 à 12 disciples voilà．2006 年我开始学白眉拳，到现在已经 11 年了。今年是 2017 年，我开武术学校也有 6 年了。现在我有大约 130 个学员，其中十一二个是弟子。

【同期声】

BEN：明白吗？打到这里就收拳，同时挡住这里，要处处小心。因为我如果处处挥拳，就真打到了，要注意保持距离。好，回收、出拳、回收。明白吗？打倒对方后要将他拉起来，确保对手已经站好。大家加油训练。

【采访】

BEN：mais oui c'était euh ça c'était euh un rêve d'enfant．Puis de revenir ouvrir une école en France，là avoir a un lieu comme celui－ci en France，en plein centre de Paris．Je pense que ben un français qui ne réalise pas．是的，之前我未曾想过能成为师傅。但是，这是一个儿时的梦想，就是回到法国开武馆。在法国能有一个像这样的武馆，在巴黎的中心地区，我认为这是法国人做不了的。

Parce que les gens sont placés ici．C'est tout est normal ici．Voilà ils ne pensent qu'à leur petits sous ce qu'il faut donner．Donc moi c'est un rêve d'enfant que j'ai réalisé．Euh d'enfant de mon age．C'est－à－dire moi je pense pas à l'enfance（où）j'étais．人们都选择在这里（巴黎中心区），这样很自然。他们只是想着自己的钱，但对我来说，我实现了童年的梦想，我小时候的梦想。我曾经淡忘了我的梦想。

2．地点：机场接机

【字幕】2017 年 8 月 5 日，刘奔正前往广州机场接他的徒弟，这次他们将会在中国佛山停留 22 天。

【同期声】

司机：A4（停车点）是不是这里啊？（后面的车）跟着来就没错。

BEN：可以啊，这是 A3。

司机：一直向前，快到了，前面就是，到了。

BEN：你在这里等我。

司机：对，我找个位置停下来，两边都可以停的。

【同期声】

BEN：好吗？小伙子？

徒弟：好的，师父。师父你看到蒂博没有？

BEN：他还要接一个人，他晚上八点半到。

徒弟：这样可以吗？

BEN：他曾经一个人找到（我师父）那里，对他来说很容易。

【采访】

BEN：我每年回来这里，一是带徒弟过来，因为我每年要跟我师父在一起。我也要我的徒弟了解多一点这个文化，所以最好就是过来这里看看，在这住，看看这个很厉害的师父怎样生活、怎么动、怎么做事。

3. 地点：佛山　刘伟新（中国师父）家

【字幕】中国佛山

【同期声】

BEN：（晚上）大街上没有商贩了，他们很健谈的。到了、到了。

徒弟：师父、师父。

刘师父：Hello，我不会说了（我忘了法语该怎样说）。

徒弟：要用法语说，不容易。

BEN：你们放好东西。

刘师父：有几个我去巴黎时都没见过。我说，我在巴黎有几个（徒弟），这个我见过，这个没见过，见过，这个没见过。

BEN：见过了，武馆开幕时你在那里吧，他刮了胡子。

刘师父：哦！先喝茶。

BEN：可以吃饭了吗？

刘师父：很饿，我很饿，他们（徒弟）有两个没来，等一下用个东西装一些给他们。

【采访】

BEN：中国文化就是人的感觉，他们用这个感觉的时候，怎么用的。法国文化也一样，你可以看书，但是我们法国人的礼貌，如果你没有看过就学不了，要学好就要在一个了解的人旁边。

4. 地点：武馆

【字幕】阿雷　弟子

【采访】

阿雷：Mon sentiment est que foshan est très très chaud, il a atteint 45 degrés cette année，c'est un peu dur pour nous，mais nous sommes toujours heureux d'y aller.

J'y suis déjà allé plusieurs fois. C'était comme rentrer en vacances chez Mes Parents. Nos moments de retrouvailles ont été chaleureux et tout le monde était très heureux. 我的感觉就是佛山非常非常热，今年达到45度（地表温度），对我们来说有点辛苦，但是我们还是很乐意去那里的。我已经去过几次了，就像回祖父母家度假，我们重聚的时刻是热情的，大家都非常高兴。

5. 地点：刘伟新武馆
【字幕】刘伟新　师父
【采访】
刘师父：之前我的概念就是从来不教外国人，我认为中国功夫不能教外国人。但是后来，他感动了我。

6. 地点：佛山白眉拳馆
【采访】
BEN：Moi j'ai voulu rentrer là-dedans. Euh au début je voulais juste être disciple. C'était très compliqué. Après quand j'étais disciple, je voulais être le meilleur disciple. Après quand j'étais le meilleur disciple, donc on me disait d'être Shifu, j'étais content. Et puis finalement je suis héritier. Oui j'avais jamais pensé vraiment à le devenir. 我最初的想法只是想进入这个家庭，因此我开始学当徒弟。当时很不简单，之后我成了徒弟，接着我想成为最好的徒弟。之后我成了最好的徒弟，人们希望我成为师父，我觉得高兴。最终我成为师父的继承人，之前我未曾想过能成为师父。

刘师父：作为一个外国人，他不远万里，来了三年，几番这样过来，非要拜我为师，就感动了我。他是认认真真的，为了要做一个真正的徒弟，也认识什么叫师父了，这样我们就成为师徒了。到现在，他好像是我儿子，哈哈。
【同期声】
路人小孩A：这是什么字啊？（小朋友在拳馆外看舞狮练习）
路人小孩B：白眉拳体育总会。
【采访】
刘师父：文化啊、练功啊、舞狮啊……他们不是来旅游的，他带他的徒弟，我的徒孙，他们来我这里是练功，提高水平。所以他们很认真，不怕太阳晒，我们这里的人都说他们太厉害了。

阿雷：Et il était très dur aux entraînements. Parce qu'il y a une espèce de mise à l'épreuve, aussi de voir ben ce que l'on vaut, qui on est, euh le rapport que l'on peut avoir avec aussi l'ensemble. 在训练中师父特别严苛。因为这是一种试炼，能看到自己的价值，认清自己是谁，了解自己和团队的关系。

BEN：功夫就是一个人的想法，你自己要有水平，所以你自己要苦练。为什么我们不叫这个功夫叫运动，因为我们的问题不是赢了别人，我们的问题是赢了我们（自己）。

7. 地点：训练场地
【同期声】
BEN：他的肌肉太硬了，但是他经常这样……这些动作，他不是经常做，如果不骂他、不告诉他，他就不做。（画面为 BEN 给徒弟按摩肌肉）

8. 地点：佛山白眉拳馆
【字幕】阿沙　徒弟
【采访】

阿沙：Après euh moi j'aime beaucoup la danse du lion. C'est pas un moment de souffrance. On est là, on fait ce que l'on aime. Et euh on veut s'améliorer. On travaille. Ça fait plaisir de travailler et s'améliorer. 毕竟我很喜欢舞狮，所以这不算苦。我在佛山做着喜欢的事，我想提高自己，所以我努力训练，我很高兴能进行训练和获得提高。
【字幕】2017 年 8 月 12 日，佛山白眉拳体育总会周年志庆
【字幕】白眉精髓（画面为周年志庆表演舞狮镜头）
【采访】

刘师父：他们每年回来，不是单纯为了我这个周年志庆，最关键重要的是：要来中国。他带着他的徒弟来看我这个师爷，这个我很感动，每年他都要回来，好像看父亲一样，在徒弟里面，真的很难做得到。所以，他这样做了，我很开心的，很安慰，一个人有一个这么好的徒弟。

BEN：我爸他 56 岁去世了，所以我也不知道，明天怎么样，他在不在我也不知道，所以，每年我要安排时间，要过来这里。这个时间比钱还重要。我要学，我要每天在一起。感觉这样很好，我要我的徒弟看看正宗功夫的文化。

我在高中的时候学得不好，有很多人说这个人不行。然后我过去中国，我的同学，以前的同事，他们上了大学，看我想干吗。我说我要学功夫，所以我的同事同学，很多人，朋友，他们都想，哇，他很笨，他做这么小的工作，我当保安嘛。但是现在，因为我有这个武馆，他们说："哇，你很厉害！"但是他们继续不明白我在干什么。

刘师父：他每年，在我心里面、眼里面，他一年比一年好，一年比一年厉害。我觉得他对中国文化，真的，有时候比我们原来的中国的，还要懂得多一点，好像。

9．地点：广州酒吧

【字幕】刘奔与徒弟前往广州，为朋友的酒吧开业进行表演。

【字幕】中国广州

【字幕】吉尔　酒吧合伙人

【同期声】

吉尔：牛，（表演）很好很棒！BEN 是我十几年的朋友，13 年的朋友，我见他做这个舞狮。我们这一次（活动）开在广州，他在佛山，他说可以过来表演，我觉得很有意思，就叫他过来了。

外国顾客：I feel it's really interesting, especially I'm surprised that foreigners are inside. Because when i first saw it, I really thought it was Chinese inside, and than after when they are moving with these foreigners, and I'm really surprising they can do something that so traditionally Chinese. 我认为这很有趣，我很惊讶狮子里面是外国人。因为当我第一眼看到的时候，我真的认为里面是中国人。之后，当看到他们和这些外国人一起搬东西，我真的很惊讶他们能做这么中国传统的事。

10．地点：法国酒店

【字幕】巴拉香格里拉酒店新春庆贺（画面为活动快闪镜头）

【字幕】威廉　香宫经理

【采访】（威廉独采）

威廉：Euh ben la danse du lion ça présente déjà l'équipe et la troupe de Benjamin pour moi. C'est la seule vision j'ai de le danse du lion. 向我展现舞狮的是本杰明的团队，我对舞狮的深刻印象源自他们。

Il y avait là un esprit que je ressentais dans chaque jeune homme de la rangée et j'étais émerveillé par cet esprit. 这当中存在着一种精神，我从队伍中的每个小伙子身上感受到，我对这种精神感到惊叹。

En termes de performance, ils ne sont pas de ces danseurs, des athlètes toujours prêts à se produire quelque part une fois par an. Ils travaillent activement et ils ont un flux constant de passion. 表演方面，他们不是那种每年在某个地方表演一次的舞蹈者、时刻准备着的运动员。他们积极努力，他们有源源不断的激情。

【字幕】蒂博　香宫行政助理

【采访】（蒂博独采）

蒂博：Et justement ce qui est agréable c'est que chaque année on a des choses différentes qui peuvent se passer dans la danse du lion. Euh la troupe essaie chaque année de nous proposer quelque chose de différent. Et ensuite y a vraiment cette idée de vivre un moment authentique. 的确让人愉快的是，每年舞狮节目中都有不同的东西。舞狮队每年尝试为我们提供不一样的东西，希望在表演中让观众体验到真实。

Et on a généralement des très très bons retours de l'ensemble de nos clients. Egalement de nous mais enfin de nos équipes qui sont enfin voilà qui pour la plupart ont jamais vu ça de leur vie. 活动收到了特别好的反响，来自我们所有的客人、我们团队本身。团队中的大部分人都从未见过舞狮。

【采访】（威廉独采）

威廉：Et la troupe de Benjamin, elle l'exprime vraiment. C'est des gens qui sont chaleureux, qui sont droits, qui sont gentils et qu'ils sont talentueux quoi. 本杰明的队伍确实表现了欢庆的气氛。队伍成员是热情的、正直的、和善的、有才华的，就是这样。

Quand on… vous les voyez danser, sauter sur les bancs et cetera, monter en haut du mat. C'est juste exceptionnel. On l'a regardé des yeux d'enfant. C'est admiratif. 当你们看着他们舞动，在长椅上跳跃、爬到旗杆高处，这特别了不起。人们像孩子一样观看着，这表演是让人赞赏的。

【采访】（蒂博独采）

蒂博：Et puis il y a également cette spécificité qui est quand même assez intéressante. Ou ce sont des fran? ais qui pratiquent le Kungfu mais avec un vrai respect de la culture et une varie connaissance de la culture locale. 还有一个特征很有趣：练功夫的法国人对当地的文化是相当的尊重和认识。

Et euh donc? a c'est également une spécificité qui est intéressante. Et où je trouve que l'on envoie un message comme je disais en préambule ou on a vraiment ce pont entre ces deux cultures la culture française et la culture chinoise. 因此这是有趣的特点，我认为，人们互相传递信息，就像我之前说过的，人们之间存在着中法两种文化的桥梁。

11. 地点：巴黎　白眉拳馆

【字幕】法国巴黎（画面为武术馆内孩子们在练武）

【采访】（BEN 独采）

BEN：Donc souvent on pense que les arts martiaux traditionnels. On parle des arts martiaux traditionnels. On pense que les gens qui font les arts martiaux traditionnels, c'est les gens qui aiment la tradition. 通常当人们想到传统武术，谈论传统武术，一般认为，练传统武术的人是喜爱传统的。

Mais je pense que il y a beaucoup de gens qui comprennent pas en fait. La tradition qu'est – ce que ça veut dire? Moi dans mon cœur j'ai une phrase d'un philosophe qui s'appelle Anderson. Et la tradition, il dit, la tradition c'est pas regarder vers le passé, c'est faire continuer ce qui demeure. 但我认为，很多人实际上并不了解，传统究竟是什么？在我心中，有哲学家安德森的一句话，对于传统，他说："传统不是回望过去，而是让现存的继续下去。"

【同期声】

学徒小女孩 A：Vous attaquez comme ça, puis je suppose que vous mettez votre main ici. 你这样攻击，然后我猜你把你的手放在这儿。

学徒小女孩 B：Mon ami dit qu'il devrait être. 我朋友说应该是这样。

BEN：Je le saisis maintenant, puis je le frappe de nouveau. Quand il frappa, cette main le saisit immédiatement. Comprenez – vous? Puis riposte. 我现在抓住他，然后我再出击，我刚抓住他，再用肘部击打。当他出击时，这只手立马抓住他，明白了吗？然后再还击。

【采访】

BEN：这个小孩子，大家说他不行，不听话，在学校学得不行。但是在我武馆里他是最厉害的，我就很开心。因为他慢慢就有信心，有信心，他就会开个公司，做他的事，可能以后这些骂他的人会明白，他比他们厉害。

学徒男孩 A：I guess people think Kung Fu is cool because it's good for fighting. I think it's more than that, it's more of an art form. Most people think of it as fighting and hurting each other, but I don't think it's like that. 我猜人们觉得功夫很酷，是因为它适合打斗。我觉得不只是这样，它更像是一种艺术形式。大多数人认为这是打架，是互相伤害，但我觉得不是那样。

学徒小女孩 C：In kicking, you can get everything you want, like you put all your strength, all your passion, all your thoughts into one thing. Forget about everything else, just being here for pure training. 在踢腿的时候，你可以得到你想要的一切，就像你在一件事上投入了全部力量、全部的激情、全部的思绪。忘记其

他的一切，在这里进行纯粹训练。

学徒男孩 B：Those who come to learn Kung Fu, a lot of times want to improve, and when they see what we're doing, it looks cool, but our training is intense. I feel like he's more than a teacher, I feel like he's become family to us, and I guess all of us are. We are each other's relatives in some way, just like we do the same things, we like the same things, and we train in the same way, and we work together to achieve the same goal. 那些来学习功夫的人，很多时候想有所进步，当他们看到我们在做的事情时，这看起来很酷，但是我们的训练强度很大。我觉得他（BEN）不只是一个老师，我觉得他已经成为我们的亲人，我猜我们所有人都是。我们在某种方面上是彼此的亲人，就像我们做同样的事情一样，我们喜欢同样的事情，而且我们以同样的方式训练，我们共同合作实现同一个目标。

BEN：Un beau restaurant. un restaurant étoilé il fait 20 tables, 30 tables. Je sais pas. Peut – être c'est un peu à peine plus. Il n'en fait pas 200 en tout cas. Ça c'est sûr. 一间优秀的饭店，获得米其林星级的饭店，它接待 20 还是 30 桌客人，我不清楚，可能更多一些，但它不接待 200 桌客人。

Il y a un avant et un après. Donc je suis content d'avoir autant de personnes. Mais le plus important pour moi, c'est d'avoir ces dix personnes qui sont les très proches, qui s'entraînent beaucoup, qui comprennent dans leur cœur ce que veut dire le mot Pak Mei. 我很高兴能有众多学员。但我认为最重要的，是拥有这十几个人。他们很亲密，经常训练，在心里懂得白眉拳的内涵。

Et euh qu'ils font vivre en venant s'entraînant…en venant s'entraîner chaque jour, en venant euh passer du temps ici. On est devenus une petite famille. C'est quelque chose très agréable pour tout le monde. 通过每天来这里训练，来这里度过时光，他们展现了白眉拳的内涵。我们成为一个小家庭，这让所有人都感到愉快。

Chacun a et suit sa voie. Donc mon but c'est juste que ça perturber. Ce que je souhaite ici, c'est que cet endroit – là il perturbe. Quand à cet endroit – là, peut – être on sera dans un autre quartier quoique ce soit. Mais je veux que cette salle – là… Mon but est jusqu'à ce que je sois plus là, c'est que cette salle elle perturbe. 每个人都有自己要走的路，我的目标就是：现在的继续下去。在这里我希望的是，这个武馆继续下去。这个武馆，可能会搬到别的区，不管怎样（都希望开下去）。我希望这个武馆，我的目标就是，即使我不在了，这个武馆也还在。

乐园
（纪录片）

扫码观看

作品信息

1. 故事梗概

《乐园》是一部讲述城市与生活在其中的流浪动物之间关系的纪录片。该片以广州市阿派关爱小动物社会发展中心的救助活动为线索，通过一年的跟踪拍摄，真实记录下了广州市及其周边地区流浪动物的生存状态，讲述了城市背景下三只不同境遇的流浪动物的故事，并对公益组织的创办人、核心志愿者以及民间救助站的创办人进行了深度采访，客观呈现了流浪动物与城市空间之间的真实状态。

2. 作品截图/海报

3. 创作成员分工

刘梦蝶独立完成。

推荐语

　　梦蝶是我 2018 年招进来的广播电视艺术专业的研究生，毕业后进入湖南卫视工作。梦蝶进校后，我就发现，她是真的喜欢广播电视艺术专业，热爱剧本策划、编导拍摄行当，而且对城市和日常生活都注入了一种特别的关注，其毕业作品《乐园》就反映了她在这方面的一些思考。

　　《乐园》讲述的是随着城市的扩张，都市街头流浪动物的生存状况的故事。梦蝶是一位很有爱心的人，她十分关注流浪动物在城市中的生存空间问题，并以此作为毕业作品的选题，这体现了她强烈的社会责任感。我们在校园和城市的街头经常会看到流浪狗、流浪猫等各种流浪动物，常常有爱心人士投递一些食物给它们。但说实话，绝大部分街头流浪动物无人问津、命运悲惨。虽然有些流浪动物本来就是宠物，被它们的"主人"从宠物店买回家饲养，但后来因为生病、衰老或其他缘故被"主人"不负责任地抛弃街头，一些"主人"可能都没有意识到这种行为的不妥。梦蝶将其毕业作品的镜头对准这些流浪动物，目的自然是唤醒整个社会对流浪动物生存状况的关注。

　　为了拍好这个选题，梦蝶做了比较充分的准备，她费心收集了《养生主——台湾流浪狗》《地球公民》《狗和猫和人》《谷中的流浪猫狂想曲》《十二夜》《爱猫之城》《今生，请多指教》《犬犬风尘》等流浪动物题材的作品作为参考，并最终确定了自己的创作思路和拍摄手段。对于广电专业的同学来说，毕业创作或毕业设计并非仅只是"技术活"，创作理念往往也决定着其作品的拍摄质量。梦蝶不仅有娴熟的拍摄技能，也有较清晰的创作理念和较好的理论素养。在创作阐释中，她就明确表达了其创作理念——从空间角度处理流浪动物与城市及人的关系。并且在她看来，流浪动物的生存处境也是对人类境况的"隐喻"，"流浪动物和人类一样都是这个庞大城市群落下的底层建造者，人类和流浪动物一样构成了城市的景观，城市的飞速发展除了压制流浪动物的生存空间，也给人类带来了更多现代性问题。人类虐待流浪动物的行为其实反映了人类深层次的精神性问题，人类在愈加快速发展的城市中变成了劳动的'动物'，逐渐丧失了自我价值。我拍摄这部流浪动物题材纪录片《乐园》的初衷，便是希望能够展现出城市空间下流浪动物的真实生存状态，给观众带来对于人文关怀的思考和启迪，希望通过这种方式厘清城市发展与流浪动物的生存之间的深层次关联，并反映出人类的现代性问题，希望能够对城市空间的良性发展做出些许贡献，也能唤起人们对流浪动物问题的反思"。从空间角度处理动物与城市及人类的关系，我觉得抓住了城市流浪动物问题的根本所在。动物的生存问题以及人类在这个地球的生存问题在某种意义上就是空间生存问题。并且，梦蝶从动物在都市空间里的生存状况入手，上升到对现代社会人类生存境遇的思考，这种思考无疑提升了作品的内涵。

在具体拍摄过程中，梦蝶用三只流浪动物作为"故事主角"加以呈现。第一只流浪动物"卡布"，因患犬瘟而被抛弃在宠物店门口，最终被火化；第二只流浪动物"雪菊"，不知什么原因被烫伤，后来得到救治并恢复健康；第三只动物"踏雪"是一只即将被领养的流浪猫。当镜头对准这三个"主角"时，梦蝶没有将它们看成是"动物"，而是将它们看成和人一样有情感、有思想的"生命"。她特别强调在拍摄时，是将动物作为"主体"，而不仅仅是"被拍摄对象"。"纪录片《乐园》中所展现的创作理念便是拍摄者亲自深入流浪动物的生活，参与流浪动物的救助过程和流浪动物保护组织的日常直播，以一种平等的视角去看待流浪动物，并不仅仅把流浪动物当作被拍摄的对象，而是与流浪动物建立起平等的、朋友式的关系。"

当然，与流浪动物建立起"平等的、朋友式的关系"在拍摄上是有很大难度的，毕竟动物不是会说话的人类，它们不会讲述自己被烫伤、被抛弃的遭遇。为了更好地以平等的态度看待流浪动物，梦蝶和她的团队采用了跟踪拍摄、平角拍摄和深度访谈等手法。长时段的"跟踪拍摄"体现出拍摄者们是以一种下沉的姿态观察流浪动物整体生活状况的；"平角"则将动物放在与人平等的位置上交流，可以将动物日常生活及精神状况更加全面细致地展现出来；"深度访谈"则通过动物救助站以及喂养人的叙述间接呈现流浪动物的真实生存状况。三种主要拍摄手段的交替使用，足以反映出拍摄者尽量以平等姿态拍摄的基本想法。除此之外，对比、细节等拍摄手法的大量运用，也让人对作品中动物的生存状况有了更加全面深刻的认识。

梦蝶将自己的毕业作品取名为《乐园》，我想也表达了一种朴素美好的愿望，即祈望所有的流浪动物都能在城市里有一个比较好的归宿。当然，这也是我们每个人的祈望。

（推荐者：曾一果）

作品阐释

1. 选题背景

近年来随着城市的急剧扩张，流浪动物与城市之间产生了越来越大的缝隙与鸿沟，而其中最显著的问题便是城市与动物争夺空间。城市为流浪动物提供了可供生存的地理空间场所，同时流浪动物也作为城市的居住者不断构建不同样式的城市风貌，而作为城市底层群体的流浪动物，它们的生存状态更能够反映城市空间分配不平等的状态，城市与流浪动物双方交织构成了一个社会空间场域。但不断延伸扩张的城市空间、政府针对流浪动物制定的管理规定和捕杀活动都在物理层面上挤压着流浪动物的生存空间，流浪动物只能在城市的底层空间里得以喘息，城市空间的归属逐渐倾斜、失衡；与此同时，部分城市居民也在心理层面上拒绝流浪动物对城市空间的挤占，城市居民与流浪动物之间产生的持续性矛盾则让城市的空间问题在精神层面上得到彰显。据不完全统计，我国流浪狗的数量已经达到数千万只，世界范围内的流浪动物数量更不容小觑，流浪动物数量的无节制增长会对城市发展及居民日常生活造成很多不利影响，在公共安全、卫生环境等方面都具有一定的安全隐患，正确、有效地处理流浪动物的问题在促进城市良性发展的同时，还可以展现社会的正向道德观，传达出一定的社会导向意义。

2. 创作理念

阿伦特在《人的境况》中探讨了在现代性时空下人类的境况问题。"劳动"已经成为人类活动的最高等级，在这一状态下，人们已经不追求更有价值意义的活动，反而沦为了游荡的存在。"在极权状态下，所有的人都处于一种高度孤独的状态，每一个人都成了巨型的意识形态机器中的一个微不足道的螺丝钉"。其实流浪动物的生存处境也是对人类境况的隐喻，流浪动物和人类一样都是这个庞大城市群落下的底层建造者，人类和流浪动物一样构成了城市的景观，城市的飞速发展除了压制流浪动物的生存空间，也给人类带来了更多现代性问题。人类虐待流浪动物的行为其实反映了人类深层次的精神性问题，人类在愈加快速发展的城市中变成了劳动的"动物"，逐渐丧失了自我价值。我拍摄这部流浪动物题材纪录片《乐园》的初衷，便是希望能够展现出城市空间下流浪动物的真实生存状态，给观众带来对于人文关怀的思考和启迪，希望通过这种方式厘清城市发展与流浪动物的生存之间的深层次关联，并反映出人类的现代性问题，希望能够对城市空间的良性发展做出些许贡献，也能唤起人们对流浪动物问题的反思。

3. 人物形象

《乐园》拍摄的主要人物有两位，一位是本片主要跟踪拍摄的流浪动物保护组织的创建人陈嫱女士。身为湖南人的她在海南海口做教师工作，休假期间在广州接触到了流浪动物的保护工作，在这个城市找到了志同道合的同伴后成立了流浪动物保护组织。她的办公室里陈列着她救助过的但已去世的流浪动物的骨灰和毛发，她认为只有以这样的方式才能感受到它们在这个世界上存在过。

第二位是一家位于佛山的民间救助站的创建人骆姨，她从四川的小山村来到广州打工，因为对狗有着深厚的感情，见不得吃狗杀狗的行为，于是开启了救助流浪动物之路。她为了救助流浪动物从广州市越秀区搬到佛山市里水镇，平时靠着在餐厅打工挣钱并带回剩菜剩饭以喂养救助站里的二十多只流浪动物，她的生活水平因为救助流浪动物而急剧下降。骆姨其实和她所救助的流浪动物一样属于这座城市的边缘群体，她流着泪对着镜头说出"希望政府能够多帮帮我们"时，除了希望自己可以得到政府帮助外，更希望自己所救助的流浪动物也能够得到好的照顾，流浪动物的现状其实也反映了她的心灵"伤痕"。

4. 动物形象

《乐园》主要记录了三只不同境遇下的流浪动物的故事：第一只流浪动物是"卡布"，它是一只因患犬瘟而被抛弃在宠物店门口的流浪犬，经抢救无效死亡后，送往广东顺德一处宠物殡仪馆火化；"雪菊"是一只腹部受到大面积烫伤的流浪猫，在经历伤口缝合、转院和重新拆线治疗后，目前恢复得很好；最后一只流浪动物"踏雪"是一只将要被领养的流浪猫，即将前往它的新家。

5. 创作特色

（1）强对比：形态、速度、强弱。

流浪动物与城市空间之间关系的不平等性首先是通过最直观的形态和体积大小来体现的。在《乐园》中，最能够体现城市性质的便是摩天大楼等宏伟的标志性建筑物，而片中的流浪动物则穿梭于城市的角落，隐匿于城市街巷之中，凸显其形态的渺小。除了形态大小上的差异，速度上的快慢之分也将城市与动物明显地区隔开来。《乐园》多通过城市景观及车流轨迹的延时镜头来体现城市的加速状态，通过对动物行动的慢镜头捕捉以及真实状态的记录，展现流浪动物在不断加速发展的城市面前的停滞与疏离。由钢筋水泥构筑而成的城市"身体"形态与毫无遮蔽的动物肉身在纪录片中形成了强烈的对比；此外，流浪动物身体所遭受到的创伤也能在视觉层面上达到强烈的冲击效果，从而展现了在流浪动物题材纪录片中除形态和速度外，二者身体之间强烈的对比性。

（2）拍摄手法：创伤呈现、框架式构图。

《乐园》毫不避讳地展示城市带给流浪动物的伤害，在纪录片的开头段落中就直观地展现出一组身体有着伤痕的流浪动物的镜头，与城市繁华的画面交织剪辑在一起，更凸显了流浪动物身体的脆弱性。并且使用大量动物的伤痕以暗喻城市空间中所存在的问题，失去双眼的流浪动物象征城市的盲目扩张，失去行动能力的动物则象征着城市化进程中的突出问题。流浪动物用身体的伤痕消解了城市空间表面的权威和光鲜，这是一种独有的参与城市空间生产的方式，也是城市空间压制流浪动物的最鲜明的证明。

《乐园》通过"框架式构图"的拍摄手法展现被救助的流浪动物在笼中等待治疗的场景，铁丝以线条的方式在画面中框定了流浪动物的面部，它们渴望自由的眼神在框架式构图中更清晰地传递了出来，这也映衬了整部纪录片的情感基调。

（3）剪辑手段：对比蒙太奇。

在2020年广州中国国际宠物水族用品展览会上，流浪动物保护组织"阿派"与周围充满商业气息的环境形成了强烈对比，该片运用了对比蒙太奇的方式做了突出展现。本片在描述城市的消费空间时，先采用了一连串缓慢、精致的镜头展现该展览上光鲜亮丽的商品，紧接着画面切入逼仄的"阿派"展位，并通过对该组织创建者在展览结束后"捡垃圾"行为的记录，在展现宠物经济不断发展的同时，也体现了在这个展览会空间里宠物经济和流浪动物之间巨大的割裂性。

纪录片所呈现的骆姨救助站位于广佛地区的城乡接合部，门口的高架桥上每隔几分钟便有动车穿行而过，动车呼啸的行驶声与救助站中动物的叫声在村落里回荡。而对骆姨的采访过程也经常被动车的穿行声打断，当骆姨在镜头前落泪时，《乐园》快速剪切到动车的行驶镜头，骆姨的伤痛仿佛被城市的快速发展所碾压，随着列车的行驶而消逝在无垠的时空中。动车的高速行驶与救助站中近乎静止的时间形成了极大的反差感，象征了城市现代性的触角已经广泛深入生活的各个角落。

文稿

【开场字幕】

根据世界卫生组织WHO追踪狂犬病案例的估算，全球流浪狗高达两亿只。目前，中国流浪动物数量已达数千万。

近年来，由于城市的急速扩张，流浪动物与城市之间爆发了越来越大的矛盾。

最近在山西太原，一位男子用开水烫死怀孕母猫引发了全社会的热议。（新闻播报）

有人将出售虐杀动物视频当作广告，而这个利益链条群体近年来有不断扩大的趋势。（新闻播报）

流浪猫挠伤人　被夫妻持棍虐打致死（新闻标题）

1. 卡布流浪狗的故事

地点：广东·顺德　宠无界宠物火化殡仪馆

【解说词】

这是一只流浪动物的葬礼，它叫卡布，是被民间组织救助的一只流浪狗，确诊为犬瘟后，因抢救无效死亡。

采访人：彭彭　阿派关爱小动物社会发展中心核心志愿者

【采访】

彭彭：不能说它算幸运，只能说我对这个行为是没有遗憾的。它肯定是被遗弃的，因为就是在宠物店旁边看到的，用一个纸箱装着，很小，可能有两三个月，没有小狗的活泼，眼睛都是红红的，然后口鼻就开始出现一些分泌物了，嘴巴一直在流口水，就看起来精神很差。你看到它的时候是没精神，但是我并没有想到后面它会变得那么没有精神，所以我现在反而会去怀念第一次见到它的时候。它后来已经不行了，它还会笑，它还会在阳光下跟你笑，到后面它可能连头都没有抬起来过。

【同期声】

彭彭：不喜欢在箱子里面。

医生：它能吃东西吗，之前？

维维：我也不太清楚，可以试一下，好像说可以吃可以喝。

医生：乖乖吃点这个好不好，吃点这个。

【采访】

彭彭：因为没有好好去抱一下……第一次见到的时候是用一个纸箱（装着），一直到后面它离开，我都没有好好地抱它。因为当我第二次见到它的时候，（它）已经是躺在笼子里吸氧气，很痛苦，发出小奶狗的那种嘤嘤声，很可怜。它自己也很难受，它就是像我说的没有办法抬头去好好地看你一眼，很痛苦，就趴在那边，随便你怎么弄它。

第二天的凌晨五点多，医生其实有通知，我起床大概是六七点钟看到这个消息。其实那一天看到它这个样子我有准备，我心里有一点准备，我不能说能接受吧，但是我没有想到突然间就变成这样子。所以卡布的遗憾我不想再发生了。还很遗憾，真的没有好好去抱过它，谁知道就没有机会了。

2. 阿派创始人的故事

地点：广州·琶洲　第二十四届中国国际宠物水族用品展览会

【解说词】

在商品如云的宠展会上，成立于 2018 年的阿派关爱小动物社会发展中心是一个很突兀的存在。

【同期声】

陈嬙：阿派自己现在有六家领养中心，2019 年救助了 404 只动物，然后会放在领养中心里面，再通过自己的平台去宣传领养。

陈嬙：就是捡垃圾，你们知道吗？展会结束之后我们就会去捡垃圾，捡来的垃圾里面有可以直接带回给领养中心动物吃的，还有一些别的商家不要但是我们做活动可以用上的东西。

地点：广州·沙贝　阿派关爱小动物社会发展中心办公室

【解说词】

在陈嬙的办公室里，陈列着她所救助但已去世的动物的骨灰和毛发。

采访人：陈嬙　阿派关爱小动物社会发展中心创始人

【采访】

陈嬙：我是湖南人，老家是湖南的，我自己本身是在海南的海口工作，最后在广州成立了"阿派"。一方面是机缘巧合，当时正好因为家里面有些事情，我休假在广州，遇到了一只需要救助的流浪狗，然后我就通过微博这个平台发起了求助，很快就得到了呼应，有人跟我一起去帮助它。慢慢地我成为其中的一名志愿者，以及和他们成为朋友，最后大家一起去成立阿派。

另外一点的话，其实我真的很喜欢广州这个城市，它包容，你很容易在这个城市里找到跟你有着相同语言和相同想法的人。比如说，我经常会很感动，在广州这些老的街道看到有阿婆阿叔他们牵着自己养的田园犬，真的是当做宝贝一样，他们也没有觉得养这样一只田园犬会觉得不好意思。我以前，我走过很多城市，他们会觉得田园犬不值得去被养和被救的，他们会说这是一条土狗，但是广州不会，这是我喜欢这个城市的第一点。第二点就是我曾经在别的城市做过救助，帮助流浪动物，很多人不理解，有人冷嘲热讽，我很难去聚起一群人和我一起去做一件事情，但是在广州我发现它相对而言更容易一些，可能是城市本身的文化和包容性。以及在这个城市里，我觉得我可能有很多种可能，能够让我去努力，朝着某个方向去尝试，所以无论是从我最后留在了广州，或者是说我在广州成立阿派，它都是一个机缘，但是这个机缘是源于广州这个城市本身，它真的是一个超棒的平台。

阿派和很多动物保护组织有极大的区别，我们虽然也会在街边救助流浪动物，但是实际上我们所做的事情，是把救助流浪动物当做一个小小的窗口。我们会通过这个窗口让人走进一个更大的世界，我们更多的是希望能够降低公益的门槛，让别人觉得帮助流浪动物不是费钱费力费时间，像深渊一样的一件事情。

阿派成立之初，我们的真正亮相是在一场活动，一场领养活动。那时候还没有真正注册，从那一场活动开始，有很多人觉得阿派作为一个组织的出场，竟然不是去救助一只猫，救助一只狗，竟然是进行了一场领养活动，就说明你们喜欢作秀，喜欢获得很多人的关注，是不会做什么具体事情的一群人。而我觉得，这是阿派想要去走的公益的一个方向，因为公益、公益，是公众利益，那么你怎么才能让每一个公众觉得这件事情跟他自己有切身的利益？他甚至连知道都不知道，那么怎么能够称之为公众利益？所以我从来都不觉得公益应该是默默无闻的，就是一群人去做点什么，然后这群人可能越来越少，越来越少，到最后变成，"你们真伟大""你们在默默付出"，但实际上这件事情本身却无法维系下去了。

地点：佛山·桂城　阿猫阿狗宠物医院
【解说词】
由于办公室的猫突发疾病，陈嬙驱车来到合作的宠物医院给它们看病。
【同期声】
陈嬙：明显不吃（东西），消瘦，然后没有精神。这只是南桥，南桥就是一直干呕，已经三天了，一直呕，所以三只全部带回来看一下。
医生：喉咙很敏感，稍微刺激一下它就咳。
【解说词】
在得知猫咪无大碍后，陈嬙开始了每周五晚的例行直播。
【同期声】
陈嬙：哦我的天啊，你们看到了吗？给手，哇，天啊，它真的给手了啊。我的天，为什么你这么聪明，这也太让人意外了吧。
陈嬙：太原被开水烫的猫妈妈已经不在人世了，它已经回去喵星了，但是阿派这边救助的被开水烫的猫咪雪菊还活着。大家都知道雪菊是阿派近期所帮助的一只只有一岁的纯白色的猫咪，它因为被人恶意用开水烫伤，皮开肉绽，所以有生命危险。今天我会带大家去看一看雪菊，看一看她恢复的情况。

3. 雪菊的故事
地点：广州天河区　时间：2020 年 10 月 24 日
【同期声】
发现人：它现在是左腿伤口比较大，整个肚皮是开的，我大概看了一下，内脏没有伤到，它的肋骨啊什么那些都包着，内脏是没有伤到，就是一层皮开了个很大的口，半深吧，应该有。
采访人：小黄黄　阿派关爱小动物社会发展中心核心志愿者

【采访】

小黄黄：雪菊，刚好当天是重阳节，我们就想说雪菊是像杂草一样，希望它生命力能够像杂草一样强韧，它也确实做到了。当时我们是在群里面发现这条求助信息的，那条信息之前的一段时间太原也有一只猫咪受相同的伤，所以比较揪心，后来大家就相约，就是约了几个志愿者过去找这只猫。但我们打通了电话之后，得知这只猫已经被送往医院了，但可能医院那边，由于经济问题吧，就没办法去好好治疗。所以我们就去了现场，当时看到那只猫的时候，是手臂、腹部全部都缝合好了，但是看起来特别难受，跟医生商量后得知可以转院，我们就把它带到我们熟悉的医院去做治疗。接到它的时候，状态非常差，因为它当天做了一个缝合，可能缝合的时候身体是极度缺水的状态，皮就比较松，后来缝合后输了液，缝合线就绷得特别紧，一路运送的过程中，我们也听到它不停地嚎叫，嚎叫一停我们也很担心，害怕它已经背过去了，幸好没有出现这样一个意外。

【同期声】

陈嬗：乖乖，要撑住，知道吗？我们现在马上就转院。

小黄黄：是整个毯子都可以拿出来吧？

陈嬗：没事，抱着抱着。啊，我的天，看到都疼！

【采访】

小黄黄：转院之后，经过了一个晚上，就发现那个缝合线实在不行了，要绷掉了，所以医生就帮它拆掉了全部线，因为有发炎渗出的一个状况。把线全部拆掉之后，做了一个比较高级的疼痛管理，让它能够舒服一点去度过每一天，但是，在疼痛管理做得很好的情况下，它依旧还是会感受到痛，因为整半边的皮肤都不见了，露出血红血红的肉。医生后来就给它做了一个干细胞的点滴，很大，身上的面积，就是一支干细胞，只能滴一次，一天最起码做一次那个干细胞的针剂涂抹。

【同期声】

医生：不吵不闹的。好了好了，还好吧。雪菊，好了，我们回去了。

陈嬗：大家可以看到它的精神好了很多，眼睛可以瞪得大大的，蓝色晶莹透明的大眼睛。

【解说词】

经历了长时间治疗，雪菊的身体情况开始好转，也逐渐恢复了对人的信任。

陈嬗：在这里，主播替大家摸一摸它，乖宝宝，超乖哦。

4. 踏雪的故事

地点：广州·岗顶　百脑汇

【同期声】

现场声：爱心义卖，帮助流浪动物，领养代替购买。

志愿者：它都睡着了，你看，你看它都睡觉了。

路人：可以给它拍张照吗？

志愿者：可以啊。

【解说词】

在它们还在等待被领养的机会时，一只叫踏雪的猫咪迎来了它的新主人。

地点：广州·番禺　安迪宠物医院

【同期声】

领养人：害怕吗？害怕人？

志愿者：它不怕人，它才不怕人，它只是想飞出来玩而已。

领养人：它们平常都可以溜出来玩的啊？

医生：它都跳到人家笼子里，它可厉害了，它跳到人家笼子里偷吃。

领养人：它好乖啊。

志愿者：它都不想下来了。

【采访】

领养人：我是在小红书上面看到有阿派领养这个事情，然后我就去了解了一下那个公众号，在公众号那里不是有猫咪跟狗的那个领养嘛，我就在那里翻，翻着翻着就翻到（它）了。其实我没有什么特定的（要求），但是我一看到它的时候，就觉得这只猫挺好，上面不是有它的备注嘛，备注说它在那里碰瓷，我就觉得这小猫应该挺聪明的，而且挺乖巧。我家里面本来有一只，它是很高冷的，它很懒，跟它刚好是相反的，我就说这只跟我们家那只应该能配合。我（养猫）那个时候我还不知道有阿派领养，我是五月份的时候，五一的时候刚开始养的，差不多九月十月我才知道（阿派领养），我就想，我们家有一只，还可以多养一只，要不去领养一只。

其实流程挺简单的，就是你先申请嘛，填资料，资料填完了以后会有人员跟你联系，去做审核，审核通过了以后你就可以在那个程序上面（领养）。有很多待选的动物等着领养，你可以去选自己认为符合你要求（的动物），如果双方都觉得 OK 的话就可以，然后我看见它，你看它才三个月，已经长得这么胖、这么壮，我自己养的那只都没有养得那么壮。

【同期声】

志愿者：你签一下乙方这边的内容。

领养人：你看它。

志愿者：还有什么问题再在群里咨询一下志愿者。

领养人：好的，拜拜。

5．救助站的故事

【同期声】

小黄黄：我们一会儿去到的一个救助站，它的负责人是从深圳把狗狗带到惠州这边来的，因为她在深圳没有足够的场地可以养这些动物。所以在惠州这边她租了一整栋两层半的楼，在养一些动物。我们待会送疫苗过去给它们注射，避免那些狗狗生病。

地点：广东·惠州　红姐救助站

【解说词】

除了动物保护组织，这些民间救助站也容纳了不少无家可归的生命，也有小动物在这里找到了家，但大部分会在这里停留很长时间。

【同期声】

救助人：来这里打，怎样打？

小黄黄：打它（针），这样子打。

救助人：你小心给它咬到哦。

小黄黄：拿那个，把那个盘拿来。

地点：佛山·里水　骆姨救助站

【解说词】

但并不是每一个救助站都能够维系得这么体面，骆姨救助站因为火灾面临着搬迁的危机。

【同期声】

彭彭：下个礼拜怎么撤啊？

骆文君：就没地方，都找不到地方，善宠汇也没找到地方，朱姨也没有地方。

彭彭：你今天要搞吗？卫生要搞吗？

骆文君：要搞。太脏了，我不想让他们（志愿者）搞，我自己搞，因为搞得他们一身又脏又臭的。

彭彭：没事的，反正来都来了。

骆文君：不行，太脏了。

彭彭：你们是打算礼拜一跟谁说？

骆文君：礼拜一我们跟他们（说），如果不撤我们，我们就能多熬一个月。

【采访】

骆文君：因为我对土狗情有独钟……我是"70后"，我的家乡在四川，一个偏僻的山村，家里就养了一只土狗。每天放学，那只土狗就是我唯一的玩伴，一起做伴一起玩。突然一天那只土狗不见了，被我妈拿去卖了，她说不见了，我就很难过，一直对土狗情有独钟。我后来到了广州，知道很多人吃狗杀狗，我就觉得土狗很可怜……没有家的或者是别人要杀的，在广州养了总共五只，老是找不到房子租，半夜三更遛狗，就是怕人家知道我养了那么多狗，最终还是被房东知道了，搬了几次家，没办法就搬到佛山里水，从广州市越秀区搬到了佛山市里水镇。后来就是捡了 20 只（狗），广州的一个阿姨死了，她的狗没地方去，放了几只在我这里，到现在。

我是早上要去餐厅打工四个小时，给它们捡点吃的，然后晚上再去一个地方，也是餐厅，四个小时，也是为了给狗子们捡吃的，现在要搬家也不知道要搬到哪。有的人不理解养狗的人，养了狗，对它们有感情，都是一种责任，再苦再难都不会抛弃它们，都是别人抛弃的要吃的。一说你养流浪狗，很多人不理解，都说狗是拿来吃的，你们养它干吗？就是不理解我们养流浪狗，那些外省吃狗肉的说我们身上一股臭味怪味，捡什么流浪狗？因为我的能力有限，不能再捡猫狗，先把现有的管好，因为经常缺粮，所以不能再捡了。因为我没办法把它们带回四川，所以把它们照顾老了，我才回家。其实我们也希望政府对养流浪狗的多一点支持包容，多帮帮养流浪动物的群体、团体，靠个人真的好难。

【结束语】

幼猫呼喊，婴儿哭啼，都是生命传达给我们的声音；钢筋水泥，草地树篱，生灵皆在城市生活里喘息。人之所以为人，是因为人类能够对弱小者施以援手，只要我们有选择的机会，就应该避免造成其他动物受苦受难。

【同期声】

志愿者：你尾巴呢？你尾巴哪去了？哎呀，它喜欢镜头，给它拍照，它凑过来。

翻过那座山

（纪录片）

扫码观看

作品信息

1. 故事梗概

该片讲述了一名"90后"女扶贫队员陈好在基层扶贫工作的故事。离开城市的繁华、走出曾经的象牙塔，刚刚研究生毕业的陈好作为选调生来到云南省丽江市宁蒗彝族自治县大兴镇黄板坪村委会，跟着扶贫队员和村委会的同志们一起开展扶贫工作。陈好的好友通过她资助村里的一名女孩卢兰读书，恰逢今年卢兰高考，卢兰以全村最好的成绩考上了一本院校，陈好也为她感到高兴。她曾为山区的孩子如何改变人生而困惑，也为一些思想落后、不思进取的村民感到苦恼和痛惜，如今似乎看到了一丝希望，在和卢兰父亲的谈话中，她看到了小凉山的彝族人对下一代的期盼。真正的扶贫是教育扶贫，是思想扶贫，是不让下一代继续上一辈的贫。扎根古老的彝区、亲历这个时代炽热的前沿，她始终在做自己认为对的事情，只是这一切改变都需要时间，不可能一蹴而就。

2. 作品截图/海报

有可能这些东西就是他们梦想的一个萌芽
It's possible that these things are the seeds of their dreams

3. 创作成员分工

导演：林春盛

制片：陈晓宇

剪辑：林春盛

摄影：林春盛、陈晓宇、王子牧

航拍：王子牧

4. 获得的主要荣誉

第十届"光影纪年——中国纪录片学院奖"最佳大学生纪录片奖；

第七届大学生国际纪录片节中国故事特别推荐优秀纪录片提名奖；

第九届国际大学生微电影盛典纪实类二等奖；

长三角白鱀豚原创网络视频大赛入围奖；

5 分钟版本微纪录片登上央视新闻客户端展映，点击量超 10 万。

推荐语

种一棵树最好的时机是十年前，其次就是现在。

一个人命运的改变，不光需要个人不懈的努力，更受到时代潮流、历史进程和社会变迁的影响。脱贫攻坚战，正是中国共产党在波澜壮阔的百年奋斗征途中所做出的又一改变中国百姓命运的重大举措。在这场没有硝烟而又浩浩荡荡的战斗中，涌现出一批又一批新时代的英雄模范，一个个鲜活的扶贫干部用青春甚至生命诠释着"为人民服务"的真谛。也因此，中国偏远广袤的山区农村成为一片热土，这里无时无刻不在上演着深刻的蜕变。

纪录片《翻过那座山》讲述的正是这样一个在社会发展、历史进步的时代，边缘的个体与集体命运迎来历史性重构的故事。该片时长 30 分钟，通过一个年轻女扶贫队员的视角，生动展现了扶贫过程中的坎坷、无奈、辛劳、疲惫，更透过这些困难与矛盾，强烈烘托出扶贫工作带来的幸福感和价值感，树立了一个当代年轻人的典范。本片最大的特点在于人物生动、立体、正面，环境事件真实、典型，以离开象牙塔便走进山区服务基层的人物背景，刻画主人公从城市到山野所经历的坎坷挫折及其成长的过程，塑造出一个鲜活而独特、拥有优良的工作品质，同时具有理想主义精神的年轻扶贫干部形象。

选材与表达，如同鸟之两翼，车之双轮，往往是作品成功的关键。该创作团队以扶贫队员为主要人物，以脱贫攻坚战为主要背景，在 2020 年这个脱贫攻坚收官之年创作出一部记录基层扶贫现状的作品，片中内容真实，遍访、迎检、搬迁……诸多场景客观合理，主旋律的表达迎合社会关注焦点，从学生视角讲述少数民族贫困地区的中国故事，题材典型中不乏新颖，严肃中不乏朝气，因而受到多方认可。此外，该片在多项全国性大赛中获得奖项，这充分说明影片的表达手法也较为优秀。创作团队在前期拍摄中能够有意识捕捉、跟踪重要事件，挖掘生活中的冲突与困境，后期制作中，在忠于事实基础上善于运用对比式剪辑突出戏剧性，画面镜头不落窠臼，音乐具有明显的民族特色，情绪渲染得恰到好处，充分说明参与创作的三位同学具有良好的团队合作能力、较高的影视艺术修养以及足够的创作激情。

十年树木，百年树人。片中折射出教育扶贫对改变命运的重要作用，影片也通过主人公的故事让人们看到年青一代肩负的重任。影片片名正表达出了对改变命运、开拓人生的希冀，"翻过那座山"，不光是走出阻碍发展的大山，更是改变人们传统落后的生存发展观念。不仅如此，人生成长的本质就是翻过一座又一座眼前的大山，只有敢于突破、敢于前进，敢于向往山那边的世界，才能看到更广阔的天地。

作为学生作品，该部纪录片也是几个年轻人走出校园、深入基层、触摸时代脉搏的一次尝试。由衷期待新传广电学子都能够胸怀宽广，树立远大理想，脚踏祖国大地，扎根现实生活，创作出更多属于年轻人的优秀作品！

（推荐者：陈喆）

作品阐释

1. 选题背景

2020 年是具有里程碑意义的一年，我国迎来全面建成小康社会、实现第一个百年奋斗目标的历史关键期。回顾我国的农村脱贫之路，在党中央带领下，脱贫攻坚力度之大、规模之广、影响之深前所未有。随着易地扶贫搬迁建设任务基本完成，深度贫困地区脱贫攻坚取得重大进展，越来越多贫困群众过上了小康生活，全面小康的目标且行且近。"行至半山不停步，船到中流当奋楫"，2020 年上半年，全国共有 52 个贫困县还未摘帽、2 707 个贫困村未出列，还剩下约 5% 的贫困人口没有脱贫，这些都是贫中之贫、困中之困，是这场脱贫攻坚战中最难啃的硬骨头。在这样的情况下，最为艰难的当属奋战在扶贫一线的基层扶贫干部们，他们必须做到标准不降、劲头不松，根据各级政府的扶贫计划和指导精神，因地制宜采取精准扶贫措施。他们也正紧锣密鼓地进行着最后的攻坚工作，确保按时完成任务。因而，这场收官之战具有非凡意义以及空前的难度，基层涌现出许多在岗在职为人民服务的扶贫典范，远山深处的百姓正改写着他们古老的生存方式，中国的土地正孕育着这个时代平凡而伟大的故事。为此，我们选取在一线参与扶贫工作的干部以及贫困户为对象，通过人物纪录片的形式，拍摄关于脱贫攻坚最真实的故事，以点带面，记录这场与时间赛跑的"战役"的最后一公里。

2. 创作理念与思路

本片以云南省丽江市宁蒗彝族自治县为拍摄地点，这一贫困地区也是一个少数民族聚居区，是一个具有代表性又有地方特色的典型环境，针对这一地区的环境与人物有选择地拍摄，创造典型环境下的典型人物。通过实地调研、采访，选取一个扶贫单位以及一位扶贫干部作为主要拍摄对象，跟踪记录其在扶贫过程中的社区工作与生活，呈现不同角色面对生活现状的不同态度与想法，记录各自的困难与顾虑，以及主人公为改善当地人生活做出努力的过程。跟拍扶贫过程的关键节点，如搬迁、转业和脱贫工作收官等时刻。结合当地人的生活方式、地域风貌进一步丰富画面符号，体现地域特点。在刻画特殊性中诠释基层共性，在展现地方民族性的人文互动中呈现独特的中国特色，这些中国特有的场景和事件，丰富了作品艺术层面的世界性，描绘了更丰富立体的时代画卷。

3. 人物形象

片中主要人物名叫陈好，是云南省丽江市工业和信息化局派驻到丽江市宁蒗彝族自治县黄板坪村的一名驻村扶贫干部，刚刚从重庆大学硕士毕业的她，以选调生的身份来到这个古老的彝族村落开始了她的扶贫驻村之路。陈好对工作积极认真，不怕苦不怕累，很快适应了基层生活，和当地人打成一片。看到村里的小孩，她意识到，教育扶贫是她在工作之余可以发挥作用的领域。于是，她萌生了"点亮微心愿"的公益想法，联合扶贫队多位同事，经常到黄板坪完小开展微课堂公益教学活动，并通过网络征集爱心人士的帮助，一系列的"点亮微心愿"活动给村里的孩子们送上了来自全国各地的温暖。坚守在扶贫一线，她看到部分有着"等靠要"思想的村民无所事事待在家中时，心生愤慨；看到小小年纪就帮助家里摘花椒的小朋友手掌被刺扎得伤痕累累时，心生疼惜，流泪动容；讲述到自己的身世时她风轻云淡，对世界充满感恩。就是这样一位敢爱敢恨、阳光自信的"90后"女生，成为整部影片的核心人物。除此之外，片中还出现了与其一同驻村的其他扶贫干部、即将走出大山的高三女孩卢兰及其淳朴的家人等，这些次要人物的加持，使得影片结构完整、情节丰富。

4. 创作特色

在纪录片《翻过那座山》的创作过程中，我们从前期策划、中期拍摄到后期剪辑，都有意识地运用对比的手法，获得了良好的视听效果。

首先是在前期人物、地点的选择上就开始进行对比，在同一环境下选出最合适的对象和地点，这样有利于在之后的拍摄中能够获得更好的素材和故事，明确拍摄方向，提高拍摄效率。在人物选择上，"90 后"女扶贫队员陈好很快引起了我们的注意，在她的身上我们看到了许多可以挖掘的闪光点。整个村委会和扶贫队中只有她一名女性，面对艰苦的条件、陌生的环境，她没有退缩，反而以热情友善的姿态获得了领导、同事的认可和村民们的欢迎。主人公既有别于人们印象中的扶贫干部形象，又有着年轻人的朝气和良好的工作品质，是一个新时代典型人物。

其次，在拍摄过程中团队面临众多选择题，如什么时候开机什么时候关机、多个事件同时发生时镜头应对向哪一边、对于与主题关联性不大的故事要如何取舍……这类问题需要拍摄者在现场果断决策，尽可能避免错失良机。解决这些问题的方法在于对比思维，即当拍摄了一个场景之后我们要想到它可能会出现的对立面是什么，从而下意识去寻找。比如在片中我们捕捉到一位小朋友在路边帮奶奶摘花椒的画面，画面中的小男孩双手被花椒刺扎伤却毫无怨言，让人感动。与之对应的故事是陈好在入户走访中遇到一户存在"等靠要"思想的贫困户，其言行与摘花椒的小男孩形成了鲜明对比，大人与小孩、懒惰无为与吃苦耐劳，两代人的差距显而易见。正是对于"对立面"的关注和捕捉促成了拍摄中对这些关键事件的及时记录留存，为后期影片故事提供了更大空间。

诚然，在剪辑上我们也延续这一思路。为了使影片从一开始就有戏剧点，我们将走访贫困户的冲突情节放在了勤劳的摘花椒少年的前面，在一开始就形成强烈的反差，这会打破观众对扶贫题材影片温暖感人故事的刻板印象，用一种最真实最令人尴尬的场景引发观众的兴趣。这一情节也正说明扶贫队员们所要面对的普通群众是不太容易"对付"的。而摘花椒片段紧密衔接其后，能够使该片形成强烈的视觉与情感上的对比，当主人公陈好看着那双被花椒扎伤的手潸然泪下的时候，观众也能够站在她的角度与她一起感受小男孩的勇敢坚强，充分代入其中后便自然回想起面对顽固村民的困难。这种对比式的剪辑手法能够使影片带来强烈的戏剧张力，使观众能够有多种情感体验，同时也使扶贫队员的困难与无奈更加深入人心。

文稿

【解说词】

这里是云南省丽江市宁蒗彝族自治县大兴镇黄板坪村，这是一个深度贫困的村落。连绵不绝的山阻碍着这里的发展，但勤劳的彝族人民，正通过自己的双手，改善着他们的生活。可爱的山区孩子们，正通过知识改变着他们的命运。于是帮助他们摆脱贫困，让他们过上更好的生活，成为我们最大的目标和使命。

【字幕】黄板坪村委会驻村工作队

【采访】

陈好：我叫陈好，今年26岁，是丽江市工业和信息化局派驻黄板坪村的一名驻村工作队员。曾经有位前辈跟我说过一句话，他说"只要你真心待人，什么困难都能解决"，我一直将这句话铭记在心，不管前面有多少座大山，我们一定能翻越过去。

1. 地点：居民家门口

【同期声】

陈好：你们现在工作赶快做，因为明天检查组就要来检查你们家。

男村民：需要钱的那个。

陈好：这就这点，就这点需要多少钱，这给了一万块钱还不够吗，要多少钱？

男村民：你们给一万？

陈好：人居环境啊，这不是人居环境吗？人居环境懂不懂是什么？

男村民：人居环境是什么？哈哈，懂了懂了。你们给了一万啊？

陈好：是啊，每一家都一万啊。

男村民：这个都一万不够，太阳能都是四千左右。

陈好：那所有国家都给你弄好了，你自己搬进来住就可以了，自己不付出一点了？

男村民：是，但是那个金钱不够嘛。

陈好：金钱不够，这么多劳动力在家，随便做点什么咯。

男村民：嗯嗯，好。

【采访】

陈好：真的是这些人太懒了，这么大个人了，你说你小学啊就算了，二十岁的人了，什么都不会在家，坐吃山空，说起来就气。

2.地点：花椒地

【同期声】

陈好：你也在摘花椒吗？扎不扎手？

小男孩：扎。

陈好：那是奶奶吗？奶奶戴手套了没有？你们家没有手套吗？我看下手来。

小男孩：有是有。

陈好：你怎么不戴起？你看（手），痛不痛？

小男孩：不痛。

陈好：这个指甲有点痛吧，不痛吗？

小男孩：不痛。

陈好：那我们散步去了，一会儿回来看你，拜拜。

【采访】

陈好：好难受啊，你能想象一个小朋友的手是这个样子的吗？好难受啊。我看到那个小孩的时候，我会觉得说，他们会通过什么样的方式去，有他们自己更好的生活呢？

【同期声】

陈好：我给你们买了手套，但是不知道你们合不合适戴。我给你们买了剪刀，你自己选一把，有小一点的，有大一点的。明天你要摘花椒的时候，你看你这个手要写字，就要把它保护好，好不好？

小男孩：好，嗯。

【采访】

陈好：干这个扶贫工作，我没有去想过说，我的情怀是什么，我觉得这就是我的一份工作，那我就去把它尽量做好。第二个呢，既然来到这个地方，而且有那么多人支持我去干这份工作，我就觉得，如果我有一些想法，那我就尽量去把它实现。在这里干的这些工作，如果能够给他们带来一点点的改变，我觉得这就是，我在这个地方存在一段时间的意义吧。

【片尾字幕】向所有奋战在脱贫攻坚一线的扶贫队员致敬

（本文稿为片中两个重要对立面片段）

草原英雄

（纪录片）

扫码观看

作品信息

1. 故事梗概

　　《草原英雄》是一部人物类型的纪录片，全片时长40分钟。作品以纪录片的拍摄形式和讲故事的叙事方式串联草原英雄们的事迹，这其中有"治沙愚公"图布巴图、陶生查干夫妇，十五年扎根沙漠深处；策克口岸边防战士，为祖国筑起一道金色边防；成吉思汗守灵人吉仁巴雅尔，十一年守护如一日；文化独贵龙传承者呼格吉勒图，用艺术传递欢乐。《草原英雄》聚焦内蒙古这个具有民族特色的地区，关注英雄人物事迹，折射出他们身上恪尽职守、牢记使命、默默奉献的英雄精神。同时，展现了富有民族特色的社会风俗和地域风光，从中还可以传递出内蒙古草原地区独特的民族气质、精神品质。

2. 作品截图/海报

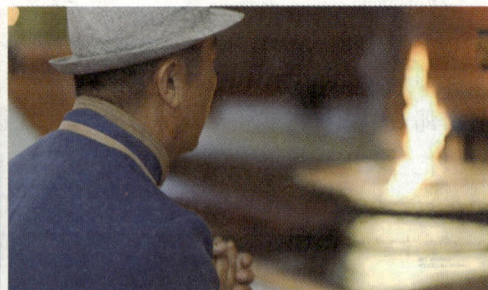

3. 创作成员分工

策划：陈喆、卢志科

摄影：卢志科、孙博文

文案：王安蕾、朱可鹏

剪辑：卢志科

4. 获得的主要荣誉

2017 全国政企优秀原创视频"十佳作品奖"。

推荐语

无边的沙漠，荒芜的戈壁。

植树造林的绿色，瓜果飘香的缤纷。

寻找，为文化传承、为艺术歌唱；

寻找，为知识改变、为生态守护；

是坚持传统、秉承信仰的文化守护人，

是继往开来、不断求索的创业先锋。

草原，英雄，是过去，是现在，也是未来。

内蒙古地区的人民自古以来对英雄有着特殊的情结，这是内蒙古地区草原文化的一个重要标志。纪录片《草原英雄》把镜头聚焦在内蒙古这个带有民族特色的地区，以寻找草原英雄为主线，用独特的跨文化视角，全面展示了鄂尔多斯独特的民族文化和地域风情，演绎了一部内蒙古草原传奇。

一望无际的草原、成群结队的牛羊、悠扬动听的马头琴声和热情优美的蒙古族歌舞，作为一部反映草原民族的人文纪录片，《草原英雄》将观众带进了美丽的内蒙古，展示了自然与人文交织的辽阔草原。"天苍苍，野茫茫，风吹草低见牛羊"，从阿拉善盟到鄂尔多斯，草原变化无穷的自然和人文景观深深吸引了镜头前的观众。在这样的自然和人文交织的草原景观中，《草原英雄》饱含深情地讲述了生活在内蒙古草原上的人民的英雄事迹。

而从一个又一个草原英雄人物身上，我们被蒙古族人民坚强不屈、乐观向上和忠诚爱国的精神品格所折服，也被他们丰富多样的蒙古族文化所吸引。

（推荐者：陈喆）

作品阐释

2017 年 7 月，正值内蒙古自治区建区 70 周年之际，新闻与传播学院陈喆老师带领"我是记者"团队走进内蒙古，穿行于西部的戈壁、沙漠、丛林，区内行程 2 300 多公里，以拍摄纪录片的形式和讲故事的叙事方式串联草原英雄们的英雄事迹：有"治沙愚公"图布巴图、陶生查干夫妇，十五年扎根沙漠深处；

有策克口岸边防战士，为祖国筑起一道金色边防；有成吉思汗守灵人吉仁巴雅尔，十一年守护如一日；有文化独贵龙传承者呼格吉勒图，用艺术传递欢乐。

纪录片《草原英雄》是一部人物类型的纪录片，以"英雄"作为主线，全片共分为四个部分，选取典型人物，通过拍摄他们的工作、生活状态来表现英雄精神在内蒙古草原上的影响。《草原英雄》中人物的选择具有一定的典型性，他们多数是蒙古族，带有显著的草原民族特征。如十五年来投身于种树治沙事业的退休老人图布巴图，他是蒙古族人民勤劳勇敢的代表，穿着一身褪色的灰色中山装，个子不高，长期在荒漠中劳作的他皮肤晒得黝黑，顶着四十度的高温一趟趟地来回浇水，他用一天天的辛劳，培育了一片片的梭梭林，筑起了一道绿色屏障，保护着家乡的生态环境。

《草原英雄》还记录了策克口岸边防战士的故事，他们是来自五湖四海的年轻人，为了守卫祖国的边疆，无论气候多么严酷，他们毅然每天坚持训练，坚持站在自己的岗位上，默默地贡献着自己的一份力量。监护中队上等兵青格勒在采访中谈到了他从小就立志当兵的理想，高中毕业后他义无反顾地选择了当兵这条路，在部队中他勇于接受磨炼，希望一直在部队奋斗下去。还有监护中队指导员王万虎，他服役时间比较长，关心部队里每一位新兵的生活，士兵们有什么不懂的他都会亲切地给予解答。在遥远而荒凉的西北边疆，这些远道而来的士兵们，因为理想和热爱，选择了最艰苦却也是最高尚的从军之路，他们身上展现了恪尽职守、艰苦奋斗、自强不息的英雄精神和民族精神。

英雄精神在草原文化中有着崇高的地位和巨大的魅力，是一直流淌在草原人民血液中的价值取向。如蒙古族人民最崇拜的英雄是成吉思汗，为了纪念这位伟大的英雄，达尔扈特人的祖先（成吉思汗的警卫部队）从成吉思汗八百宫建立开始便守护在这里，祖祖辈辈一直传承下去。成吉思汗陵内祭奠的圣灯从未熄灭，数百年来经久不衰。从成吉思汗逝世至今，已经将近800年，达尔扈特部遵照成吉思汗的遗训，永不担任任何官职，也不负担官差徭役。无论什么时候，他们都默默地做着自己该做的事情，一辈子只做有关守卫成陵和祭祀的事情。传承至今，达尔扈特第三十七代传人吉仁巴雅尔每天在成吉思汗陵里做着打扫宫殿卫生、加酥油、添灯芯、祭祀等单调的工作，但是他的信仰从未发生变化，他心目中的英雄就是成吉思汗，他认为每一次祭祀活动，都是一次与伟大英雄的对话。吉仁巴雅尔育有一儿一女，按达尔扈特人的传统，长子才能继承这一份神圣的工作，他希望儿子能成为守灵人，让这项事业代代相传。现今的成吉思汗陵，每天都有来自草原各地区的人前来祭祀，对英雄人物的崇拜体现的是草原人民崇高的理想和人格追求。

舞蹈是草原文化的代表符号，蒙古族人民能歌善舞的特点早已深入人心。

呼格吉勒图是独贵龙舞蹈队队长，他带领着退休的牧民一起跳起了传统的蒙古族舞蹈，为传承和发展独贵龙文化做出了突出贡献。本片拍摄了充满民族特色的蒙古族舞蹈场景，并出现了内蒙古传统服饰、哈达、马头琴等标志蒙古族文化的物品。透过呼格吉勒图的视线，可以看到草原上有代表性的自然环境，联想到曾经在这片土地上，蒙古族人民为了生存与大自然做斗争的历史。

英雄精神是当代社会倡导的重要主题，《草原英雄》记录了生长在内蒙古自治区的多位英雄人物，他们代表着内蒙古地区在新时代映射出的精神：坚守、奉献、助人、信仰等，对于传播社会正能量起着积极作用。

文稿

【字幕】内蒙古草原地区，除了"风吹草低见牛羊"的景色外，在幅员辽阔的西部土地上，分布着大面积的荒漠草原风貌。面对恶劣的环境，草原地区各行各业涌现出许多英雄模范。他们用实实在在的行动，在平凡的岗位上默默地奉献着自己的力量。

1. 治沙愚公——图布巴图
【字幕】内蒙古自治区阿拉善盟额济纳旗
【字幕】图布巴图　额济纳旗退休干部
"我这个种植物是从小就有的爱好，各种各样试验着种。人家是放牧，我就种植物。反正是各种各样试验着做，一直做。下功夫是退休以后，把自己的存款拿出来，为了能够买上（树苗）围起来。"

【字幕】为了种树，图布巴图每天要到 30 公里外的深井打水。
【字幕】一桶水 4 公斤，摩托车一次可运 8 桶水。
"当时就五十多岁嘛，能干到六十多岁。这十年里把这一片地方绿化出来，让别人看干出效果来，结果开始干起来不是那么回事。还有一个是交通工具不行。摩托能走的泞地方，植物长得不好，地太泞，而且这个根（不生长），靠沙子里面长得好，送不上水。以前一开始我是担水浇的，那时候五十（千）克开始的，五十（千）克挺累，一个月浇个三次也行了，一百（千）克就一个月浇一次了，二三百（千）克一个月就弄不过来了。这个情况是我骑着摩托，骑摩托又不行，软的地方就动不了，走不了，最后是闹得拿毛驴上驮。一个毛驴驮十桶水，三个毛驴三十桶水，那么浇了三年多。"

【字幕】别人一棵树一年只浇一次水，图布巴图一年浇 3 次，一次 8 公斤，苗木成活率超过90%。

【字幕】夏天是梭梭苗补水的季节，沙漠中的气温高达40多摄氏度，图布巴图头裹毛巾，一趟趟地来回奔波……

"这一块是以前我种的梭梭，当时两三年长得可旺，长这么大。完了以后不适合这个地方，梭梭林就开始死了。这个白的，就是死的。"

"哦，已经死了。"

"死了以后我再返青种了胡杨林，胡杨林现在长得比这个梭梭好。这就是胡杨林。"

"那这里胡杨有多少棵了？"

"胡杨现在有几百根了。"

"现在是长了多久了？"

"胡杨最早是2014年开始种的，那边那些大的，2014年，这个是后面种的。种的梭梭也不一样，胡杨也不一样。同时一年种的，有的就长得高，有的就长得矮。"

"这个胡杨有一个好处是根部发展出来的，这个都是胡杨根部发展出来的，浇水的话就会活过来。把这个干的去掉，把这个绿的抽出来就行了。这个梭梭只有白皮皮的，一条条，皮皮的，活的话，也救过来了。"

"那这个现在不能救了呀？"

"它就是地性不符合。"

"可它都已经长这么大了呀。"

"当时种的时候，我挑的这个地方地下湿度高一点，不用浇水，种了三年以后就好了。有一次下雨，光滩上的水冲了过来，水多了以后就泡了（死了）。"

【字幕】图布巴图的家

【字幕】图布巴图的妻子　陶生查干

"一开始是我们两个捣下来，都是退休的。我的老伴是学校教课的（老师）。2012年，脑溢血以后现在话说不了了，瘫痪了一年多，起来了，现在可以起来走路，简单的话也能说了。以前我们两个的话，她是看羊看家，给我做做饭，我就单纯地种树，计划出来的。后面谁想到她突然就病了，那家里的事情就多。"

"2015年，突然评了个'全国最美家庭'，评了个'最美家庭'以后，人也不一样了，骂的人也少了。以前的人（说），两个人镇上工作，不享受，不在城市待，来这个地方遭罪。那样说的人多得很，现在就不说了。我说这个还挺不错。人嘛，脸上一个样，背后一个样，现在整个社会都发展到那么个程度了。"

【字幕】十五年来，64岁的图布巴图用一把铁锹、一担水，治沙2 000余亩，种下了 5 万多棵梭梭树，竖起一道 10 多公里的绿色围栏。图布巴图说"要一直把梭梭树种下去，我的目标是种一万亩"！图布巴图绿化治沙的事也感染着越来越多的牧民，他们自愿加入到绿化治沙的队伍中。

2. 戍边英雄——策克口岸边防战士

【字幕】内蒙古自治区

阿拉善盟策克口岸，早上 8 点准时开关。

【字幕】曲原康　监护中队列兵

"我叫曲原康，来自山东。今年入伍已经一年了。"

【字幕】青格勒　监护中队上等兵

"我叫青格勒，蒙古族，家就是内蒙古的，来这当兵已经两年了。"

【字幕】刺世腾　监护中队下士

"我叫刺世腾，山西晋中人，今年 22 岁，入伍是 2014 年 9 月，今年已经第三年。"

【字幕】边防战士的工作是检查运煤车，每天每人大概要检查 200 多辆，执勤任务非常繁重。每辆运煤车的检查都非常严格，以确保过往车辆的安全。

"你好。（蒙古语）"
"你好。（蒙古语）"

【字幕】青格勒　监护中队上等兵

"我心目中的英雄……我从小就特别崇拜军人，立志长大了一定要当兵，高中毕业后，义无反顾地就来当兵，来部队两年了，非常喜欢部队生活，也打算继续干下去。给我印象最深的是我们中队指导员，在我心中他就是一个英雄。平时他带领着我们坚守在最艰苦的执勤一线，不管是炎热的夏天还是寒冷的冬天，他时时刻刻都关心着我们，时时刻刻为我们着想，在我心中他就是一个英雄。"

【字幕】刺世腾　监护中队下士

"我心目中的英雄是我们指导员，在我入伍这三年对我帮助特别大，教了我很多东西，我不懂的，指导员都懂，不懂的会去问指导员，指导员专心致志地教。"

【字幕】乌力吉巴图　监护中队中士

"我心目中的英雄就是我们的指导员王万虎，因为他带领着我们在这坚守岗位，跟我们一起执勤，跟我们一起站岗。"

【字幕】策克口岸上每天拉煤炭的重型车排成长龙，放眼望去，看不到头。

【字幕】不论天气好坏，边防战士们每天从早到晚，一直坚守在自己的岗位上。

【字幕】早上七点，边防战士训练。

"一二一，一二三四。"

"一二三四。"

"向前看。"

"向右看齐。"

"向前看。"

"稍息。"

"立正。"

"一支钢枪手中握，预备起！"

【唱歌】"一支钢枪手中握，一颗红心献祖国，我们是革命战士人民的子弟兵，共产党怎么说，咱们就怎么做，嘿嘿，共产党怎么说咱们就怎么做。"

"稍息。"

"立正。"

"向后转。"

"进。"

【字幕】王万虎　监护中队指导员

"我叫王万虎，来自天津，今年服役 12 年了。我心目中的英雄是那种高大威猛有男子气概的，比如我们的站长李国军同志，就特别有男人气概。还有我们的政委，他是一个说话特别有号召力的人，在我心目中他们就是大英雄了。"

【字幕】匆匆吃完早饭，战士们便开始投入边检和巡逻工作中去。

"一二一，一二三四。"

"一二三四。"

"一二一。"

【字幕】为了祖国安全，边防战士们每天在边境线上巡逻，默默履行职责和使命。他们大多是"90 后"，却甘愿在荒漠戈壁深处奉献自己的青春，他们是真正的英雄。

3. 成吉思汗陵守灵人——吉仁巴雅尔

【字幕】内蒙古自治区　鄂尔多斯市伊金霍洛旗

【字幕】成吉思汗陵

【字幕】吉仁巴雅尔　成吉思汗陵守灵人

【字幕】成吉思汗陵宫　正殿

【字幕】成吉思汗陵宫的后殿供奉着"八百宫"（成吉思汗的宫帐），是日常祭祀的场所。

【字幕】上香

【字幕】打扫供桌

"我现在做的工作就是，供奉成吉思汗阴灵的守灵人，是达尔扈特第 37 代传承人。现在的工作是祖先世世代代传到我们这代的，感到非常骄傲和自豪，是非常幸福的。我每天的工作就是给成吉思汗陵守灵，这边所有的祭祀活动由我们亲自操办和主持，成陵里 789 年的长明圣灯，我们也是 24 小时一直在点燃。"

【字幕】吹号过后，开始唱诵祭祀。

【字幕】临近中午，陆续有中外游客慕名前来成陵参观。

导游："蓝色象征长生天，自古以来蒙古民族就非常崇尚白色。"

【字幕】吉仁巴雅尔为游客主持祭祀典礼。

"虽然我们每天的工作非常繁复，但是我们的职责是祖祖辈辈传下来的，是不会忘记的，还是做得非常开心。这个工作我已经做了十几年，也会一直做下去，流传给我的子孙。这个工作是祖祖辈辈传下来的，在精神方面也是传承精神、态度。所以我们也会好好做下去，而且要传给我的子孙，让我的子孙做得更好，一直传承下去，对我来说也是非常骄傲的事情。"

【字幕】随着时代的发展，成吉思汗陵几经修缮建设，吸引越来越多的游客前来参观、祭祀。世事变迁，不变的是达尔扈特人的信仰。他们肩负神圣使命，世世代代守护着成吉思汗的陵寝，诠释着英雄的精神。

4. 独贵龙文化传承者——呼格吉勒图

【字幕】内蒙古自治区　鄂尔多斯市乌审旗

【字幕】独贵龙运动，牧民圆圈围坐，共同商讨问题，是鄂尔多斯蒙古族人民在反帝反封建斗争中创造的一种政治组织形式。如今，文化独贵龙演变成了一种艺术活动，带动农牧民开展各种各样的文体表演。

【字幕】呼格吉勒图　舞蹈队队长

"整个我们团队里头有三十几个人，（大约）四十来号人。他们都有职业，有的上班，有的跟我一样，这底下（牧场）还有毛羊，还去种地。但是就爱好这个东西，组建了一个团队。现在是老师不来，天天来不了嘛。我也退休了，原来是搞过这个，会点这个东西（独贵龙），给辅导辅导，在编排节目上帮一下忙。最后就是人不够，就自个儿跳进去了，跳进去以后，就永远离不开这个东西了。"

【字幕】乌审旗的文化独贵龙比比皆是，有读书类、歌舞类、服饰类、工艺美术类、马头琴类等。牧民们自发组建了一百多支各有特色的文化独贵龙，开展了各类文化活动。

【字幕】艺术团接待前来参观的中外游客，给他们穿上蒙古服饰，展示舞蹈文化独贵龙的魅力。

【字幕】呼格吉勒图所在的艺术团经常到内蒙古各地进行表演，为传承萨拉乌苏独贵龙文化做出了重要贡献。

"我觉得这个草原英雄，它的含义很多，说一个伟大的人物也行，还有草原上长大的人，千千万万的牧民，他们也算是英雄。因为草原虽然美好，但是气候恶劣，有各种各样的灾难，我们蒙古族祖祖辈辈战胜了草原的灾害，成长在这，是很不容易的。我认为草原的人民都算是英雄。"

【字幕】英雄精神不仅体现在刹那间的生死抉择，而且体现在经年累月的执着坚守，在日常工作中恪尽职守，在普通岗位上埋头苦干，每个人都可以成为"自己的英雄"。

华文

（纪录片）

扫码观看

作品信息

1. 故事梗概

纪录片《华文》的片名取自海外一句口耳相传的俗语——"有海水的地方就有华人，有华人的地方就有华文"。远在异国他乡的华人为了民族文化能在子孙后代身上传承所做出的努力和付出的代价是我们难以想象的，他们为中华文化的延续与传播所贡献的力量应该被我们看到并记住，数百年来他们一直记得我们，我们也应该记住他们。《华文》所记录的便是当前马来西亚华文教育所遇到的阻碍和困难，主要表现的是马来西亚华文教育中不同人物的经历与感受。影片选取了马来西亚的首都吉隆坡和第三大城市槟城作为拍摄地，这两座城市都是马来西亚最主要的华人聚居地，同时也是最重要的华文教育发展阵地，有着办学历史悠久的华文独立学校和华文私立学院，以及重要的华人社会的文化机构，能够立体而全面地展现华文教育的现实状况。

纪录片《华文》在内容上主要通过华校师生、华文报社、华人社会三个方面去展现其中人物与华文教育的经历和感受，以故事带出主题，让观众可以更直观地去体验人物的情感，能更为直接地了解到马来西亚华人为办华文教育所做出的努力与牺牲，也能更深入地体会到华文教育对当地华人社会的重要意义。

2. 作品截图/海报

3. 创作成员分工

导演：王坚

拍摄：王坚、许淞霖、何文辉

剪辑：王坚

文案：王坚、许淞霖

4. 获得的主要荣誉

第十五届广州大学生电影节原创纪录片金奖。

推荐语

　　马来西亚是除了中国之外，华文教育保留最完整、开展得最好的国家之一。马来西亚之所以今天能够保留相对系统的华文教育，不仅与许多致力于维护华文教育的人士有关，也与华文媒体、华人社团的坚守与积极推动有密切关系。然而，由于历史和族群的因素，马来西亚政府对华文教育仍采取多种限制政策，华文教育在马来西亚始终是一个十分敏感的话题。纪录片《华文》选题新颖，内涵丰富。创作者先后走访了在钟灵独立中学、槟华女子独立中学、侨光华文学校以及尊孔独立中学等中学，全面深入地展现了华文教育在马来西亚的基本现状、面临的问题和华人社团在华文教育方面的贡献。《华文》选择了钟灵独立中学的学生、槟华女子独立中学的教师刘芸杞等做了采访，采访到位，人物形象丰富。

　　华文教育是马来西亚华人族群文化与身份认同的基础，在中华文化的传承中发挥着重要的作用。通过纪录片，我们可以深切地体会到，正因为一批又一批像槟华女子独立中学的刘芸杞老师、钟灵独立中学的学生以及大量华文媒体与华人社团的坚持和执着，华文和中华文化才能在马来西亚等地扎根。华人在学习华文的同时，不仅接触到了中华优秀传统文化，还感受到了中华文化的魅力，从而对中华文化产生热爱之情，同时又能对当代中国的国情和历史有深刻认识。

　　纪录片《华文》以多元化的叙事视角向观众讲述马来西亚华人为了中华文化能在子孙后代身上传承，克服重重阻碍坚持开办华文教育的故事。在叙事策略上，《华文》注重故事的情节性与悬念性，纪录片的开头就设置了一个悬念去吸引观众的注意力——展现在观众面前的是一所华文独立中学，三名刚刚下课的学生走进了镜头。这三名学生都是华人子弟。他们在这所学校读书，但纪录片中的对话显示他们毕业之后只能出国读大学，不能入读马来西亚的公立大学。为什么他们不能读马来西亚的公立大学？这是纪录片向观众抛出的第一个悬念。之后又说他们的毕业文凭不受马来西亚的政府承认，这里向观众抛出了第二个悬念：为什么马来西亚政府不承认华文独立中学的教育文凭？紧接着又向观众抛出第三个悬念：为什么华文独立中学的教育文凭不被承认他们还要入读？

观众带着这三个悬念就会想要往下观看寻求答案，而影片的叙事就是围绕这三个悬念展开。《华文》的开头设置独特，既使影片能够更好地表现主题，又能够牢牢抓住观众的注意力，并引导观众思考纪录片想要表达的价值与内涵。在镜头语言上，《华文》的拍摄手法也突破了常规拍法，部分场景采用了航拍，航拍的大景别有一种整体把握感，超常规视角让观众产生视觉上的刺激。通过这样的镜头处理，观众既可以更完整地了解和体验马来西亚的国家全貌，也可以由整体切入，进入马来西亚教育的内部，特别是华文教育。而配词旁白能够让观众对马来西亚华文教育的基本情况有一个历史和现实的认知。

（推荐者：陈喆）

作品阐释

1. 创作理念

早在公元前 2 世纪，中国商人就开始前往马来半岛从事商业活动，到了唐朝时期，已经有商人和僧侣移居到此地。19 世纪以后，由于战争和非法人口贸易，开始有大批的中国人移入此地，这种情况一直持续到新中国成立。八成以上的马来西亚华人都是来自中国东南沿海的福建人和广东人的后裔，现在他们仍然说着闽南语或者粤语，同时能讲一口流利的普通话，这与当地华人社会坚持创办华文教育是密不可分的。

马来西亚由马来人政党巫统执政，在文化教育政策上，马来人一直希望削弱华文教育，建立马来人的教育体系，从而全面提高马来本土民族的素质。由于华人在马来西亚人口众多，是马来西亚的第二大民族群，并且具有雄厚的经济实力与影响力，所以马来西亚华人在倾斜政策的限制下，为了自身民族文化的传承与弘扬，为了华人社群的生存与发展，不畏艰辛，排除种种困难发展华文教育。现在马来西亚的华文中学文凭虽然无法获得马来西亚政府的承认，无法入读马来西亚国立高校，但获得了欧美发达国家以及中国、新加坡、日本等亚洲国家的一致认可，华校毕业生可凭华校文凭申请入读清华、哈佛、剑桥等世界一流名校。

《华文》是一部关于马来西亚华人华文教育题材的纪录片，深刻地反映了马来西亚华人在当地接受华文教育的现状。以马来西亚华人社会中不同人物对于华文教育的不同经历与感受为主要内容，展现了马来西亚华人在当地为发展华文教育和延续中华文明所做出的不懈努力。目前，华侨华人在纪录片领域并不是主流的创作题材，相关的影像作品并不多见，一直鲜有纪录片涉及华文教育这一具有深刻民族意义与文化价值的内容。基于此，我们在分析研究相关文献资料后创作了纪录片《华文》，记录马来西亚华人如何坚持与发展华文教育，以丰富这一题材的影像资料，为华文教育的传播与发展发挥作用，同时也对马来西亚华文教育的表现与研究具有一定的意义。

2. 创作特色

《华文》在马来西亚进行了一个月的连续拍摄，分别前往该国的首都吉隆坡和第三大城市槟城进行相关拍摄，深度了解马来西亚华人的生活，了解他们的思想，了解他们对故乡的情感，了解他们对华文教育最真实的经历和态度。影片在拍摄手法上大胆尝试了长镜头跟拍，通过这种手法对拍摄客体进行最真实的还原，让观众看到拍摄客体的生活原貌与真实情感，同时在构图上努力遵守美学理论，让镜头拥有美学特征。由于长镜头存在叙事容量较少和叙事速度较慢的弊端，所以影片适当地引入了口述历史和同期声解说的创作形式作为影片叙事的一个补充，以口述历史为主，通过拍摄客体的口述来提升影片的叙事速度，也让观众可以更直接地感受到拍摄客体的真情实感；以同期声解说为辅，对相关历史背景和复杂的事件进行解说，为观众理清事件的脉络，便于观众理解。影片在城市风光镜头和人文镜头的拍摄上尝试了延时摄影和航拍，强调了马来西亚华人的生活环境，反映了近百年来中华文化在马来西亚的融合，使观众可以更多维度地了解当地华人社会，同时也让观众能欣赏到马来西亚的大好风光。

文稿

【解说词】

马来西亚是一个位于东南亚的多民族国家，全国有 3 000 多万人口，其中约有 700 万华人，占总人口的近四分之一。百年来，漂泊而来的华人将中华文明带到这里并传承下来。

现在马来西亚的华人都能说普通话，有的甚至精通粤语、闽南语和客家话。

这背后与马来西亚华人排除万难也要坚持开办华文教育密不可分。但时至今日,马来西亚的华文独立中学毕业文凭仍未受到政府承认,马来西亚的华文教育依然面临许多挑战。

位于马来西亚北部的槟城是马来西亚第三大城市,也是华人的主要聚居城市,还是马来西亚华文教育的重镇。钟灵独立中学是一所位于槟城乔治市的华文独立中学,至今已有百年历史。

【同期声】
(你们都是初中的?)
嗯。
(那你们念初几?)
初三。
(那你们升高中还接着读钟灵独中?)
对啊,得读到高三。
(那旁边的钟灵国民型和你们有什么区别?)
他们是政府学校,我们是私立。
我们是1962年的教育法令出来之后成立的。
(你们是自己想要读独中还是根据父母意思?)
我自己想要读的。
(那是出于什么原因?)
因为我们是华语,他们是国语(马来语)。
他们以国文为媒介语,我们是以本身的母语(华语)。
(但你们知道你们以后不能直升国内大学吗?)
不知道。
(不知道吗?)
(那你们知道独中毕业去读什么大学?)
大多数是外国,因为马来西亚不承认。
(你们知道马来西亚不承认这个文凭?)
嗯。
(但是你们还是选择读独中。)
嗯。
(这是为什么呢?)
不知道。

【采访】颜治胜　尊孔独立中学体育处主任
其实这个文凭承不承认……

最近报纸上有写，

其实政府最大不承认的问题是它的媒介语。

因为独中考试的媒介语基本上都是用华文，

国中，就是国民型文凭SPN的媒介语都是用马来文。

基本上就是因为媒介语的不同。

还有就是，

最近在报刊上有说的那个历史，

他们一直在探讨马来西亚的历史。

因为国中的历史媒介语是用马来文教的，

我们独中都是用华文教的。

政府也是基于马来西亚教育体制的原因，

所以还是不能承认（文凭）。

【解说词】

虽然华文独立中学的教育文凭尚未得到马来西亚政府的承认，但华文独立中学的教学严谨负责，每天下午三点放学后会组织学生进行社团活动或者体育活动，而政府学校中午十二点便已经放学了。

【采访】刘芸杞　槟华女子独立中学老师

就独中老师的话来讲，

一般相对来讲，

国民型中学因为人数很多，

而且比较大，

所以老师不会特别去关心他的学生，

就是师生之间的关系还是没有那么融洽的。

但是因为华文学校，

比如我们学校，

全校只有四百多个学生，

我那一班就27位，

所以我要对他们有一定的了解。

我记得我刚刚开始在学校上班的时候，

我从早上一直到下午三点放学，

我都没有吃过一餐，

就不停地在忙，

其实真的很累。

因为华文学校人数不会太多，

所以在班上的人数也没有那么多，

一般来讲还是可以做到因材施教，

老师也比较能够关注你。

如果是国民学校的话，

可能它一个年级就有差不多八九个班，

那老师很难看到你有什么问题，

特别针对这个问题去帮你解决。

我觉得这个是它们之间的优缺点。

【解说词】

刘老师毕业于北京大学，毕业后便回到槟城，在槟华女子独立中学教书。由于华文独立中学没有受到政府承认，所以在独中任职的教师待遇并不是很好，远不及在政府学校任职的教师。所以刘老师只能住在远离市区的社区，距学校大概十三公里。

【同期声】

（那一般早上是几点上班？）

我一般五点半起床，

六点半之前就必须得出门。

我家离学校有一段距离，

如果晚出门的话，

就会塞车，

塞车就会迟到。

（一般到学校的时候是几点？）

如果我准备得早，

就是我东西准备好了我就出门，

有时候是六点我就出门，

有时候是六点十五左右，

但是一般来说都是七点以前会到学校，

最早的话大概六点半就会到了。

（六点半就会到学校？）

对。

（那一般到学校以后做什么事情？）

一般到学校以后就是在车里补眠。

（提早出门怕塞车？）

对，怕塞车。

补了眠过后就……

我们班是这样子，

我是班导师，

我们上课的时间是七点半。

不好意思，

是七点十五分开始上课。

七点十五分到七点四十五分这段时间班导师会进各班。

一般周一到周四，

七点十五到七点半这段时间是我们班导师处理班务的时间，

处理完班务过后，

七点三十分到七点四十五分是学生自读的时间。

（早读？）

对，就是早读。

然后七点四十五分才开始上第一（节）课。

（我听说国民学校只上半天课。）

是。

（就轻松很多。）

对，那就比较轻松。

像我弟原来就是一两点就放学了。

（一两点就放学了？）

对啊。

（又没有社团活动，那不是一整天都在家里？）

就一整天在家里泡着，玩游戏。

我们要走那一边，

其实是要搭这个电梯的，

但是这个电梯坏了。

（它一层楼有好几个地方搭电梯。）

对，有好几个电梯。

这个是属于那种比较旧式的住宅，

它一层楼会有比较多，

大概会去到二十九、三十户人家。

但是如果是比较新的，

大概只有八到十户人家。

（那这边算是一个华人社区吗？住了几百人。）

这边你会看到有印度人，

会有马来人，

会有外劳，

会有中东的，

就是包到只剩下眼睛的那种。

（外劳？菲律宾的吗？）

孟加拉的。

（哇，那种外劳。）

孟加拉的那种。

所以我爸他们就不太会让我一个人晚上出去，

因为回来有危险。

（那这边治安怎么样？）

治安其实不怎么好。

虽然有保安，

但是治安还是不怎么好。

这里是马大的一个校门。

【解说词】

刘老师和父母、弟弟、奶奶一家五口，住在一套六十平左右的房子里。家里的墙上挂着刘老师的毕业照。一家人都很支持刘老师的这份工作，尤其是刘老师的父亲，对于女儿的这份工作感到很自豪。

【采访】刘先生　刘芸杞老师的父亲

我们有分马来人的学校、中文的学校。

你要读书什么的，

我们华人大部分是选自己的学校，

没理由去读马来人的学校。

他们马来人去读他们的学校，

很少来读我们中文的学校。

我们华人在城市还是有很多人，

如果是在乡村，

人就是跑到外边找三餐，

就没有回去，

那边的人就越来越少了，

它（华校）的学生就越来越少。

它（政府）就是想办法，

要关掉你这间学校（华校）。
那我们华人就说，
学校不可以关，
你关一间就少一间。
因为它关掉，
就不能在别的地方再建一间学校给你。
（开不了？）
嗯，关掉就是关掉了。
（就没办法开新的？）
嗯。
有的人就说，
如果我们的华校政府不出钱，
这不成问题，
我们自己去找钱，
就是这样。
华校，政府很少出钱的，
华校就是华人自己去（筹钱）。
学生读书的时候（筹钱），
去医院（筹钱），
学校要做什么就（大家）一块两块（筹钱）。
一定要的，
华人自己帮自己的华校，
不能让它关掉，
关了一间少一间。

【解说词】
　　此时在距离槟城不远的北海大山脚，侨光华文小学正在举办一场"十大义演"的筹款活动。由于华文独中无法获得政府的资金支持，所以学校为了维持办学，主要依靠华人社群的捐款，其中"十大义演"是最为重要的一项筹款活动。

【采访】周成祝　侨光小学"十大义演"大会主席　侨光小学董事长
我们跟南洋商报集团以及文茂集团嘉士伯啤酒公司，
他们赞助我们，
配合我们这个节目，
我们叫作"十大义演"。
我们这次"十大义演"所要筹的款项，

主要是用在学校的建设。

尤其我们的校舍是在 1986 年建的，

到目前已经三十年以上了。

那么礼堂呢，

是在 1990 年建成的，

到目前也是二十七年了。

今天我们席开两百零二席，

估计会有两千人出席今晚的晚会。

【采访】李小姐　参与"十大义演"的捐款嘉宾

我们应该要出一份力，

因为我们是华社（华人社群）的一分子，

所以我觉得是应该要捐款。

【解说词】

在华文学校的筹款活动中，常常能见到中文报社的身影。它们对华文教育的发展发挥着重要的作用，也是团结华人社群的重要媒介。

《中国报》是马来西亚最主要的中文报刊之一，在华人社会有很高的知名度。《中国报》一直以来都对华文教育十分支持，每次有华校筹款活动一定会积极配合，以团结华人社群、发展华文教育为己任。

【采访】林结凤　南洋报业集团《中国报》北马区总经理

我们先贤，

当然也是中国过来，

就是来到这边，

他们就开创了这些华文事业，

包括华文的报馆、华文的教育、华文的这些社团。

就是乡亲团、宗亲团，

我们都知道宗亲就是跟我们同姓的，

乡亲就是我们什么籍贯。

在教育方面呢，

我们是不遗余力地去支持我们的教育的。

我们都知道，

我们的华人都非常地爱祖国，

我们的根都在那边，

所以我们是传承。

就是用这个字眼，

就是"传承"，

让文化，

让我们中国文化源远流长。

所以一些他们无法补助的，

就是我们华社团体（支持）。

我刚才讲过，

华商、华社是唇齿相依、息息相连的，

血脉都在一起，

如果哪一间学校、哪一间华小需要帮助，

大家都是全力一起"飞"出去帮的。

【解说词】

在距离槟城 300 公里的首都吉隆坡，是马来西亚华人最主要的聚居城市。在这里，华文教育正面临着很多的机遇与挑战。

在吉隆坡市中心的尊孔独中正在举办该校餐饮系与艺术系高三学生的毕业典礼。这场毕业典礼同时也是毕业生们的毕业作品展，在作品展上会展示他们的毕业作品。

餐饮系毕业生的毕业作品是由他们亲手烹调的精致美食。这些食物不仅卖相好看，味道也很棒，完全能够媲美专业厨师。

艺术系毕业生的毕业作品是他们的画作，有油画、素描、动漫，形式丰富。每幅作品都是毕业生们的心血，是他们三年高中生活的总结。

陆续有家长和其他年级的学生前来参加毕业展，大礼堂也渐渐坐满了人。

毕业典礼在毕业生的期待与家长的掌声中开始了。

【同期声】

匆匆又一年，

我们再次看到本校美术设计班，

以及餐饮管理班的同学，

将为大家展现他们的结业成果。

三年的高中基础课程，

给他们的未来打下了基础；

同时也促进同学们相互切磋，

达到精益求精的效果。

我希望美设班及餐饮班的应届毕业生，

往后无论你是继续深造留学，

还是直接到社会上去工作，

都能够学以致用，

在不同的领域大放异彩，

创造美好的未来！

让我们给这班毕业生最温馨的掌声！

【解说词】

由于华文独中的毕业文凭不被马来西亚政府承认，所以独中的毕业生无法在马来西亚国内读大学。为了解决毕业生的升学问题，学校和华人社会一直在想办法，其中赴中国留学是现在独中毕业生最重要的升学途径之一。

在吉隆坡的林连玉博物馆，正在举办一场针对华文独立中学毕业生的来华留学咨询会。

【同期声】

我们去那边要尝试更多新的东西，

以后回来给爸爸妈妈讲，

我在那边用了什么好玩的。

而且你去到中国，

你觉得谷歌其实不好用，

在中国国内谷歌不好用，

都是用百度。

百度很好用，

为什么呢？

比如我现在要去王府井，

我要查怎么走，

直接百度地图一下，

那个路线要怎么打车，

直接 search（搜索）以后，

send sms（发短信）到你手机，

可以跟你讲清楚，

你要坐多少站、从哪一站上、哪一站下，

要坐几号车，

从哪一个口出比较近，

它都会跟你讲。

然后网上现在已经发展到，

就是还有多少分钟那一班车就要到了，

中国已经进步到这样一个程度了，

所以你去了完全是体验新生活。

中国现在实在太方便了，

你去到那边马上注册一个淘宝，

或者是微信的一个账号，

什么东西都买得到。

而且中国的校园，

正规的大学，

跟马来西亚那种私立大学不一样。

真正的校园，

基本上你在校园里面，

你只是在学校里面生活是不成问题的。

好像北大里面至少三家超市，

洗衣店、脚踏车店，

什么都有。

食堂十多家，

你在那边生活完全不成问题，

根本不用担心，

基本的需求都能满足。

【采访】颜诒胜　尊孔独立中学体育处主任

其实基本上他们读独中，

他们一开始把孩子送进来，

他们就知道孩子之后可能都会出国念书，

或者读这里的一些私人学院，

一些私人大学之类的，

其实他们一开始都有把他的路规划好。

像我教的学生，

很多可能都会往欧洲、美国，

比较多的是去新加坡，

中国香港、澳门、台湾。

基本上现在升学，

独中生升学港澳台是比较多，

中国内地（大陆）也有一部分，

然后新加坡也有一部分，

其余就是英国、美国之类的。

【解说词】

有海水的地方就有华人，有华人的地方就有华语。没有什么能够阻断一个民族传承自己文化的信念。百年来，马来西亚华人为了传承自己的民族文化，兴办学校、开办报纸，历经很多磨难，他们都克服了。随着中国的经济发展与实力壮大，中文也将在全世界盛行，相信马来西亚的华文教育明天会更好。

舟儿口
（纪录片）

扫码观看

作品信息

1. 故事梗概

本片选题从广州城市空间结构出发，以"山、城、田、海"自然格局为基础，沿珠江水系聚点式分布城市结构，催生了城与村共融、自然与现代交织的空间形态。城中村、城市边缘乡村与繁华都市共生，这也是广州城市的一大特质，足够的多元化、包容性，文化、生产方式等都具有强烈的风格化特征。由此观察，新地域的一种空间感受是本片力求探索的要义。在流动的现代城市中，人们自然会看到边缘渔村遭遇现代性冲击的景象，但冲击的背后是在地社会和群体对这种变化的复杂的内在感知。我们将视角聚焦于这样一个渔村，主要目的是思考在广州全球化和城市化巨变过程中那些被忽视的边缘社会和群体的真实生存状态。

2. 作品截图/海报

3. 创作成员分工
导演、摄像、剪辑：王耀龙
摄像：侯自然、张迅恺、曾俊豪
统筹策划：涂辛砾

4. 获得的主要荣誉
十三届大乘杯（原科讯杯）全国大学生影视大赛（中南组）三等奖。

推荐语

纪录片《舟几口》关注的是广州珠江边上逐渐消失的渔业从业者人群与城市边缘的原始渔村的复杂关系，记录他们游离、空洞的生存状态。作者以一个隐形介入者的身份深入其中，以镜头展现和思考广州城市边缘渔村人当下的真实生存状态——他们与新的城市环境的冲突乃至和解，以及在此过程中的复杂情感。

犹如片中人物的游离感，整片内容看似结构松散且独立，情节上的逻辑关联较弱，但宏观上审视，人物与表现都离不开一个字——"船"，船是渔民与非正式渔民的生存基础。通过船这一具象的物质媒介，人与自然、人与现代化城市以及人与人的关系被串联起来。纪录片采用了非干预性的创作方式，这会为作品的故事性带来极大的挑战，使得整体观感上略有距离感和单调性，然而这也加强了纪录片的纪实风格。

非干预性的作者身份意识贯穿于整个片子，强烈的观察思考性是本片的一大特征，也对本片主题风格的形成有着非常关键的作用。在视听风格上，本片全片无解说词，通过人物自述与空间环境展现推动叙事进程。画外音的形式还原真实的空间形态，也是作者意识在编码中的有意为之。画面多环境展现和使用长镜头，画面色彩具有质感，对比强烈，能很好地延伸情感表达。

城市化对原始空间的侵蚀，土地河流被水泥巨兽包围，破旧废弃的木船搁浅在河湾，空荡的村落街道，眼神迷离的渔民就在社会的巨变中被时代洪流裹挟，不知漂向何方……《舟几口》并非仅仅通过一个城市边缘渔村的衰落来反映城市化对某一传统群体的影响，更多的是对一个区域空间人们的生产和生活的形态及其本质的生存价值展开深层思考。纪录片向外界传达了这样一种观点，人们不能以单纯的发展观和现代观去观察和评价那些即将消失的传统世界，而应该更多地从人类学的视野去思考某种生活的价值。

（推荐者：杨宝磊）

作品阐释

1. 前期调研

如何选择定位于番禺石楼这样一个渔村，前期通过资料查阅和实地走访，沿江找到位于江边的东星渔村。此处设有港口，一度渔业、贸易繁荣。如今渔船大多废弃，少数人仍在从事渔业生产工作。大部分年轻人涌入城市，村落也显得冷清。通过走访调研，得知东星渔村产业简单，无农业用地，村民多从事渔业相关工作，很少接触外来人。在采访中，一位老人说道："我已经几十年没有去过广州那里（城市中心区）了。"广州市中心的喧闹繁华与一个仅相隔二十几公里的郊区渔村的冷清形成极大的反差，甚至在村口可以遥望到正在建设的城市高楼。中间相隔的是二十几公里的地理距离，但此地很大程度上保持了原有的风貌，人们赖以生存的物质基础还是围绕着船展开。少数的大渔船还会出远海捕鱼，小船在江边捕一些小鱼，年长的渔民在政府的帮助下开起了摆渡快艇，来往两岸。修船厂的老板面临高昂的地租、人员成本，村里唯一的修船厂也将关闭。所有的生产生活都围绕"船"展开。因此走访多次后，我们决定以"船"这个具体物像为线索，以围绕"船"生存的人群为对象，进行拍摄。

2. 人物形象

片中有两个主要人物：退休的老渔民，目前在江边开快艇摆渡；因为成本高、业务少即将关闭修船厂的老板。通过一些人物自述加上大量的环境展现来表现真实现场。退休的老渔民年轻时出过海，与海搏斗讨生活，落下一身病痛。大部分年老的渔民都没有文学作品表述的那样理想化，有英雄式的后半生。他们至老还要为生计奔波，在政府的帮持下，开起摆渡快艇。在闲聊中，谈到渔船的减少，他讲起了村里渔船出海，出了意外，与其他渔船相撞，人员伤亡，船只受损，官司打了好多年。近些年来，江口的船只越来越多，事故也多了起来，很多危险不是来自海难的无情，而是人为的事件。看似平静的渔村，还是有形无形地受到了来自外界的冲击。而他也面临收入减少、老无保障的问题。修船厂老板是村子里为数不多愿意交谈的人，如今他面临业务减少、地租和人工支出过高的问题，不得不关闭修船厂。看似是业务减少，实质是渔船减少和渔业枯竭。年轻劳动力外流导致本地人力成本过高是核心问题。但他表示只能接受。未来的生活如何，他们给不出答案。

3. 创作特色

本片没有顺畅的逻辑叙事，而是通过粗犷原始的镜头真实展现一个渔村的生产生活形态。犹如片子给人的碎片感和疏离感一般，整个拍摄过程，人物和环境始终给人距离感，并贯穿创作始终。此地居民对于空间变化的感知是难以用语言表达的，一种新的地域想象也是外来介入者带来的本体意识，本片尽量保持一种不介入的观察视角。碎片的画面，一些零散的时刻往往传递出非常强烈的内在情感。纪录片空间的意识被放大，给予了观者更多解码空间。纪录片本身的表达带有目的性，但表达的结果是开放、自由的。

"当我们深处一个空间环境中时，我们很难感知这种流动性的变化，由此抽离出来，又很难获得一种情感的即刻性体验。"在广州这样一座现代与传统、全球与在地交融的城市中，通过城市边缘渔村去感知和思考群体的生活和生存本身的问题是有土壤的，也是有生命力的。

文稿

1. 采访人物：退休老渔民

【画面：老渔民的渔船】

渔民：现在五十多岁的人四十多岁的人，都不干这个了。（他们）上岸打工，打工好啊，有医保社保，做个四五年就退休了。现在小孩都不干这个，还有我这个老头干这个了。有医保有社保，好啊国家，打工的都能给你买医保社保，什么都好。

【画面：江边板砖房】

渔民：那个板砖房，以前不是板砖房，是草房来的。日本人搞那个炸弹，全部是在这里挖出来的。

【画面：江上渔民打鱼】

渔民：看那儿，我们以前打鱼就是这样，两个人大小老少就在这里。这个就是洗网了，洗那个臭鱼，那个是伶仃岛打鱼的。现在是拉网，拉上来了。以前这个工作是五六个人（做的），现在经济（条件不太好），打工要钱，请伙计要钱，（以前）四五个人在这拉，（现在）两个（人）一手一手拉。

【画面：水域及渔民工作状态】

渔民：那片水域填了海就没鱼打了，这就是渔民的生活了。这里是小海啊，伶仃岛是大海。（我们也曾）在香港附近打鱼。

【画面：老渔民在渔船上受访】

渔民：渔民都是逐步逐步淘汰了，现在发展养殖，你看清远那些大水库养的鱼。整个打鱼的前景不是很好了，都是养殖的了，以后都是。（渔民）有是有的，能挣到钱的都不是很多人。鱼少嘛，没鱼，污染大啊，起码下到七十米深才有鱼。以前我们公社有很多船，二百多号船啊，现在没了。

2. 采访人物：修船厂老板
【画面：修船厂工人修整船】
老板：这厂子是这样的，一届一届做起来，投标5年或6年一次。假如我做到今年，有人出价比我高，那我就让给别人做，价高者得。（出海的年轻人）没了，基本上没有了，像我们这个年纪的都很少了。我做这间厂子到（现在，大概也做了有六七年了，主要是维修木船。维修木船、保养木船这样（的工作），以木船为主。

【画面：车间工人修理船零件】
老板：在车间的那一个（工人），我们平时有需要就叫他过来，他是按件计工的，不是我们的固定员工。洗船的话，一般洗船多少钱，按提成算，船上的木套啊，或者船上那些需要做的零件，比如皮带轮这些。

【画面：渔船细节状态】
老板：这些船基本上面临淘汰了，好像都有三十年的历史了，到三十年就要强行报废了。这个渔村再晚一点（渔民）就更少了，少得不得了，像这些打鱼的船都等着报废了。

【画面：船厂老板受访】
老板：我们这里就算下一届有人争着做这个厂子，我们也想弃权了。两三万块钱一个月，我租这里所有设备，都七八千块钱一个月了。这些棚子是我新建的，所有东西都是我自己一手搞定的，（以后）再做其他的打算咯。没办法，见步行步。

【片尾字幕】
东星村是位于广东省广州市郊区的一个渔村，无农用地。每年村集体经济收入仅一万多元，靠镇政府财政划拨经费。渔业资源枯竭，渔业生产面临转型。现代化浪潮逐渐冲击着这个传统的渔村。

爱的三重奏
（纪录片）

扫码观看

作品信息

1. 故事梗概

纪录片《爱的三重奏》跟踪拍摄了三个中非混血小女孩和她们的妈妈一起生活在广州的故事。在国内的教育环境下，三个中非混血女孩所受到的教育与其他人无异，除去肤色与家庭结构等因素外，大部分时间里，她们过着和普通中国家庭相同的生活。不过，由于是中非混血儿，她们在日常生活中，是如何在与他人的交往中构建自我的？而作为一位妈妈，当孩子遇到身份困惑和麻烦时，她又是如何疏导和平衡乃至重新建立她们正确的身份认同？三个孩子与母亲对爱和身份的认知是否存在差异？这都是纪录片关注的重要问题。

2. 作品截图/海报

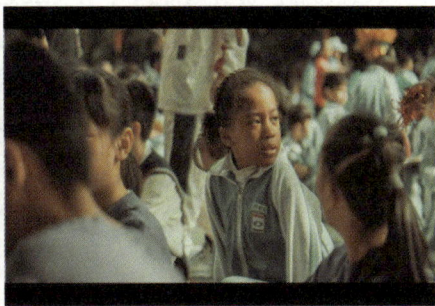

3. 创作人员分工

导演、剪辑：谢承洲
导演：秦嘉璐
摄影：马雯繻、王湘琳

4. 获得的主要荣誉

2021 IM 两岸青年影展"麒麟优秀短片"。

推荐语

对于一部纪录片来说，它的选题背景、社会价值往往比所谓的形式、技法更加重要，尤其在文化发展日新月异的当下，能够抓住某些社会痛点进行创作往往更容易引起人们的关注和思考。显然在广州这样一座全球化、现代化大都市里，关于非洲移民和中非混血儿问题的讨论从未停止过，但是能聚焦这一题材的纪录片却少有听闻，《爱的三重奏》从选题开始，就足够引起人们的注视。

三个父爱缺位的中非混血女孩会经历怎样的成长故事？独自抚养她们的母亲又会面临怎样的困局？《爱的三重奏》用跨度两年的时间进行跟拍记录，最终给了我们一个较为完整的答案，对于一部学生作品来说，这么长时段的跟踪拍摄也显示出了导演的用心。故事里那些成长、冲突以及心声的吐露更是将人物实实在在立了起来，让我们关照这类边缘人群的态度由旁观转向了共情。

可以说《爱的三重奏》这部作品的故事结构是十分完整的，创作者花费大量时间观察和跟拍，试图从影响内部去发现故事，而没有选择偷工减料的大量采访；同时作品也突破了学院派一些固有的束缚（如拒绝解说词或滥用解说词），在恰到好处的节点加入适度的指引或作者思想的表述，让故事变得张弛有度、生动易懂，这也切合了我们三位小主人公天真活泼的形象。

最后我们再聊聊这部影片所要表达的主题。一般人在面对这样的题材时往往会先入为主地带入一种怜悯和俯视的心理，预设她们会展现出异于常人的生活境遇和心理状态，但作者用事实将我们的预设打破。影片最初的剪辑节奏、叙事基调就无时无刻不在向我们传递一种信息——这是一部诙谐轻松的儿童题材纪录片。而在情感的表达上，作者诉诸故事本身，在不刻意煽情、无主观阐述的基础上给观众带来一种自然真实、笑中带泪的效果。可以说这部作品既有在表现童真与希望时的明朗大方，也有在诠释"平视"这一观点时的含蓄自然。

总体而言，《爱的三重奏》这部作品在选题上独具匠心，在内容上精心设置，"她们需要的是一种平视的目光和一个包容的姿态，毕竟她们同样出生、成长在这样一片土地之上，说着同样的语言，有着同样的笑容，她们和我们一样，是这片土地的孩子"。纪录片所传达的理念也值得尊敬，令人感动。

（推荐人：陈喆）

作品阐释

长期以来，广州都是华南地区最具有包容性的一座城市，这里的人们说着世界上各个角落的语言，代表着不同的文化习俗，就连一样食材的烹饪手法都能让人们各显神通，当然，肤色的多样性问题也一度让这座包容开放的城市被推上风口浪尖。

据统计，2003年以后，在中非贸易热潮的带动下，赴广州的非洲人每年以30%至40%的速度递增。这几年由于新冠疫情，进入广州的非洲人数量有所减少，但同时也带来了另一个问题——数以万计的非洲人滞留在中国，有人签证早已到期，只好隐姓埋名"寄居"在城市的某个角落。从小北、淘金、三元里，30分钟不到的车程范围内，是广州乃至全国闻名的服装交易商圈，这里云集了白马、红棉等数十个大型服装批发市场，同样也云集了大量比我们肤色更加黝黑、更加醒目的非洲同胞，他们中有人靠着勤劳和智慧合法营生，希望有朝一日能把更多的资源带回远在南半球的故乡；有的人却找不到正当的谋生手段，整日游荡在街头；也有的人在中国找到了自己的伴侣，并最终结出了爱情的果实。

而我们要说的故事，并不是关于这些滞留在中国的非洲同胞，而是关于他们留下的孩子——三位中非混血儿。

一提到"中非混血"这样的字眼，我们中的大部分人或许会本能地产生一些抵触心理和负面的预设，毕竟我们从少儿时期便被框定了一种固定的认知：我们是黑眼睛、黑头发、黄皮肤的中华儿女。这样的观念随着稳固的农耕发展和长期的历史演进一脉相承，我们似乎难以接受一群不具有上述特征的人被囊括为中国人的事实出现。然而随着越来越多不同国度甚至不同肤色的世界友人来到中国，混血儿的出现在所难免，而这其中，"中非混血儿"似乎又是最容易成为众矢之的的一群人。

在拍摄这部纪录片以前，我曾经尝试在网络上搜寻一些同题材的作品以学习借鉴，但资源寥寥无几，鲜有涉及中非混血儿的纪录片、影视作品。

我们的故事开始于2018年的冬天，赖女士带着她的三个女儿，在报名主持少儿班的人群中显得格外特殊，三人身高呈阶梯状排开，大姐滢滢小学四年级，四肢修长，浓眉大眼，即便戴着牙套也掩饰不住她自信的笑容；二姐蕾蕾长着小龅牙，一看就是个伶牙俐齿的"狠人"；三妹晴晴总是跟在姐姐们身后，瞪着大眼睛显得格外呆萌，时不时被逗得憨笑。在当时看来，一家有三个孩子原本就属少见，更何况是三个黑皮肤、卷头发的小女孩。

　　赖女士是一个热情健谈的人，在与她结识一段时间后，她便与我们诉说了自己的故事，并同意了我们拍摄纪录片的请求。据赖女士本人叙述，20 世纪 90 年代后期正是中非贸易兴起的蓝海时期，外语专业本科毕业的她在机缘巧合下做起了外贸生意，并在白云区的一个小区里定居。小区里的人形形色色，中国人、东南亚人、印度人、非洲人，大多数都从事着与外贸相关的工作，就是在那里，赖女士与非洲淘金者结识，先后生下了滢滢、蕾蕾和晴晴。但由于生活方式、思想观念的诸多不和，赖女士最终决定离异，并将对方送回国，踏上了独自养育三个混血女孩的艰辛之路。

　　本纪录片大量篇幅记录的便是三个女儿在母亲的哺育下苗壮成长的故事。和大多数人的惯性思维一样，我们最初也是带着一种强烈的猎奇心理介入到这一家人的生活当中，预设他们会经历与常人完全不同的成长历程，甚至先入为主带入一些怜悯的姿态。但是在这一年半多的拍摄时间里，我们更多的感触是，除去肤色与家庭结构这些因素，大部分时间她们过着和普通中国家庭相同的生活。

　　三个孩子每天七点起床朗诵英语，然后带着中式便当去学校上课，放学后、周末会上各种培优课程、兴趣课程，用流利的汉语和一群黄皮肤的孩子们打成一片。更多时候，她们需要的是一种平视的目光，和一个包容的姿态，虽然她们肤色与我们不同，但和我们说着同样的语言，有着同样的笑容，都是这片土地的孩子。

文稿

【字幕】赖滢滢　大姐　11 岁
【同期声】
滢滢：因为我的肤色长得很像外国人嘛，所以我小时候总是会受到我们幼儿园的排挤。

【字幕】赖蕾蕾　二姐　9 岁
【同期声】
蕾蕾：你又不知道我生活多痛苦。

【字幕】赖晴晴　三妹　7 岁
【同期声】
画外采访：你想爸爸吗？
晴晴：不想。
画外采访：你觉得爸爸是什么样的人？

晴晴：神经病。

【字幕】赖洁梅　妈妈　离异

【同期声】

赖洁梅：你和蕾蕾、晴晴都是很漂亮的，还有一些人希望像你们这样子。

滢滢：我认识她爸爸，不认识我爸爸。

蕾蕾：我很恨这个无名氏（手指父母合照），居然还敢抱着我妈妈，还来抱着我。

赖洁梅：给我站好了，听好了，真正有智慧的人是懂得分辨是非的。

滢滢：我妈妈她因为感情，所以平时对我们很凶很凶。

赖洁梅：（训孩子）快点说，没说实话死路一条。

滢滢：其实她对我们是好的，只是她给我们心理的阴影很大很大。

赖洁梅：该学习的时间都花在这上面了，就觉得，她浪费了很多时间，我不满意。但是我希望小孩子不要误解我。

滢滢：生活，本来是应该很快乐的。但是因为一个家庭里面一个人不快乐，导致这一个家都不快乐。

【出片名】《爱的三重奏》　　LOVE TRIO

1. 地点：学校

【旁白】正在演奏低音管的女孩叫赖滢滢，小学五年级，中非混血儿。父亲不知去向，还有两个同母异父的妹妹，她们一直和母亲生活在中国。

2. 地点：赖家　滢滢筹备 DIY 材料

【同期声】

滢滢：第二个是水，因为花里不可能只有花的，必须有一些装饰物，所以呢……

【旁白】滢滢和她的妹妹正在筹划一场惊喜，虽然对于妹妹们来说，更像是趁机找到了下楼玩的借口，但是滢滢真是一个认真的指挥者。

3. 地点：居民小区公园　三姐妹收集植物花朵

【同期声】

滢滢：用力拔（植株）出来，小心。

蕾蕾：别动，这样子你想死吗？

滢滢：第一株已成功啦，（放）保鲜袋里。

滢滢：欸，这里这里。赖蕾蕾，这里不是让你来玩的。

4. 地点：赖家　三姐妹 DIY 礼物

【同期声】

滢滢：真漂亮。

晴晴：给我弄快点。

（晴晴和蕾蕾玩闹　拿枕头砸向蕾蕾）

蕾蕾：妈妈!

晴晴：是她让我打的。

蕾蕾：弄得我头都这样了，没让你拍打我。

（蕾蕾拿枕头摔向滢滢）

滢滢：哎! 我是无辜的。

赖潔梅：上面那些花谁搞的?

三人齐声：我们搞的。

蕾蕾：我觉得赖晴晴就是一个疯子，就是一个神经病。

滢滢：我要给这个人（书本封面上的娃娃）滴眼药水，看好了啊。

滢滢：唉，你（书本封面娃娃）又哭，你哭，你就是每次哭别人都不哭，就你哭哭哭，哭你个头啊。

赖潔梅：幸好今天应该是不用上课的，起来干吗呀，什么事?

晴晴：拍个照，来，你在这儿。

赖潔梅：你有拍照的技术吗?（晴晴：有）可以了吗? 拍完了吗?

【旁白】最小的妹妹赖晴晴，想要给妈妈拍一张美图作为礼物。第一步，先拍张照片。第二步，开始修图。原来，今天是母亲节，她们打算给妈妈制造一个惊喜。

【同期声】

画外采访：你希望她看到这些惊喜会是什么样的状态?

滢滢：反正她知道就行。

画外采访：知道什么?

滢滢：就知道我给她准备了这份礼物就行。送画送贺卡，之前送过好几次。尤其是幼儿园的时候每天都送，家里的纸每个月换一次，每个月买一次。小时候她就说写得很好，画得很好啊。但是等到我上大班之后她就不这样了，因为我上大班的时候，我妈就开始注重我的学习，所以每次我写贺卡她会说，这里出错了，那里出错了，这里改一下，那里再改一下。所以我就觉得，我就不敢送她了。

画外采访：那些贺卡现在还有吗?

滢滢：我不敢回答这个问题。

【旁白】母亲节的惊喜一波三折，终于可以实施计划了。

【同期声】

滢滢：妈妈，麻烦现在蒙一下眼睛。

赖洁梅：蒙眼睛干吗呢？

滢滢：一会儿就知道干吗了，我知道现在很麻烦。

赖洁梅：你是觉得不用学习就很开心吧？

滢滢：三（倒计时数到三），妈妈摘眼睛，妈妈摘下来，送给你的。

赖洁梅：这不是你搞的嘛，笑，你除了捣乱……

三姐妹合唱：妈妈，月光之下，轻轻地我想你了……妈妈，你的怀抱，我……

滢滢：我不会唱了，我不会唱了，赖晴晴尴尬一笑，我们还有搞笑舞的，我们还有超级搞笑舞的。

赖洁梅：谢谢啦。

【旁白】说好的唱歌，最后只剩下二妹赖蕾蕾，但一个人也要坚持完成，好在还有第二个节目。（画面为三姐妹在客厅给妈妈跳舞）虽然有点儿群魔乱舞，但舞蹈的表演，最卖力的还是蕾蕾，很是陶醉。

【同期声】

赖洁梅：一、二、三……马上过来，刚才（电视）里面看到的那一些人，你们有什么看法的？

蕾蕾：素质。

赖洁梅：素质？这不是潮流吗？

滢滢：没教养。

蕾蕾：妈妈你看，看我的汗。

赖洁梅：这是不是很流行啊，是不是很潮流啊？你们给我好好站好，我有话要问你们。你们是怎么看待这一群人的？

三姐妹：没家教、没素质、没教养。

赖洁梅：我告诉你们真正有智慧的人，给我站好了，听好了，真正有智慧的人是懂得分辨是非好坏的。你看到了别人，你看到在跳舞的人群里面，可能有九十九个人是这样的，要不就染发，要不就纹身，要不就穿着很暴露的、很漏的衣服，或者是奇形怪状、各种各样的装扮，这样代表他们就是厉害的跳舞的人吗，或者这样就是代表潮流吗？

滢滢：那你直接跟舞社说把那个跳爵士舞的课退掉不就行了吗？

赖洁梅：我认为跳舞是很美的，我很欣赏跳舞，但是我并不赞同那一些，这一些装扮，或者这些奇形怪状的东西，这不代表你不可以跳舞。但我要告诉你的是分辨是非好坏的能力，你要有，并且你要独善其身。

【旁白】本以为一番用心可以换来妈妈的表扬，没想到结果却不欢而散。

【同期声】

画外采访：怎么回事啊？你们现在心情怎么样？

滢滢：特别不好，她的表现就是，看到以后不知道她心里开不开心。然后第二个原因，她总是觉得我们学习才是送给她最好的礼物。

蕾蕾：我们想给她做个东西都不给我们做，我们一点娱乐时间都没有，有时候我们生日她不给我们买生日蛋糕。

晴晴：她对我们的态度很不好。

画外采访：那你给她修的照片，你想达到什么样的效果？

蕾蕾：给她修的图，她没有说好看，还一直说把她搞得像鬼一样，很丑。就算不好看也不能鼓励一下吗？而且还不是为了母亲节，每次她都说，你们有没有考虑到妈妈的感受，那她有没有考虑到我们的感受啊。

滢滢：我们一个家庭的幸福都没有，所以我才会墙壁上写那么多字，都是为了放松我自己。而且我妈妈对我的要求，我每年都记录下来：2019年10月3日，我妈妈要求是不许吃饭。她自己又不完美，又为什么要我们完美？

赖潔梅：怎么说呢，好像是总觉得说，我是高兴她们给我做这个东西，但是她在做这个东西的时候，把她该学习的时间都花在这上面了，就觉得浪费了很多时间，我不满意。那种忧虑冲淡了我的开心。这是我的一个问题了，就是言语方面总是不怎么爱表达，也许这会让她们以后更强壮一点，内心更强大一点，她们应该会比较少有"公主病"。

画外采访：赖蕾蕾评价一下赖滢滢。

蕾蕾：好有个"公主病"。

画外采访：那你觉得你妈妈是个什么样的人？

蕾蕾：是个大傻子。

5. 地点：舞社　三姐妹爵士舞蹈课

【旁白】本来就不喜欢街舞，在母亲节一番打击后更加无感，课上漫不经心地晃着，而母亲依旧在门口，买好披萨等待她们下课。

【同期声】

赖潔梅：都很饿了，今天真是肚子饿了，否则两盒我们平时吃不完的，买两盒就太多，买一盒有时候就有点不够。

【旁白】母亲节虽然过去了一阵子，但上次的隔阂，妈妈心里也有所察觉，今天准备带她们来放松放松作为补偿。

6．地点：商场　母女去滑冰场滑冰

【同期声】

赖洁梅：你知道为什么你能来滑冰吗？因为我接到通知，考试推迟一周，系统故障。

滢滢：什么？

赖洁梅：就是考试推迟一周。

滢滢：什么考试？

赖洁梅：PET（剑桥英语五级）。

滢滢：今天的啊？

赖洁梅：今天去不了，只能等下周日了。

滢滢：耶。

【旁白】在这样的公共区域，三个人显得有些拘谨，内心开始敏感起来，特别是当有人说出这几个字的时候。

【同期声】

路人小男孩：有"黑鬼"，非洲人，在那里，那三个小孩子。哇，非洲人，那是中非混血儿啊。

7．地点：赖家

【同期声】

赖洁梅：中国人其实那种 Racism（种族主义）是很严重的，就是有点歧视，对于肤色这个歧视，事实上是很严重的。非洲到中国来的淘金者，留下的孩子，我相信有很多挺苦的，大部分是挺苦的。听说有一些（妈妈），带着个小孩，就在那个三元里那一带，就在那里走来走去，甚至乞讨的都有。

滢滢：因为我的肤色长得很像外国人嘛，所以我小时候总是会受到我们幼儿园的排挤。然后等到大班的时候，我真的忍受不下去了，我就跟我妈妈说，我妈妈就说"没关系呀，他们是他们，你做你自己就好"。

画外采访：蕾蕾有没有被人排挤过？

滢滢：她没有。

蕾蕾：有啊，你怎么知道我没有？有啊，你又不知道我生活多痛苦。

滢滢：我认识她（蕾蕾）爸爸，不认识我爸爸。

蕾蕾：我很恨这个无名氏（手指父母合照），这是我最讨厌的人，居然还抱我。

滢滢：那个抱着的小孩是蕾蕾，然后抱在我妈妈身上的那个人是我。

画外采访：蕾蕾你对爸爸有什么样的认识？

蕾蕾：讨厌他，他抢我妈妈的房子还有钱，而且居然还敢抱着我妈妈，还来抱着我。

画外采访：你不会羡慕他们有爸爸吗？

蕾蕾：不会，因为我觉得有爸爸的人都好可怜，因为他们有可能只是表面对他们孩子很好，然后回到家就天天打他们。

画外采访：你想爸爸吗？

晴晴：不想。

画外采访：你觉得爸爸是什么样子的？

晴晴：神经病。

画外采访：你羡慕别人有爸爸吗？

晴晴：不羡慕（滢滢：明明就很羡慕）。

画外采访：你羡慕别人有爸爸吗？

滢滢：超级羡慕，而且是特别特别地羡慕。因为呢，第一个原因是，如果有个爸爸的话，我妈妈就没那么孤独，我妈一不孤独，心情就好。她心情一好，对我们的生活也有很大的利益。第二个原因是，我就不会再羡慕别人，这样的话，自己过得也很开心。我妈妈因为感情，所以平时对我们很凶很凶。

赖潔梅：（训孩子）快点说，没说实话死路一条。

滢滢：其实她对我们是好的，只是她给我们的心理阴影很大很大。如果有一个男人出现，她的心情会非常缓解，这样就可以改变我们平时的生活（赖蕾蕾：压力太大）。然后另一个原因是，因为我平时放学的时候，我特别不想在有老师的时候哭。就是，尤其是在那个时候哭，特别没有面子，尤其是校长还走过。因为平时我看到我们班同学跟他们父亲回家的时候，我就会哭。但是我就看，别哭啊，这个时候老师在，哭啥哭呢。所以我想了想，有可能有个爸爸就会不错，但是我觉得现在可能阳光会来临。因为我妈妈现在有个喜欢的人，那个人也喜欢我妈妈。我估计他们现在就在聊天，用手机聊天。

赖潔梅：（通话）我没在忙，看看我们在干吗，她的口语老师来家里了。

滢滢：妈妈，你能不能找一个美国的（男朋友），我想要有个美国的弟弟。你看美国人长得多好看啊，头发都像染过的。

赖潔梅：美国人有你好看吗？你是不是真的那么没眼光，你不知道你很漂亮的吗？你和蕾蕾、晴晴都是很漂亮的，还有一些人希望像你们这样子。

滢滢：哦，我知道了。

【旁白】妈妈在家，常常担任她们的各学科老师，英语、数学、语文，切换自如，可谓忙得不亦乐乎。三个孩子也并没有辜负妈妈的用心，她们都很优秀。

【同期声】

赖洁梅：错了，你两个词都错了。

滢滢：我不会，太难了。

赖洁梅："–true"的发音是 T–U–R–E，最好把字写好看一点。

滢滢：我觉得已经很好看了。

赖洁梅：你根据它的声音都应该知道是怎么拼写的，ac–ti–vi–ty。

【旁白】滢滢的学习成绩一直很好，而且多才多艺，唱歌、主持，样样都行，多次被评为三好学生、优秀学生干部，而且被选入学校的管弦乐团后，也多次代表学校参赛，取得了优异的成绩。

8．地点：比赛后台　滢滢刚刚结束比赛

【同期声】

滢滢："我和我的祖国，一刻也不能分割……"

9．地点：赖家　母亲给孩子们上课

【同期声】

赖洁梅：看，如果我们把它算作 3/4 的时候，是不是这个"8"缩小了一半，"6"是不是也缩小了一半……

【旁白】蕾蕾是最爱学习的，主动上网课，主动完成作业，而且也被选入了校管弦乐团，每次训练都十分努力。在刚刚结束的第十一届常春藤英语比赛中，蕾蕾还获得了铜奖的好成绩。

【同期声】

赖洁梅：Once an artist went to，什么地方，a beautiful countryside，什么时候，on the holiday，你明白那个停顿有问题了吗？

【旁白】晴晴最小，最不爱学习，但胆子也很小，自从被班主任老师家访过后，开始认真起来，文化课、吉他课，都学得十分认真，丝毫不敢怠慢。

10．地点：学校　校运会

【旁白】一年一度的校运会就要来了，学校要求以班级为单位进行团队展示，赖滢滢作为班长担起了重任。

【同期声】

滢滢：全体听口令，向右看齐，向前看，跑步走，一二一……我们的口号是：低调低调，一班驾到；不要掌声，只要尖叫；方圆这条街，五一最靓仔！

画外采访：你（滢滢同学）觉得滢滢是个什么样的人，在你心目当中？

同学：很牛的人。

画外采访：哪里牛？

同学：都很牛，就是管理班里同学，很牛。

滢滢：学习成绩不说一下吗？

同学：学习成绩在班里都是 No. 1。

画外采访：她是你们班里的什么？

同学：就是班长啊、"帅哥"啊。

画外采访：她最好的朋友是谁？

同学：有好多，陈……（好朋友名字）

画外采访：你为什么喜欢和她玩？

同学：因为她很有趣、很开朗。

滢滢：因为我很帅，看人先看表，我最帅。

【旁白】因为排练时反复喊口号，滢滢的嗓子已经沙哑，不过今天正式演出，必须全力以赴。

【同期声】

滢滢：全体听口令，向右看齐，向前看，跑步走，一二一……

背景音乐：我就是这条街最靓的仔……（校运会舞蹈表演）

滢滢：一二三，我们的口号是："低调低调，一班驾到；不要掌声，只要尖叫；方圆这条街，五一最靓仔!"（校运会播报：五一靓不靓仔？靓仔！掌声在哪里？送给最靓的仔）

【旁白】看样子，表演的效果还不错。接下来到蕾蕾出场了，她参加的是60米短跑。

【同期声】

画外采访：你有信心吗？

蕾蕾：有。

画外采访：有信心拿第几呀？

蕾蕾：第二。

【旁白】蕾蕾拼尽全力，但还是和前一名的用时差了半秒，最终只拿了个第三名。显然，蕾蕾有点儿不那么满意。但是，人生的赛道和跑道一样，终究是要靠自己努力奔跑。晴晴作为一年级的同学，还只能观摩姐姐们的比赛，她还不知道，今后的竞争也会如此激烈。但对于孩子而言，活在当下也是一种幸福吧。

11. 地点：赖家　赖妈妈致信三姐妹

【同期声】

滢滢：今天我们给大家带来的节目是《最美的名字》。（赖洁梅播放大女儿录像资料）

赖洁梅：滢滢，你思维敏捷，头脑聪明，千万不要因为懒惰成性和害怕困难毁了你的未来。世上的妈妈为什么即使孩子那么叛逆，还是含辛茹苦，坚持被讨厌下去呢？什么时候你能真正体会到母爱的伟大，你就真正长大了。

赖洁梅：蕾蕾，你能静得下来，也很聪明，特别爱睡懒觉的你，每天七点左右还总能从暖暖的被窝里一跃而起，准备上学。妈妈觉得你是热爱学习和进步的好孩子，你什么都好，如果能改掉爱顶嘴这个问题，就更完美了。你也是最爱表现对妈妈的爱的，妈妈感到很欣慰。

赖洁梅：晴晴，你从小被逼着跟着姐姐，你提早学习了，也常挨打，但你更聪明，也慢慢适应了天天学习。你反而更听话、肯学习，如果你能一直这么坚持下去，自己爱上学习，会有美好的未来。相对而言，妈妈给你的爱，似乎少了一点，希望你长大了能理解妈妈的苦心，妈妈对你的爱一样多。

【旁白】对于滢滢们来说，她们在未来会经历怎样的故事，妈妈是否会找到一位爱她们的爸爸，答案都要交给时间。但我们可以确定的是，她们和我们一样，出生、成长在同一个国度，说着同样的语言，有着同样的笑容。她们和我们一样，是属于这片土地的孩子。

【片尾字幕】在中国，像滢滢这样的家庭还有很多。谨以此片，为他们呼吁一份平等善待。　　There are a great number of families like Lai in China. They ought to be treat with equal.

天堂口的守门人

（纪录片）

扫码观看

作品信息

1. 故事梗概

《天堂口的守门人》为人物纪录片，片长约 17 分钟。全片通过对刘子维、肖晨露夫妻二人长达近一年的拍摄，着重记录了二人在江西省宜春市殡葬管理所的工作情况和生活状态，表现了二人对工作与生活的取舍，传达了夫妻二人在从事殡葬行业之后对工作、对女儿、对自己的人生观和价值观的改变，以及在从事殡葬行业之后对生死态度的转变，并展示了这个特殊行业鲜为人知的温暖与善良。

2. 作品截图/海报

3. 创作人员分工

制片/导演/摄影/剪辑：朱可鹏

4. 获得的主要荣誉

央视网"中国 YOUNG 计划"之"'青春中国'全球华人青年影像季"最佳新人纪录片奖/最佳大学生纪录片奖；

入围第九届"光影纪年——中国纪录片学院奖"。

推荐语

入殓师，是为逝者化妆和整理仪容的一份职业，纪录片《天堂口的守门人》围绕这个特殊的职业展开，全片通过讲述刘子维、肖晨露作为入殓师的心路历程，将死亡以及面对死亡的心态刻画得极其细腻，让人对生命和死亡充满了敬畏感。叙事很温情、很特别、不庸俗，主人公的每一个眼神、每一个动作都在为这份职业传递着尊重与敬畏，就像片中肖晨露所说的："觉得这份职业是值得骄傲的，它是神圣的。"

《天堂口的守门人》中，刘子维、肖晨露作为这个行业中的年轻人，镜头记录着他们每天看着这些不可改变的自然规律却不能被悲伤所浸染，需要时时刻刻保持一颗冷静而温柔的心。他们是在这种环境中逐渐成长起来的，他们看透死亡的不可逆转性与自然性，能够平等而虔诚地为每一个逝者超度。

在这部纪录片中，诉诸的是职业情感的张力，用情感化的视听语言和镜头画面主推影像叙事，在对特殊职业人群身份的重新定位中建构认同，使用了积极的情感介入，以浓郁的情感化方式刺激、感染、软化纪录片的受众，使之达到与被拍摄者的共情、同感。通过镜头能够洞察、理解、认识人物对职业的热爱、对身份的认可，以及让人为之震撼的内心世界，增加了人物情感的真实性和生动性。反观社会现象，凭借影片呈现的真挚情感，意外填补了市场对于殡葬服务行业的空缺。

每个人都会面临死亡，这是无法逃脱也无法改变的，我们能改变的是面对死亡的心态。《天堂口的守门人》，将死亡诠释得自然美丽，也让这份职业更直接真实地呈现在大众面前，这是一部能让人思考的、有温度的纪录片。

（推荐者：陈喆）

作品阐释

1. 选题背景

"人殓"古已有之，中华民族殡葬习俗和殡葬文化源远流长。根据中国人的传统伦理观念，当亲人临终时，亲属要给他穿好衣服，带上渡河钱、买路钱，如同给出远门的亲人整理行装一样。安葬之后，每逢节日、诞辰，亲属要上坟扫墓，焚纸送物，不仅带有点心、水果，还有巧克力、啤酒，甚至还要为死人点燃一支香烟。

19世纪中叶以后，随着国际交往的扩大，贸易往来的增多，文化交流的频繁，我国沿海大城市出现了为居民大众办理丧事服务的场所——公墓和殡仪馆。但是，这种新兴的殡葬行业没有被广大人民群众所接受，直到1949年，中华人民共和国成立，揭开了我国历史的新篇章，中国共产党领导全国人民建立崭新的社会主义制度，其中的一个方面，就是改变旧的丧葬方式和习俗，建设新的、科学文明的丧葬方式以及殡葬事业。这既是人民群众的需要，也是人民政府应该担负起的责任。从新中国成立到现在，殡葬事业已有70多年的发展历史。

殡葬习俗和殡葬文化是社会习俗和文化的一部分，是生者为死者而建立、形成和发展起来的习俗和文化，也是社会礼仪的一个重要内容。因此，它反映并长期受制于社会传统。

随着社会的发展和进步，人类走向文明，为满足社会心理的需求，出现了殡葬服饰文化、公墓文化、殡仪馆建筑文化、殡葬设备和技术等，内容非常丰富，这些新的学科分支形成殡葬文化学的学科群。

纪录片《天堂口的守门人》将走进这个古老而又神秘的职业。长期以来，殡葬行业及其从业者一直承受着来自社会多方面的偏见，大众基本持"排斥"态度，这种对于殡葬行业的偏见是根深蒂固的。但是，我们也能感受到，社会在不断进步，大众观念在不断更迭，人们也对殡葬行业日益理解和包容。当然，如何让大家真正认识到这个行业的重要性并给予行业工作者最大的尊重和包容，是一个长期而艰巨的任务。

随着新时代殡葬改革的推进，殡葬工作者的社会地位逐渐提高，这一切离不开所有殡葬从业人员的不懈努力与坚持。大自然定律离不开繁衍和死亡，而服务死亡离不开殡葬从业人员。殡葬工作者能做的是用专业素养证明殡葬工作者存在的意义，无论人们是接受还是排斥，他们都将一如既往地服务好大众，默默前行，让人生这场直播完美谢幕。每一场告别都是另一段旅程的开始，相信殡葬工作者也会受到和其他行业同等的社会待遇与尊重——因为殡葬工作者同样是新时代发展的贡献者。

2. 选题价值

在旧中国，尽管殡葬仪式很隆重，但殡葬行业的社会地位一直不高，甚至把殡葬行业当作边缘产业，这是封建陋俗影响的结果。新中国成立，殡葬行业从以前的杠房、棺材铺改成了殡仪馆，逐步现代化。

旧中国殡葬行业工作者的社会地位一直很低，这主要是由于人们对死亡的禁忌、恐惧和神秘的心理造成的社会现象，导致殡葬职工在恋爱婚姻、人际交往和日常生活中遇到一系列的难题，进而使殡葬行业人员很难以正常的心理状态面对生活。例如，买东西时售货员不愿直接用手去接他们递过来的钱，不敢在节日期间走亲访友等，此类例证不胜枚举。

新中国的成立使殡葬从业人员的社会地位首先得到了党和政府的承认，与此同时，社会上对殡葬行业从业人员的传统偏见较以往有所改善，但是历史遗留问题仍然亟待解决。

综上所述，题材是在拍每一部纪录片的时候首先要考虑的问题，如果题材把握不好，会降低影片的高度，流于俗套，很难出彩，所以要有选择地去拍，选择有价值的题材去拍，殡葬行业题材相对于市面上的其他纪录片题材来说，首先能让观众处于一个好奇的、新鲜的、陌生的领域，或者说是在常人忽视的行业看故事，激起了观众的好奇心理。这是纪录片《天堂口的守门人》最显著的特点，在一定程度上题材的新颖也弥补了影片叙事手法的不足。

从目前的社会情况来看，殡葬行业的从业人员在社会上还属于"隐性人群""边缘者"，不被熟知与理解。通过创作《天堂口的守门人》，走进属于入殓师的生活空间，观察我们常人平时看不到的社会一隅，展现现有的殡葬工作者当下的生活状态和心理情感，让社会上更多的人了解这个特殊的行业、了解在这个行业下生存的人群，以此摒弃大众对这个特殊行业的排斥、偏见和恐惧，给大众传递该行业的正面影响，让更多的人从内心真正地接受这个行业。

这部纪录片的现实意义有两点。首先，通过影片告诉观众殡葬行业和普通的职业没有什么区别，达到教育的效果，用教育影响观念。现在人们对于殡葬行业存在一些错误的理解，殡葬工作者为逝者化妆、穿衣、火化与埋葬，就像园丁之于花草，他们在为逝者服务的同时，实际上也在为生者服务，最终目的是安抚生者的情绪。遗体只是殡葬工作者安抚生者的一个中介，其本质是对生者观念的一种引导。话虽如此，死亡教育在目前社会中尚存在不足与缺陷，希望通过影片能传达一些对社会大众有用的"死亡教育理念"，让更多人正确看待死亡，重视生命，这是一个长期而艰难的过程，仍需社会各界共同努力。

其次，通过影片中两位主人公的形象，一改以往留存在人们心中殡葬行业从业人员刻板冰冷的印象，让更多人深入了解殡葬从业人员的工作内容与工作性质，抛却固有的态度，重新认识与了解这个特殊群体。

3. 创作理念

在立意表达上，强化了影片中人物在工作上、生活上的镜头展示，并多选择谈论、讲述、倾听的方式，以期用最直白的方式传递最真实的工作状态及生活状态，呈现最真挚的情感。其原因有二：一方面，目前关于殡葬行业的纪录片相对较少，我想通过大量的工作镜头呈现殡葬从业人员的工作情况，表现最真实的殡葬从业人员的职业形象，我将毕业作品题目定为"天堂口的守门人"即是表达他们的职业身份，站在他们的角度去了解他们的工作过程，进而挖掘其作为入殓师内心最真实的想法。另一方面，该影片不是纯粹讲述殡葬工作者的工作内容，而是在叙事角度上提升了思想的高度，除了讲述工作内容之外，还呈现了影片中人物对自己职业和社会身份的高度认可，由于他们工作上能获得成就感，给自己的生活、家庭也增添了满意度与幸福感。影片人物是夫妻二人，其对孩子的教育理念也尤为独特，由于工作性质的原因，夫妻二人早早就给孩子灌输"死亡教育理念"，不遮遮掩掩，而是大大方方地给孩子讲述自己的工作性质。影片整体情感基调温馨和谐，人物内心世界的真实想法娓娓道来，这既是真心实意的讲述与告白，亦是温柔的语言所带来的力量。

在拍摄过程中，由于殡仪馆工作环境的特殊性，不得不考虑到众多现实问题及突发情况。我既想通过纪录片帮助殡葬工作人员树立乐观积极的正面形象，为殡葬行业做好宣传工作，又可以让大众以相对柔和平静的态度正视目前从事殡葬行业的人群，凸显社会各阶层人群相互理解包容、和谐温情的一面。

我将拍摄分为三个阶段：①对夫妻二人的采访，主要获取他们的工作经历及日常生活信息。②呈现他们在工作场所的工作内容和细节，例如主持追悼会、接运遗体、整容、火化等相关工作内容。③对孩子的教育问题，了解他们对孩子教育的态度和看法。

4. 人物形象

刘子维：1994 年生，2014 年 6 月毕业于长沙民政职业技术学院殡仪学院，2014 年 11 月至今在宜春市殡葬管理所工作。任殡葬管理所殡仪服务组组长。性格内敛沉稳，工作严谨细致。

肖晨露：1993 年生，2015 年 6 月毕业于长沙民政职业技术学院殡仪学院，2014 年 11 月至今在宜春市殡葬管理所工作。任整容火化班班长。工作上一丝不苟，认真严肃，生活中可爱俏皮，青春阳光。

文稿

【片头】

当自己真正地遇到自己最亲的人过世之后，才会理解这种感受。

我觉得死亡带给人最多的就是悲伤，我更多的是尊重死亡。

生命呢，是一个很短暂的过程。活在当下吧，好好珍惜生命。

见到了很多那种生离死别，所以珍惜自己的生活，也珍惜身边的每一个人。

【出片名】 天堂口的守门人

【同期声】

老婆，起床了。

嗯。

起床了，起床了。

你先起来吧。

嗯。

今天早上还有一个追悼会，七点多就要开，（逝者）是中山大学的一个教授，好像还会来蛮多领导的，等下早点过去，好好准备一下。

【字幕】刘子维　江西省宜春市殡葬管理所殡仪服务组组长

【同期声】

尊敬的各位家属及来宾，姜东国同志的追思告别仪式马上就要开始。

为了保持会场的庄严和肃穆，请保持安静。

带帽的同志暂时脱帽，吸烟的同志暂时熄灭您手中的香烟，谢谢。

我叫刘子维，今年25岁，来自江西萍乡，目前在江西省宜春市殡葬管理所从事一线火化及礼厅的工作。

【字幕】肖晨露　江西省宜春市殡葬管理所整容火化班班长

【同期声】

我叫肖晨露，今年26岁，从事殡葬行业已经有五年了。

我觉得我做这一行，我自身还是挺为自己骄傲的。

因为人家都不敢做，就你敢做，我觉得我就挺勇敢。

而且人家都说很恐惧，但我觉得它是神圣的。

当所有的人问起我从事什么行业的时候，我会毫不避讳地跟他讲，我是从事殡葬行业，我是做火化、做整容的。

我印象最深的一次是，刚刚开始从事这个行业的时候，那时候刚大学毕业来实习。一个女孩子，她在回家的路上因为驾驶人酗酒，就发生了车祸。

当时脸上、头上有很多处小的伤口，父母亲也很难过。

我看到那个女孩子年纪跟我相仿，就觉得如果我的父母看到我是这样过世，他们心里面肯定很难过。

我就想尽量把她化得更美一点，还原她在生前现实生活当中的样子。

很多时候家属对我们的一声谢谢，或者是一个小小的鞠躬，都是对我们内心的一个莫大的安慰。

他们对我们的认可，会使我在工作当中更认真负责，更尽心尽力地去为每一个逝者服务。

您看得清吗？

（逝者）是叫刘本财没错吧？

准备进炉啦。

进炉啦。

问下我妈要不要买菜？

让她买。

我说问下她要不要买菜。

初一宝宝。（小狗）

妞妞，妈妈回来啦。

刘殊词。

妞妞。

初一在干吗呀？

妈妈摸了初一，等下洗手再跟你玩好不好？

每天洗手都是个大工程。OK。

你看——嘴巴上有什么呀？

——，下去。

Have a pen, have a pen。

这个是谁？

这是小臭屁呀。

小臭屁一岁啦。

妈妈，马上就翻到妈妈了。

你好棒欸。

这个是妈妈，这个就是宝宝，这是爸爸。

这些都是，每个月给她拍一张。

这是我们在农科所的时候拍的照片。

第一张合照，全家福。

这个是在厦门的时候。

视频相对来说很少，因为我们平时工作也挺忙的。

只有晚上回来跟她拍一些一起玩的视频。

这是谁？

这是宝宝。

阿姨，阿姨。

爸爸，爸爸。

以后不要带宝宝去单位，不好的，对宝宝。

宝宝，跟着奶奶待在家里。

这有什么不好的？我都是干这行的。

电视里面好火的，那里面不是演父母把小孩子带到单位去，那些学生都看不起他啦。

对人影响不好的，以后，是吧？

不会啦，以后小孩子肯定会理解爸爸的是吧？

没关系。

我觉得工作嘛，三百六十行，行行都要有人做。

反而我觉得这份职业应该是，值得我从内心去尊敬。

从思想上，她（妈妈）毕竟是老一辈的人，对这些行业的某一些东西，她会有一些忌讳，所以她说不要把小孩子带到单位去，怕有什么不好的东西之类的。

但是我们都觉得没有什么，我们是干这一行的，所以也并不忌讳这些东西。而且怎么说呢，就算带小孩子去，就算她在那种环境成长，慢慢地长大了，她也是能够理解父母的，也能接受父母的一个职业属性。

这个尊重她的选择。她以后长大了，她要是愿意做这个行业，那她就去做这个行业。

并且我们会鼓励她，让她做好。

家属能看到服务态度，你的服务态度是什么样子的。

有可能你化得不是那么好，他心里也能接受，也更舒服。

所以，我一般给死者化妆的时候，手法会比较慢。

但是我自己化妆从来不，因为赶时间。

女孩子嘛，都比较爱美啊。

我就希望每天能看到自己更漂亮的样子，对生活充满热情。

好了，好看吗？

好看。

谢谢。

我觉得每天早上起来化一个妆，非常有仪式感。

我喜欢在给自己化妆的时候，多研究一下，如何给死者化得更漂亮。

感觉经历了这么多以后，整个人在工作上会变得越来越理智、越来越稳重。

在面对各种死者的家属，心态上也会越来越平和，因为我们需要理智来帮助他们处理他们处理不好的事情。

不管你专业技能多强，那个火化炉有出问题的时候。

我的同事，包括我自己，也有被火冲到的时候。

遗体进了炉之后，随身物品、随葬物品在燃烧，有一种气体。

当时不知道什么原因，那个炉子那个气体冲过来了，直接冲到我脸上。

炉里面那些随葬物品什么的，全部都飞到我眼睛上。

我那个同事更糟糕，他眉毛、睫毛、头发都烧到了，直接去了医院。

我们做这一份工作的时候也确实挺危险的。

并不是说你的专业不过关、技能不过关、操作不过关，只是它就是有这种危险系数存在。

当时那个森林火警周鹏过世，我记得好像是清明节期间吧，他的骨灰送回来。

我想象不到这么早丧生火海，那种感受，被活活烧死的感受。

真的心里面挺难过的。

就葬在我们烈士陵园，我们值晚班的时候，没有事情，就会去看一看他。

一二，一二。

刘殊词啊，这个大哥哥是为了祖国为了人民而牺牲的。

以后小臭屁长大了，要向这个大哥哥学习，做一个对祖国有用的人。好不好？

嗯，好。

对于我的女儿呢，我肯定是要让她接受我跟我老婆的这个职业。

当她到3~4岁，有这个意识的时候，我觉得她肯定就会知道她父母（从事的）是个什么行业。我也肯定会毫不避讳地告诉她，甚至让她来我的单位进行参观，让她通过我去了解死亡这个东西，要告诉她死亡并不可怕。

而且我们对死亡相关的这个行业，也是尊敬的。希望我十年以后也可以像现在一样，积极主动地去对待工作。

让逝者更有尊严地、更加平静地走向另一个世界，这也是我们临终关怀的意义，也是来自死亡的温暖。

同在红旗下
——纪念澳门回归二十周年
（纪录片）

扫码观看

作品信息

1. 故事梗概

纪录片《同在红旗下——纪念澳门回归二十周年》记录了中国香港、澳门、台湾、内地四地学生在国旗仪仗队的生活情景，展现了澳门大学国旗仪仗队的精神风貌，加深四地青年学子的交流合作以及积极响应祖国粤港澳大湾区建设的政策，彰显四地青年对祖国的认同感和归属感。片中的主要拍摄对象为澳门大学国旗仪仗队队员，并以此为点辐射成面，展现了国旗仪仗队队员的训练日常、升旗典礼以及生活状态，多方位展现四位队员从不同的出发点走到同一面国旗下，怀抱同一颗中国心。

2. 作品截图/海报

3. 创作成员分工

导演/剪辑：叶翠婷
制片/撰稿：曹晨

摄像/剪辑：冯艳锋

摄像/音响：罗致凯

4. 获得的主要荣誉

国家级：

（1）2020 年 8 月，获第五届全国大学生网络编辑创新大赛（华南赛区）短视频编创类一等奖。

（奖励单位：第五届全国大学生网络编辑创新大赛华南赛区组委会）

（2）2020 年 1 月，获"我爱我的祖国"微视频、摄影作品大奖赛三等奖。

（奖励单位：中宣部宣传舆情研究中心、中宣部"学习强国"学习平台）

（3）2019 年 11 月，获第十届中国国际新媒体短片节大学生竞赛单元入围奖。

（奖励单位：国家广播电视总局、深圳市政府）

省级：

（1）2019 年 12 月，获 2019 中国梦（浙江）网络视频大赛微纪录片一等奖。

（奖励单位：中共浙江省委宣传部、浙江省广播电视局、浙江广播电视集团）

（2）2019 年 9 月，获"我和我的祖国"电视短片大赛优秀作品奖。

（奖励单位：广西广播电视台、广西壮族自治区广播电视局）

（3）2019 年 9 月，获"壮丽 70 年·粤来粤好"网络作品短视频大赛一等奖。

（奖励单位：广东省委网信办、团省委主办）

电视台播出：

（1）2019 年 12 月 19 日，被中央电视台《新闻联播》节目"澳门回归 20 周年"专题报道采用部分画面；

（2）2019 年 10 月 1 日，于广西电视台影视频道展播。

推荐语

纪录片《同在红旗下——纪念澳门回归二十周年》选题新颖独特，内涵丰富。作品以纪念澳门回归二十周年为主题，记录澳门大学国旗仪仗队队员的日常训练、兴趣爱好以及升旗仪式。作品中的人物形象比较典型，中国内地队长张帝、中国香港队员卜雨薇、中国澳门队员李志杰以及中国台湾队员陈思翰等四地青年，他们在日常的升旗仪式中增强了对国家的认同，加强了彼此之间的友情。

澳门大学国旗仪仗队于 2018 年 5 月 4 日成立，为全澳公立高校第一支学生国旗仪仗队。"澳门大学首次升旗仪式"更得到了众多媒体的关注和报道，以及澳门社会各界的广泛关注与支持。纪录片《同在红旗下——纪念澳门回归二十周年》展现澳门大学国旗仪仗队队员的精神风貌，强化港澳台以及内地（大陆）青年学子的交流合作，彰显港澳台青年对国家的向心力和认同感。习近平总书记曾说"青年是国家的未来，也是世界的未来"。作品中的张帝、卜雨薇、李志杰以及陈思翰四位青年深度交融，源于爱国主义情怀。

（推荐者：谢毅）

作品阐释

1．选题背景

澳门大学是澳门首间举行升国旗仪式的公立大学，习近平总书记曾于 2014 年 10 月 20 日来到澳门大学横琴新校区参观，同青年学生亲切交流。澳门大学国旗仪仗队于 2018 年 5 月 4 日成立，为全澳公立高校第一支学生国旗仪仗队。"澳门大学首次升旗仪式"更得到了中国中央电视台的关注和报道，以及澳门社会各界的广泛关注与支持。

2019 年，恰逢澳门回归 20 周年，为纪念澳门回归、响应粤港澳大湾区建设政策、展现各地区青年的爱国心，创作《同在红旗下——纪念澳门回归二十周年》纪录片。

2．创作理念

从前期进行拍摄调研到最终成片，历时近半年。团队通过微博联系到澳门大学国旗仪仗队，并与拍摄对象取得联系，拍摄获得了校方的全力支持。随后团队多次前往澳门堪景，进行拍摄。拍摄期间与澳门大学国旗仪仗队一同训练、一同生活，也与拍摄对象建立了深厚的友谊。

在拍摄过程中，还了解到在多方支持下，他们曾多次前往北京等多地高校进行国旗仪仗队的交流与学习，加深对国情的了解与认识。作为当代青年学子，他们都深刻意识到，在改革开放伟大转折之下，应该把握这一历史机遇，为自己、为国家做出贡献。尽管性格各异、成长环境不同，但四地青年对祖国都有着强烈的认同感和归属感。

3．人物形象

澳门大学国旗仪仗队共有队员 40 余人：

内地籍队长：张帝

来自河南省周口市，就读于澳门大学教育学院体育教学及运动专业，2018年5月14日开始担任澳门大学国旗仪仗队队长。国旗仪仗队对张帝来说意味着责任，"作为第一任队长，作为历史上第一位队长，有很大的压力。心中想的就是一定要把这个事情做好，一定不能出现纰漏，一定要把国旗、区旗、校旗升的顺序把握好"。

香港籍队员：卜雨薇

1999年出生于香港，在国旗仪仗队中担任方阵队员。雨薇认为升国旗是一件很光荣的事情，"中国十几亿人口，并不是每一个人都有这种近距离接触国旗的机会，所以我觉得如果我能有这种机会的话，是一个非常值得自豪的事情"。

澳门籍队员：李志杰

1998年出生于澳门，在国旗仪仗队中担任主旗手。李志杰加入澳门大学国旗仪仗队的原因主要有两个：李志杰的太爷爷是一名军人，自小在中国特色家庭长大的他有着强烈的归属感；另外，小时候上网浏览视频，看到中国军队在俄罗斯展示军姿，当中国军队出场的时候，气势令他印象深刻，希望有一天能像他们一样。

台湾籍队员：陈思翰

1999年出生于台湾，在国旗仪仗队中担任护旗手。升国旗对陈思翰而言是一件庄严而具有仪式感的事情，加入国旗仪仗队给他的生活带来了新的体验与尝试，校园生活也由此变得更为丰富和有序。作为一名护旗手，每次升旗都是一次紧张的任务，"要保证旗帜配合国歌的时间升起，同时还不能出现区旗比国旗快的情况发生，成员间的配合很重要"。

4. 创作特色

"青年是国家的未来，也是世界的未来"，本片为纪念澳门回归二十周年，传播中华民族优秀文化，选取澳门大学国旗仪仗队作为拍摄对象，同类型题材纪录片较少，选题新颖独特，立意积极，响应祖国粤港澳大湾区建设的政策，加深两地青年学子的交流合作，彰显两地青年对祖国的认同感和归属感。

文稿

【资料】

降葡萄牙共和国国旗和澳门市政厅旗，升中华人民共和国国旗和澳门特别行政区区旗。

立正！

【资料】

港珠澳大桥正式开通。

【旁白】

当清晨的第一缕阳光透过云层时，澳门大学国旗仪仗队的队员们就已经守候在了国旗下。

【出片名】同在红旗下——纪念澳门回归二十周年

【旁白】

我们是一支年轻的队伍，于2018年5月4日成立，是全澳公立高校第一支学生国旗仪仗队。旗队由来自全国各地的学生组成，其中包括中国香港、中国澳门以及中国台湾。

【字幕】

张帝　河南籍　澳门大学国旗仪仗队队长

【同期声】

我叫张帝，来自于河南省，现在就读于澳门大学教育学院体育教学及运动专业，目前担任澳门大学国旗仪仗队队长。

【同期声】

下巴往前，抬一点点，目视前方。

【同期声】

齐步走。

【字幕】

卜雨薇　香港籍　澳门大学国旗仪仗队护旗方队队员

【同期声】

我叫卜雨薇，来自香港，今年20岁，是澳门大学人文学院日本研究专业的一名大二学生。我现在是澳门大学国旗仪仗队的一名普通的队员。

平时的话，除了国旗队的训练，主要就是在学校训练射箭。无论是国旗队还是射箭，都有一种帮忙舒缓压力的放松。平时除了自己可以去射箭，还可以去帮助别人，让他们更了解这项运动，我觉得这是一件挺开心的事情。

【字幕】

李志杰　澳门籍　澳门大学国旗仪仗队主旗手

【同期声】

我的名字叫李志杰，1998 年出生于澳门，我现在是澳门大学工商管理学院 Gaming Management 大二学生，现在担任澳门大学国旗仪仗队副队长职位。

我有一个课程叫 Dealership Training，是从下午一点到下午的六点，这节课总共有十个学生，他们有些是来自于中国内地，有些是来自本地，一个是来自马来西亚，有一个是来自韩国。老师很体谅我们，而且你光听他讲你就会很入迷。课程结束之后，我就会立刻赶过去国旗仪仗队进行日常训练。

【字幕】

陈思翰　台湾籍　澳门大学国旗仪仗队护旗手

【同期声】

我叫陈思翰，1999 年出生于台湾，后来跟随父母来到广东，在这边长大，现在是在澳门大学就读心理学系，也是这一届的实习队长。

平时爱好是打羽毛球，同时我也是书院羽毛球队的一名成员。打羽毛球的话，可以让我平常的课余活动更加丰富和精彩，在院队里面可以认识到、结交到更多平常书院里见不到的人。

我也会去图书馆这些比较安静的地方看看书，让自己在繁忙的课业中慢下来，享受一下宁静的个人时光。

【旁白】

澳门大学国旗仪仗队成员由在校的本科生、硕士生和博士生组成，我们积极地开展各项与内地高校学生国旗队的友好交流与合作，曾于 2019 元旦之际，赴北京观看在天安门广场举行的升旗仪式，并与北京航空航天大学和清华大学的学生国旗仪仗队交流。

【同期声】

天安门升旗的时候，那天很早，天没亮，好像我们四点多就出门了，大家都很冷，就互相鼓励着，还是保持着我们平时升旗的那一套装扮，一直站着军姿看着国旗升起。

【同期声】

我们站的那地方会有军人，他是跟我们差不多一样时间到的，他是一下都没动过，就一直保持军姿，没动过，有可能就眼珠转了一下，其他一点都没有，就这样站了三个小时。这让我觉得"哇"。

【同期声】

那么多人一起升旗的时候真的觉得很自豪，特别地开心。

【同期声】

升旗的那一刻，感觉三四个小时没有白站。

【字幕】

看七十载国旗飘扬，听二十年澳门欢唱，我们的青春正绽放。

【同期声】

最初的话，我觉得升国旗是一件很有仪式感的事情，加入了国旗队之后，给我的生活带来一些新的尝试还有体验，生活里也多了一种不同的选择，会更加有序，更加地丰富。

【同期声】

我觉得升国旗是一件很光荣的事情，中国十几亿人口，并不是每一个人都有这种近距离接触国旗的机会，所以我觉得如果我能有这种机会，是一件非常值得自豪的事情。

【同期声】

加入澳门大学国旗仪仗队的主要原因有两个，第一个是因为我太爷爷是中国军人，我就在具有中国特色的家庭长大；第二点是我小时候有一天上网找视频，找到一个关于中国军队在俄罗斯展示军姿的视频。当中国军队出场的时候，那气势完全不一样，让我印象比较深刻。我就想，有一天我一定要像他们这样子。

【资料】

2015年5月9日莫斯科红场上，俄罗斯纪念卫国战争胜利70周年的阅兵活动隆重举行。中国人民解放军三军仪仗方队高举鲜艳的五星红旗，伴着《喀秋莎》的音乐，昂首步入阅兵现场。中国人民解放军三军仪仗队步伐雄健，无可挑剔，而有谁能想象得到，其实他们脚下的道路并不平坦。

【同期声】

我是澳门大学国旗仪仗队的旗手，澳门大学是升三面旗，我是负责国旗的旗手。

【同期声】

一响第一个音符的时候，你就开始做，就把脚迈开、甩旗，然后就挥起来。三个人一定要一致，就看我们的配合、默契。

【同期声】

我在国旗仪仗队，平时主要的任务是集中在底下的护旗方阵里，近距离地观看升国旗。作为一个国旗的护卫者，还是觉得很自豪、很光荣。

【同期声】

我觉得每次升旗的时候，其实我的内心都是蛮紧张的。因为确实作为护旗手的这个位置，担当的责任也是非常重大，我必须保证旗帜在国歌的时间里面准时到达旗杆顶部，同时还不能出现区旗比国旗快的情况发生。这是一个大家之间的配合也好，也是我自己日常训练的一个非常重要的体现。

【同期声】
国旗仪仗队我觉得在我心里代表的是一种责任，还有荣誉。

【同期声】
国旗仪仗队对我来说，算是另外一个家。

【同期声】
加入了国旗队，提升了我对国家的认同感和归属感。

【同期声】
慢慢地让我变成了一个爱国主义青年。

【字幕】
彭执中　澳门大学学生事务长

【同期声】
我觉得这是一个爱国、爱澳和爱校的很有意思的团队。

【字幕】
张学森　澳门大学学生资源处处长

【同期声】
希望将来我们的国旗队能够大胆地走出校园，走向社会，走向湾区，走向全国。

【同期声】
升旗仪式现在开始。

【同期声】
齐步走！

【同期声】
立定！

【同期声】
请全体肃立，升国旗，奏唱国歌。

【资料】
青年是国家的未来，也是世界的未来。衷心希望新时代中国青年积极拥抱新时代、奋进新时代，让青春在为祖国、为人民、为民族、为人类的奉献中焕发出更加绚丽的光彩！

——习近平：《在纪念五四运动 100 周年大会上的讲话》

向阳而生

（纪录片）

扫码观看

作品信息

1. 故事梗概

《向阳而生》以梦境的方式切入创作者的军旅回忆，讲述我的战友周琪在退役之后的生活故事，用镜头记录退役女兵当下的工作和生活场景，展现她们家庭、婚恋、创业与学业的真实状况与精神面貌。另外也穿插了一些女兵们在役时的影像资料，通过现在、过去的跨时空转换，让观众更加全面而深刻地认识这一支"退伍不褪色"的女兵队伍。

2. 作品截图/海报

去完成姐姐未完成的梦想
To complete his old sister's unfinished dream

3. 创作人员分工

全片从前期采访、拍摄到后期制作均由王安蕾一人创作完成。

4. 获得的主要荣誉

入围第二届"Resilient Visions"国际电影节。

推荐语

"兵者，国之大事，死生之地，存亡之道，不可不察也。"习近平总书记提出"能打仗，打胜仗"是我军现代化建设的强军之要。在我们这支强大的现代化军队中，退役军人是不可或缺的一部分。中国现有的军旅题材纪录片中，它们或记录了战争历史的某一历程，或展现了现代化部队中传奇士兵的风采，但甚少有记录退役后军人的题材，尤其是女兵这一角色。《向阳而生》使得"军旅题材"进入高校纪录片视域，紧跟时代步伐，传递正能量，具有较强的现实意义。

随着国家的政策越来越好，现在愿意当兵的女性也越来越多，很多女兵在退役之后成为优秀的社会人才。纪录片《向阳而生》通过切换不同的叙事角度，用朴实无华的镜头跟拍这些女兵们，她们在部队练就了优秀的身体素质和坚强的意志，能勇敢面对各种挑战，但她们同样也是一名普通女孩，需要靠自己去打拼、去适应这个社会。

《向阳而生》聚焦社会热点，探索梦想与现实，通过关注退役军人、职业女性这些群体，传递"热爱每一份职业，尊重每一次选择"的主旨，鼓励人们活出自我、勇敢追梦。在塑造人物形象上，有机结合角色的典型性、故事性与社会性，其中作为代表人物的退役女兵周琪，是一个性格顽强的军人，也是一个可爱深情的女孩，她热爱生活、追求梦想的那股劲儿通过丰富的镜头语言感染了我们。纪录片通过音乐与旁白，准确、细腻地呈现人物情绪的变化。

《向阳而生》拍摄长达五年，辗转多地，记录下了许多珍贵的军旅时刻，我们不仅跟随导演的镜头真实感受和体验当兵的难忘经历，也跟随导演深入思考军旅生涯对国家和个人的重要意义。从新一代军人的成长中，我们深刻地认识到脱下军装，改变的是社会角色，不变的是保家卫国的军魂。

（推荐者：陈喆）

作品阐释

1. 选题背景

我国军队大约有 20 万现役女兵，每年退出现役的女兵大概 10 万人。以前我们关心军人在部队里的生活，而本片我们将视线转移到这些军人退伍以后该何去何从。《向阳而生》是一部军旅题材的纪录片，记录当下这些以"90 后"为代表的退役女兵的生活经历，主要讲述我的战友周琪在选择退役之后的工作和生活现状。

我和我的战友曾经都是从全国不同地方选拔到北京服役的女兵，我们有过共同的军旅历程，在退役之后有着各自不同的生活，在回归普通人生活后开始找工作、创业、恋爱、结婚，也有继续完成学业的。平凡的生活中，这些经过部队磨砺的女孩们从军人转换到普通人身份，她们更加热爱生活，也更懂得珍惜，她们乐观独立、自强不息，用拼搏和努力去实现梦想。这些战友的真实写照，向人们诠释退役军人的本色，即便青春充满各种苦难与无奈，她们也绝不低头退缩。

随着我国逐步完善了退役军人的有关政策，还新建立了退役军人事务部，退役军人这一群体越来越受关注了。在我国不断深化国防与军队改革的环境下，军人的安置有了更加多元化、人性化的选择，多数战士会在服役期满后选择退役，回归普通人的生活，但这并不代表她们与军队剥离，相反这些充满军旅情怀的年轻人心系军营，念念不忘昔日战场，时刻准备着献身国防。部队里常说"当兵后悔两年，不当兵后悔一辈子"，一段短暂的军旅也可以影响一个人的一生。面对家国情、战友情，女兵们就像那太阳花一般向阳而生，默默无言，绽放一生。以上所述正是本片的主旨。

2. 创作理念与思路

在学习传统纪录片的优秀制作手法的基础上，纪录片《向阳而生》也借鉴了当下各种独立纪录片、私纪录片等新式纪录片的创作手法。个人化的表达是根据各种途径来源的影像材料，通过制作者主观意识联系在一起的一种制作电影的方法，也称"个人声音"。

早期运用个人化的表达最典型的代表人物是美国的迈克尔·摩尔（Michael Moore），他创作的《罗杰和我》《科伦拜恩的保龄》以及《华氏911》渗透了他独特的个人化表达，体现在以迈克尔·摩尔本人为中心人物——导演的行为推动影片情节的发展，使得影片具备强烈的主观意识和个性风格。随着社会的急速发展，这也成为当下纪录片的发展趋势，不仅在创作理念与思想上凸显创作者的个性与风格，也跟随创作者的自我需求选择拍摄器材的类型，使用轻量化也更专业化的设备。

3. 人物形象的塑造

（1）角色选取有典型性。

人物形象除了做外部的艺术处理，选择典型性的人物角色也至关重要。纪录片《向阳而生》的主人公选择了本人在扬州的战友——退役女兵周琪，她在当兵的第三年遭遇家庭困境不得已提前退出现役，曾参加北京某部"嫦娥三号"发射的通信保障任务，制作过两批退役士兵的纪念视频，拿过"优秀士兵"称号等。现今女军人群体愈加庞大，将周琪作为纪录片《向阳而生》的主人公，是因为作为一名退役女兵的周琪，身上有着非同一般的记录价值，具有突出的典型意义。这种典型人物不仅在某一时期、某个领域、某个群体中具有代表性，更是有影响力的人物，他们以个人的行动影响着社会的发展、影响着大众的思考，与身边人有着共同之处，但也拥有自己的价值观念和精神追求。对于纪录片《向阳而生》而言，角色的典型性表现在主人公的职业和性格上，这两者相辅相成，为《向阳而生》的人物塑造奠定基础。

（2）人物经历有故事性。

本文提及的"故事性"是指人物本身具有的故事性。纪录片创作者在选择人物时寻求有故事经历的人物，他们因经历过人生的酸甜苦辣而更具表现意义，能够进行深度挖掘。在《向阳而生》中，周琪在从军的第三年刚转为士官，在部队刚刚崭露头角，却遭到突如其来的人生打击——家庭企业破产，在山东打拼的父亲卷入债务纠纷、母亲患病住院、弟弟独自一人留守在老家读小学。在情绪崩溃的边缘，周琪不得已申请提前退役。退役之后，为了养活全家人，她努力打拼，兼职了多份工作。她带着弟弟又当爸又当妈，一步步从职场菜鸟走向创业先锋，做起了老板。工作的劳累与疲乏让她十分想念军营的难忘岁月，最后终于如愿以偿带着弟弟回老连队探访。将这些情节联系起来，做到人物故事性的真实表达。周琪的丰富经历让她成为一个有故事的人，她的故事里有奉献、有情怀，更有军人的忠诚。纪录片《向阳而生》也因周琪的故事变得更加精彩而迷人。

（3）切入角度有社会性。

军旅题材纪录片也需要将镜头聚焦于社会热点话题，高度关注社会形势与新闻时事，立足当下，表达对社会和生命的高度负责，引起社会的共鸣与反思。本片将目光聚焦在一名退役女兵，同时也是一名普通的社会女青年身上，首先关注的是主人公的军人职业性质。当兵的荣耀与骄傲饱含着对家的思念、训练的艰苦劳累、生活的单调寂寞，作为一名士兵，唯有坚强与忍耐，咬紧牙关坚守岗位。

社会性不仅表现在周琪曾经的军人身份上，更表现在她的个人经历中。她经历的一系列事件也具有强烈的社会性，例如大学生退役士兵就业问题、青年人创业问题、未成年人成长教育问题等，这些事件的社会性进一步增强了周琪人物本身的社会意义和现实意义。

4. 创作特色

选题上，本片以退役女士兵这一群体作为记录对象，题材内容较为独特，且创作者与片中拍摄对象同为战友，对这一特殊群体有着更为真实而深刻的诠释，在挖掘女兵丰富细腻的内心世界时可以更加自然而深入，呈现视听的真实性与艺术性。

拍摄上，本人以亲历者的身份主观介入战友的现实生活中，在视觉的表现上力求创新，抛却以往纪录片中四平八稳的拍摄方式，利用轻量化的拍摄器材全方位、多角度进行跟拍，例如 Gopro Hero 6 运动摄像机以及 Sony 6000 微单的运用让画面更加生动，色彩更加细腻，跟随人物真正"活"起来，长镜头与运动镜头的运用，使之动静结合，相得益彰。

在采访中，以对话的方式进行交流，而不是传统的一问一答式的采访，创作者主观介入引导式的交流，其他人物角色也以对话形式进行，将创作者的"导演"身份有意真空化，放大其"战友"的身份，让观众通过平等的视角获得真实感受。

在配乐与音效上，基本没有运用带有后期合成类型的音乐，而采用现场人声录制或者单种乐器的独奏声，例如钢琴单音独奏、吉他独奏的《强军战歌》以及吉他独奏的《活着》。纯净的音乐也能让人物情感与现场氛围不会受到过多干扰与过分渲染，给观众以更真实的感受。

在可承受范围内，最大限度增加本片的地域跨度与时间跨度，力求将当地的人文、风光结合在人物的情感变化当中，凸显纪录片的纪实之美。本片素材的拍摄是从 2013 年到 2018 年，共五年时间，即创作者与主人公入伍当兵的第一年就开始记录，一直到退伍后的第三年，在不同的季节与不同的场景中拍下具有代表意义的时刻。

本片是两年军旅生涯后的珍贵纪实，有对战友、家人陪伴的感念，也有对军队和国家悉心培育的感恩之情，让创作者能够以真挚的情感和坚定的决心投入本片的创作当中。

文稿

本片将以三条不同线索分别穿梭在三位女兵的故事当中：首先是从小便经历过多次大小地震的四川战友罗小芹，在 2013 年 4 月 20 日芦山地震后为何突然决定去当兵；然后是在义务兵期满两年后经过多番考核顺利留队的一期士官周琪，在部队蒸蒸日上的第三年为何决定提前申请退役；最后是从小被亲生父母过继给养父母的金钰和同样是军人身份的恋人共同面临双方家境最艰难的时候为何毅然选择留队。本片主题将围绕以上三条线索展开。

拍摄具体内容与方法步骤分为三部分，介于时间与地域的差异，配合拍摄人物的个人时间安排，有些时间和地点需要相互穿插进行拍摄，以求达到最佳拍摄效果。

第一部分，拍摄地：北京，拍摄时间：2013 年 9 月至 2017 年 8 月。

来自山西、四川、江西、江苏等地的八十多名女兵集结在北京某部新兵营，进行三个月的新兵营集训，经过各项匹配与挑选工作后的女兵分配到全国原总装备部直（立）属的各个连队完成两年的义务兵工作。

第二部分：

（1）周琪，拍摄地：江苏扬州，拍摄时间：2017 年 9—10 月、2018 年 1—2 月。

（2）罗小芹，拍摄地：四川雅安，拍摄时间：2017 年 12 月。

（3）金钰，拍摄地：江西赣州，拍摄时间：2017 年 8 月、2018 年 2 月。

第三部分，拍摄地：北京、扬州、赣州等地，拍摄时间：2018 年 1—3 月。

集合所有拍摄对象，讲述各地的战友在离开部队以后是如何开始新生活的。

由于拍摄素材过多，且人物性格与表述能力存在差异，经过后期制作的多番调试，最终还是舍弃另外两位女兵罗小芹与金钰的素材，将目标锁定在退役女兵周琪这一位人物身上做详细讲述，周琪部分的具体拍摄内容以及解说词如下：

第一幕：梦回军营

时间：2013 年 9 月至 2015 年 9 月

地点：北京某部老连队

（画面从黑渐入声音）

【解说词】我总是做着同一个梦，梦里有起床的号音，有响亮的军歌声，还有穿着军装的我们，我亲爱的战友们。

（梦回军营，原来在部队的场景，音乐渐入：女声合唱曲《女兵》）

【字幕】（女兵一排走的画面，出片名）向阳而生（字幕闪入、淡出，渐黑）

第二幕：周琪跑客户

时间：2017 年 10 月 16 日

地点：扬州

（周琪退伍后跑客户的工作场景，画面从黑渐入）

【字幕】2017 年 10 月 16 日，扬州

周琪：您是老板吗？我是美团外卖的。

周琪：专送就是以你这个店为（圆心），直接一圈 3 公里是专送。快送是 6 公里，范围大一些。

周琪：你看哪家的水果店跟你们卖的差不多的。是商家出错了是吗？没有的商品就直接下架。

周琪：今天特权开了吗？在第 15 天的时候开这个特权。

周琪：但它肯定后期优惠力度都会支持。（流量是什么意思啊？）流量就是门店活动啊。（那这个点能不能加一点？）正常的餐饮店门店都是百分之十五的扣点。

周琪：顺道过来看看有没有什么问题可以帮你们解决。现在外卖应该是很好做的，对于你们下面这个。

周琪：这个是扬州卡吧。差评这个东西尽量不要有。

周琪：这种店一般都不太好卖。

周琪：现在回来还一直用五笔，你再用拼音用得可不行。你用其他的你都用不习惯了。

（周琪骑电摩托走远，回放跑客户工作场景，加背景音乐，尤克里里独奏《活着》）

【字幕】2015 年退役士兵周琪

【解说词】（骑车用手机联系商家）退伍两年后，我第一次见到我的战友周琪。周琪曾是我的班长，她比我早一年当兵，但因为被领导安排了相同的任务，常常一起熬夜通宵加班，我们成为患难知己。现在周琪做着一家外卖公司跑客户的工作，每天穿梭在扬州的大街小巷，和不同的商家打交道，从早上八点开始，一天至少跑 20 家，忙起来经常连水都忘了喝。看着她忙碌的样子，还是和那会在部队一个样。

第三幕：周琪的小吃店

时间：2017 年 10 月 18 日

地点：扬州

（晚上排骨店工作，周琪给爸爸帮忙）

【解说词】（周琪出现）这家小吃店是周琪一年前用她的退伍费开起来的，平时主要由周琪的爸爸经营，周琪会在忙完白天的工作后赶过来帮忙。半年不到，父女俩不仅回了本，每个月还盈利上万。

（周琪在收银台收银）

周琪：一个小份的排骨和一个小份的肉条。现在两个大份的排骨一个小份的排骨都缺。

【解说词】（周琪给排骨撒完调料以后）除了招呼来店里的顾客，还会有源源不断的外卖单子要做，很少能在晚上 11 点前收工。周琪说，她该考虑招两个员工了，不然她和老爸两人实在忙不过来。

（周琪和爸爸店里打烊，收拾东西，接最后一单外卖）

周琪：多少号单啊师傅？（12 号，饿了么 12 号）

（晚上我和周琪开电摩托回家路上）

周琪：下班回家了。我们来唱首军歌助助兴。

（唱军歌《强军战歌》：听吧新征程号角吹响，强军目标召唤在前方……将士们，听党指挥，能打胜仗，作风优良……）

周琪：其实在新兵营的日子，其实在新兵营的生活才是最开心、最有当兵的那种感觉的生活。（我：对啊）不能说兵白当了吧，但如果真的实实在在让我们感受个两三年这种野战（部队生活），天天拉练，这种很枯燥的部队生活，你说是什么感觉呢？

（回到周琪家，周琪卧室陈设展示，加小段背景音乐，吉他独奏《强军战歌》）

（周琪和家人一起做饭）

【解说词】（从卧室星星吊灯开始）周琪从小就习惯了独立生活，当完兵回来便挑起了一家之主的担子，里里外外由她操持，爸妈也从来不用操心，周琪很少能在晚上九点前赶回家里吃饭，但再晚妈妈和弟弟也会等父女俩一块吃，毕竟一家人总是聚少离多，很珍惜这样的时光。

周琪：够得着吗？

周琪：就越是到了长大了吧，就父母都照顾你的时候吧，你就是啥也不干。

第四幕：周琪的民宿店

时间：2017 年 10 月 19 日

地点：扬州

（夜晚周琪卧室的星星吊灯，第二天白天周琪到民宿店打扫卫生）

周琪：我一般工作不忙的时候会自己过来彻底地打扫一下，我妈过来的时候我就可能大致地收一收，但我妈过来打扫得也很多。每天都有不同的客人入住，像现在这一个就是客人长期入住的，因为提供的是一个管家式的服务，所以一般就两三天过来打扫一次。

（整理床铺摆枕头开始，加背景音乐，尤克里里独奏《活着》）

【解说词】这是周琪的第一家民宿店，她给它取名"拾柒"，纪念 17 岁那年当兵入伍。那时爸妈在山东开公司，她独自带着弟弟在扬州读书，住着这间小房子，既当爹又当妈。当兵之后弟弟被爸妈接到山东，留队第三年爸妈的公司破产倒闭，欠下几百万的债，于是周琪决定退伍回家，和爸爸重新装修这小房子改做民宿生意，退伍三年来，她至少每天同时做三份工作。

（周琪哼歌，整理假花，介绍扬州美食美景）

周琪：文思豆腐，扬州炒饭，一些比较好吃的，包括它后面哪家好吃，店名都写下来了。这是一日游的游记，从早上去吃早茶，然后到瘦西湖、大明寺，到下午的个园，到晚上的东关街、东关古渡坐船。

第五幕：周琪做导游

时间：2017 年 10 月 17 日

地点：扬州东关街

（参观东关街，跟随周琪走进大门）

【解说词】除了跑客户，开小吃店，做民宿，退役后周琪考了导游证，她喜欢给人们讲讲扬州的故事，这样还可以结交五湖四海的朋友。

（跟随周琪的讲解）

周琪：这条街有 2 500 多年的历史，在扬州算是一条非常古老的街，所以现在有很多像这些店，都还依然保持着当年的老牌子，这些百年招牌都会有。像扬州有个"早上皮包水，晚上水包皮"（的说法），就是早上一定要去喝喝早茶，尝一下扬州的富春包子，这样就是你的皮肤包裹着茶水，叫"早上皮包水"；这"晚上水包皮"的意思就是说，到了晚上的时候就一定要去泡泡澡、捏捏脚，感受一下扬州的足疗文化，就是晚上水包裹着皮肤的意思。这首歌就是（唱）扬州的一首歌。

（周琪跟唱，加配乐女声独唱《烟花三月》，音乐渐起）

第六幕：再回扬州

时间：2018 年 1 月 28 日

地点：扬州

【字幕】2018 年 1 月 28 日

（火车到站慢慢开走，周琪走进小暖家看装修，加背景音乐《活着》）

【解说词】（周琪雪中的脚步）再一次来到扬州，这刚刚下完一场大雪，这一次，周琪辞掉了为外卖跑客户的工作，全心全意开始创业之路。

周琪：这个橱窗可能要稍微布置一下。类似 7 - Eleven 或者 Family Mart，类似于那种便利店。因为这个柜子之前有做了一个样子，但不好看，然后直接又花钱重新做了一个，这边可能是做一些卖书的整体小卡座，然后做一个投影，晚上可能会放一些老的、比较有意义的电影，一个把有趣的人都聚集到一起的地方。

（周琪和爸爸搬床垫到新民宿店）

【解说词】（周琪爸爸哼完歌）周琪的主题便利超市还在装修，又马不停蹄地做起了她的第二家民宿店。这一次还是爸爸陪着她，两人亲自装修、布置，周琪说，这样又可以省下一大笔人工费了。

（和爸爸一起放下床垫后）

周琪：垫太长了。

爸爸：床不够（长），估量下。

周琪：为什么这个床是一米九的啊？行吧行吧，我自己看看怎么弄吧。

爸爸：那这个重换床（还是）怎么办？

周琪：我因为一个席梦思重买个床，那这个席梦思怎么办？

爸爸：要么重买个垫子，要么重买个床。

周琪：那垫子也没有两米乘一米五。

爸爸：它既然有（这样的）床，肯定有（这样的）垫子。

周琪：我再去网上买个一米九的啊？

爸爸：肯定有。

周琪：哎呀，烦死了。

爸爸：这块板把它削下去，锯了这里，锯这里。

（布置民宿店，装饰小物件）

周琪：这个是我在漠河的圣诞老人村里面（的店），它最后做了一个特价处理的时候，我觉得有用，我就给它买回来了。

周琪：如果我们可以一起回去（北京）的话，四个人一起，在北京生活一段时间，就觉得很棒，很向往。

（展示周琪卧室的照片墙，加背景音乐，钢琴独奏《强军战歌》，音乐渐起）

【解说词】退伍后的周琪，每天沉浸在创业的乐趣中，奔波在事业的战场上。我担心她这样会累垮自己，她说，搬床垫这都是小事，还记得那会在部队啥大家伙没扛过，一张铁床不也一口气（搬）上好几楼。从前在部队有战友，战友就是亲人，现在在家里有爸妈和弟弟，家人就是战友。

第七幕：回到老连队

【字幕】2018 年 2 月 1 日，早上八点

（周琪和弟弟到北京，出站后）

周琪：我和弟弟想一个姿势，完了之后我们到每一个地方都用那个姿势拍照。

周琪：我们都这样吗，都是这样子吗，那就都这样吧，好吗？

（坐出租车去老连队的路上）

弟弟：之前我姐在部队的时候，过来探亲。

周琪：爸妈来的那会儿，爷爷临去世的时候。

我：那是第几年的时候？

周琪：第三年，我爷爷临去世之前，然后我爸妈带着他来看看我，然后（爷爷）走了之后我都不知道。爷爷是去世四个月的时候……

我：你爸妈才跟你说的？

周琪：还没有跟我讲，还是当时我问，我看我每次打电话回去都是我奶奶接，我说我爷爷呢？我奶奶每次都是说不在，要不就在外面，要不就在哪里，就不说。当时我就觉得很奇怪，后来终于有一天觉得不大对了，完了之后就打电话给我哥哥，然后我哥哥告诉我的，然后才知道。

（车上聊天结束前，加背景音乐，钢琴独奏《强军战歌》，音乐渐起）

【解说词】（现场音静音开始）我不知道那些日子周琪是怎么熬过来的，也不知道她又是用了多大的勇气选择离开部队。但她告诉我，她不后悔选择离开，更不后悔选择当兵。

【解说词】（周琪给弟弟拉衣服拉链）弟弟放寒假的第一天，周琪带着他回了老连队。退伍后，周琪每年回来北京一趟，这成了她的第二个家，我知道，因为这里有她的战友，还有很多的回忆。

（周琪带弟弟到原来班级的寝室参观）

周琪：这个是我原来的班级，这个是我之前用的柜子。记不记得那会上大夜的时候，每天晚上上完夜班，早上要回来补觉，特别喜欢补觉的时候。现在还多了一个这个，还多了一个摆报纸的这个。那边还多了一个"一字一码强基础，一键一击传军令"。这个应该就是展现我们那种，通信女兵的这种工作氛围。我很怀念这个床，我也很怀念这个被子。这个被子是谁的？叠得还蛮好。这个是秀珠的，这个是秀珠的最好的闺蜜的，每天晚上一起陪我上大夜。我就说这个被子太熟悉了，原来是她的被子，那会我们还经常一起睡在一张床上面，晚上会经常一起，干很多很多事情。拍张照，留念一下。她现在睡的是我的床，告诉她我来过了，正好她这会去上班了。

周琪：文化创作室，当初是咱们俩的一个工作室，现在已经弄得巨好，特别漂亮。你看我们当年条件多艰苦，半间房子，两台电脑，一宿一宿的（加班）。你看现在，特别棒，三台电脑，还有专门的座椅，太棒了。画这个的小姑娘还挺厉害的，这个剪纸也是，说是她们自己剪的，包括这些漫画，都是她们自己设计的，挺厉害的。

周琪：这个是点歌机，这是我们那会每天都在跳的郑多燕（健身操）。剪头发的，我们每次都自己给自己相互剪刘海。太厉害了，这样子都可以练马甲线了。

周琪：那会我们新兵打电话，每次只能打三分钟，弟弟，就每次给你们打电话只能打三分钟，还得想好计划着讲什么。

周琪：没有了，找不到我了。感觉这个有一点点像我，这个机房最里面执勤的有点像我，你看，秀珠，钱曹蕾，感觉这个有点像。

周琪：姐姐那会是干这个工作的。集体过生日，在这个月过生日的都是一起过生日。

第八幕：周琪的梦想

（第二天清晨，周琪带弟弟体验出操）

【字幕】清晨五时许

周琪：一二一，一二三四，一二一。

【解说词】每年周琪回来老连队的这两天，都会跟随部队的一日作息时间进行，早上她带着弟弟一起出操，提前让弟弟体验一回当兵的感觉。

周琪：下去，三个，好，再来一个。

弟弟：地太扎手了，好凉啊。

周琪：再来一个。五个，做五个，再做最后一个。四个啊？

弟弟：五个了。这地真的是……

周琪：人家最起码俯卧撑二十个，仰卧起坐都五十个的男兵。那这样以后都怎么当兵？

（周琪带弟弟参观部队大院内）

周琪：你看，我们每天看新闻就是这个样，然后到了周末的时候就会开班务会。

周琪：跟你讲信息化作战就是用电子系统。

（周琪带弟弟站在大楼门前讲故事，加背景音乐，钢琴独奏《强军战歌》，音乐渐起）

【解说词】（到达大楼门口之前）周琪给弟弟讲了很多我们在军营的故事，仿佛就像在昨天。离开北京的时候，弟弟告诉我，他知道姐姐每天都很辛苦，长大了想为姐姐分担一些，但他也想当兵，去完成姐姐未完成的梦想。

第九幕：女兵的承诺

（女兵歌声渐起，回忆部队画面，加女声合唱《解放军军歌》，加歌词字幕）

【字幕】2017年2月1日

班长：你放寒假啦？

女兵：添宝宝了。

【字幕】2015年退役士兵与老兵相聚

女兵：不要拍我。

女兵：你捏她我捏你。

女兵：真漂亮。

（天安门广场升国旗仪式）

【字幕】2017年8月1日，凌晨三时许

（加配乐《中华人民共和国国歌》）

【字幕】2015年、2016年退役士兵：顾颖、徐匆、欧阳琴、赵靖

女兵：我是女兵。

女兵：时刻准备着。

女兵：若有战，召必回。

（结束）

奔跑的 Vlogger
（纪录片）

扫码观看

作品信息

1. 故事梗概

纪录片《奔跑的 Vlogger》以新晋 Vlogger 杨俊为主人公，记录杨俊拍摄自身所处的广州市无障碍健康运动协会群体用影像实现行动赋权的过程。黑暗中应该如何奔跑？对于视障人士来说，一条牵引绳，一名陪跑员，就能让他们走出家门，像健全人一样拥有自由奔跑的权利。影片中，杨俊把镜头对准了这样一群热爱马拉松运动的视障跑者，记录他们的日常生活。为了帮助视障跑者更好地锻炼、获得马拉松成绩，杨俊通过了马拉松教练考试，成为国内第一位视障教练员，这样他就可以把握更多机会，带领视障跑者前往全国各地参加马拉松比赛。同为视障者，杨俊的想法很简单，如果能多一些陪跑员，就能有更多视障人士走出家门、走向社会。在很长一段时间里，作为广州市无障碍健康运动协会会长的杨俊每天都在接受采访，希望能通过媒体发声寻求外界帮助，但收效甚微。Vlog 这一形式的出现让杨俊看到了希望，这一次他想通过自己的努力，让视障者被社会看见。

2. 作品截图/海报

3. 创作人员分工

导演：鄢婧雯

摄影：赵俊祺

摄影助理：李冬

录音：李柔桦

剪辑：鄢婧雯　赵俊祺

推荐语

20 世纪 90 年代以来，中国掀起了一股"影像行动主义"热潮，意在通过参与式影像促进社会对话、推动社会变革，纪录片《奔跑的 Vlogger》可以说是一部"影像行动主义"作品，它借助参与式影像工作方法，在行动主义指导下，探索视障者如何通过拍摄影像实现赋权，具有一定的现实意义。

《奔跑的 Vlogger》的主人公杨俊虽然是视障者，但他的生活与普通 90 后年轻人并无不同：也会"蹭热点"学习数码博主开箱，与朋友一同探店吃网红牛肉。杨俊本人既是一位视障者，同时也是一名 Vlogger，他把镜头对准了这样一群视障跑者，全方位地展现一群视障者的日常生活以及视障群体与社会的关系。

"让视障者被社会看见。"杨俊的努力是有价值的、有意义的。他为破除大众对视障者悲惨遭遇和灰暗生活的刻板印象，让观众真正地认识和理解视障者也是社会大众的一部分做了重要贡献。

（推荐者：刘涛）

作品阐释

2018 年春节，在艺术家宋冬的"无界艺术展"项目筹备过程中，作为主办方工作人员的研究者收到一封来自广州市无障碍健康运动协会的邮件，协会希望参与项目的子活动"春节市集"。从介绍来看，这个协会以帮助身体障碍者进行运动为目的，似乎与艺术并无关联。因此，没有人知道他们的到场意味着什么，在现场又会有怎样的互动。本着艺术无界和社区营造的理念，主办方向协会发出正式邀请。活动当天，一共有十余人来到现场，他们中有的戴着墨镜，有的坐着轮椅，也有人身体健全。广州市无障碍健康运动协会时任会长陈任表示，他们希望在现场组织"无障碍体验活动"，与来到市集的人展开互动：体验者需双眼蒙上黑布，在身体健全的志愿者带领下完成一段不到 500 米的行走。一开始，体验者寥寥无几，多是协会成员之间互相交流。在研究者的引导下，逐渐有路人开始尝试，多数人在体验完这短短十分钟后手心直冒冷汗。体验过后的人们也更愿意在无障碍健康运动协会的摊位前停留，与视障者交流感受。活动结束后，一位视障者表示："你们的恐惧是我们的日常。"

长期以来，无论是出于同情弱者还是有碍观瞻的考虑，视障者都被外界认为是"不宜被观看"的对象。无障碍环境建设的滞后，也加剧了公共话语场中视障者集体失语的情况，因此造成了社会对于视障群体的认知存在刻板印象。视障者与"明眼人"对世界的感知方式并不相同，他们有着独特的生命体验，同样有实现自己生命价值的权利，他们可以通过自我发声改变所属群体的现实处境，进而树立信心，成为为他人提供帮助的社会成员。那么，视障者该如何通过参与式影像行动完成自我赋权？纪录片的创作又该如何抵达属于视障者的真实？本研究通过拍摄介入广州市无障碍健康运动协会，借助参与式影像工作方法，记录视障者的行动过程，以个人纪录片作品《奔跑的 Vlogger》探讨参与式影像中的行动主义实践。

黑暗中应该如何奔跑？对于视障人士来说，一条牵引绳，一名陪跑员，就能让他们走出家门，像健全人一样拥有自由奔跑的权利。影片中，杨俊把镜头对准了这样一群参与马拉松运动的视障跑者，记录他们的日常生活。他想通过自己的努力，让视障者被社会看见。

1. 创作思路

(1) 参与观察：无障碍协会的日常。

学习导演王兵拍摄《铁西区》的经验后，研究者放弃了进入协会成员私人空间挖掘过往经历，开始用一种尽可能不介入私人领域的方式进行交流。创作者的相机是公共的，可以供大家使用和拍摄，工作之外研究者尽可能放下手中的相机，使用手机进行影像记录和田野笔记的撰写。

陪跑的时间通常在 17 时至 20 时，研究者会提前 1~2 小时到达广州天河体育馆，在微信群中关注是否有视障者需要从地铁站接送，并提供帮助。每天训练结束后，也会与协会成员一同坐在街边聊天，直到送走最后一名视障者，争取在公共场合完成所有必要的交往。通过杨俊，研究者了解到，协会的视障跑者相互之间交往较多，是因为视障圈子较为狭小，而大家几乎都面临相同的困境，时常会通过网络和线下活动互通消息。陪跑员是具有服务性质的，互相之间看似熟络，在实际交往中却又极力避免触及个人隐私。因此社群成员之间多以网名相称，便于线上交流和线下活动。由于借助网络联络才能产生这种不固定的陪跑行为，经常出现已报陪跑员缺席的情况，视障跑者花费时间和精力从黄埔、花都、白云等区赶来天河区参加跑步训练的愿望也就无法达成，只能跟随集体进行简单热身，坐着与跑友交流一会儿再赶回路程 1 个小时以上的住所。

视障者为什么要跑步？通过对协会成员进行无结构访谈发现，不仅是因为视障者比任何人都更渴望拥有强健的体魄，更是因为通过走出家门、借助运动使他们能从分散状态变为紧密团结的一个社群，拥有自由交流的空间和平等交往的权利。在拍摄过程中，一些问题也得以呈现，陪跑员和普通跑者非常在意摄影机的存在，而视障者尤其是全盲的视障者却不怕被拍摄，一方面是由于视力受损他们无法感知到摄影机的存在，另一方面作为社会弱势群体每年都会有媒体和组织对他们进行报道以示关怀，但是这种拍摄所带来的效果是极小的，拍摄者通常是在半天时间内拍完就走，没有人会花更多的时间留下来陪视障者进行辅助训练或展开持续追踪报道。

通过观察视障者的马拉松训练，发现每位视障跑者都十分珍惜跑步的机会，参加训练风雨无阻，这是由于视障跑者需要依靠陪跑员才能无障碍奔跑。就连这种基本的身体需求都无法通过自我行动得到满足，要通过借助他人才能实现，他们对于自己把控身体权利的诉求是极为直观且迫切的。同时看不见的他们也更渴望被看见，从而改变当前的困境。

米斯特里（Mistry Jayalaxshmi）强调参与式影像中拍摄动机的重要性，并认为应刺激个人动机浮出水面，以确保取得更好的效果。在与广州市无障碍健康运动协会会长杨俊的沟通交流过程中，研究者了解到，协会并没有善于使用影像工具的成员，影像记录工作多由志愿者完成。每天训练结束后，所有成员会在体育馆拍照留念，分享到社交平台作为生活记录。因协会中的视障跑者视力受损情况并不相同，能承担起社群内部影像拍摄的成员目前只有杨俊一个人。事实上，杨俊也是参与式影像最好的行动者人选。一方面，作为个体，他是视障人士，是马拉松跑者，也是视障跑者和陪跑员的教练；另一方面，他是广州市无障碍健康运动协会的会长，是视障陪跑运动的发起者和组织者，需要承担起组织对外沟通交流合作的责任。杨俊的双重身份使得他具有行动的外部推力和内心驱动力。在经过 2 个月的田野调查和志愿服务后，研究者取得了无障碍健康运动协会成员们的信任，与杨俊达成共识，开始了参与式影像实践工作。

（2）想象观看：公共视野中的身障。

在磨合初期，研究者一直带着问题意识进行记录。一个视障人士为何要用自己最不擅长的方式进行自我表达？为了理解杨俊拍摄行为的深层次动机，研究者对身障人士在公共领域中的形象进行了文献梳理。

1987 年，中国第一次残疾人抽样调查表明，身障人士对改善生存状况有强烈的渴求。经过 30 年的改善，身障人士对自我发展的需求呈现明显增长，从"求生"到"求生活"，身障人士不再是需要助残扶残的帮扶对象，而是能创造社会价值、实现自我价值的公民，但他们的声音鲜少出现在公共议题的讨论中。消除大众对身障人士的刻板印象和同情心理，打破传统视觉形象中对残疾的隐喻和定型，透过镜头达到真正的平等交流就显得尤为重要。在通常的体育赛事报道中，媒体普遍将身障人士置于劣势甚至被忽视的位置。身障人士参与体育运动所带来的争议也从未停止，包容和竞争的对立、复健与危险的冲突，都让社会更多倾向于支持将身障人士运动和健全人运动区隔开来。尤其是身障人士所能参与的顶级体育赛事残奥会，戈金（Goggin G.）等人认为，残奥会的报道依然是基于精英视角，以既定的权力关系描述身障人士克服障碍参与体育运动的勇敢行为，但这也提供了重要机会来道德反思社会在残疾问题上的进展情况。在中国语境下，身障人士参与体育运动是受到鼓励的，这与长期以来宣扬的体育精神相关，其核心在于励志精神、团队协作、民族传奇和人文关怀。对于残疾运动员来说，赛场之外他们比普通运动员要付出更多的艰辛和汗水，体验加倍的身体伤痛，镜头语言也会在这些方面着力刻画，因为他们的故事更加动人。体育所具有的观赏价值和美学特质能在一定程度上帮助身障人士改变社会对于自身的固有看法，体育竞技所带来的暴力与对抗、超越与悲剧，都能在拍摄的真实场景中被记录下来，实现影像的审美功能。美国学者莎拉·惠特利（Sarah Whatley）曾研究人们如何看待屏幕上的身障舞者，并提出差异的奇观（the Spectacle of Difference），她借用德勒兹观点，认为透过电影技术构建屏幕上的身障舞者可以有效消除人们对残疾的偏见，建立新的美学体验。在很长一段时间，身障人士都是作为被观看对象展开研究，随着各国法律的健全和全球公民意识的觉醒，身障人士自身的需求开始逐渐受到重视。由于特定损伤的不同，不同的身障群体也需要得到不同的关照，在《国际功能、残疾和健康分类》（ICF）出台近 20 年后，具有针对性的研究仍是少数。Paul 和 Pratt 回顾了 2000—2006 年涉及视障的学术文献，发现对于视障者个体解放和赋权的研究寥寥无几，研究的匮乏与广大的视障群体形成鲜明对比。人类信息总量的 70% ~80% 是依靠视觉获取的，事实上尽管视觉缺席，视障者依旧能通过其他方式感知世界，完成"非视觉影像"。针对视障人士展开的参与式影像工作，最著名的是由"一加一"（北京）残障人文化发展中心于 2009 年发起的"非视觉摄影"项目。所谓

"非视觉摄影"，就是视障群体在跨界参与者（包括志愿者、摄影师及艺术家）的帮助下，通过学习运用除视觉以外的其他感官，用听觉判断距离，用触觉和嗅觉发现事物，最终以照片的形式呈现出他们对这个世界的理解。由于视力受限，这些照片往往都是特写，所拍摄的角度也十分奇特。透过相机，视障者将自己对世界独特的感知影像化，并传达给普通大众。利用凸点打印，更多视障者也能通过触摸感受到、欣赏到"影像"的魅力。在"非视觉摄影"的帮助下，摄像机对于视障者不再是"无用之用物"，而成了自我表达的一种媒介和渠道。

维尔托夫曾说，人们无法改善自己的眼睛，却可以不断改进摄影机。在《奔跑的 Vlogger》中可以看到，使用手机、手持云台、运动相机可以轻而易举地实现拍摄，影像记录成为生活的一部分。媒介作为人与社会和自然环境接触的中介、工具、符号和交往形式等，扩展了人的能力和活动范围，延伸了人的肢体和器官，也意味着解放了这一部分。因此，在主客位互换的视角下，用镜头代替眼睛对于视障者而言是一种媒介技术的知识运用，也是一种媒介权利的重新掌控。

2. 创作特色

（1）个人层面：Vlog 拍摄。

参与式影像实践的第一步是选择和培训行动者，在确定了杨俊的主观意愿和客观条件均可以进行影像拍摄工作后，研究者对杨俊展开了简单的影像培训工作，除基本的影音美学介绍外，研究者和杨俊也针对拍摄所使用的设备进行了较长时间的摸索。研究者最初希望选择体积小、体量轻的便携运动摄影机，但在使用过程中发现屏幕小、续航时间短对杨俊的拍摄造成了直接干扰。杨俊改为使用具有无障碍辅助功能的手机后，难度明显降低，但手持的方式令杨俊无法在跑步过程中完成清晰、稳定的影像记录。最终，杨俊配置了能搭载手机进行拍摄的手持云台，同时外持迷你麦克风收音，这样的设备组合既能方便杨俊与研究者的拍摄交流，又能保证素材质量。在影像呈现形式上，选择了时下流行的 Vlog，用杨俊的主观视角进行拍摄和讲述。

在拍摄内容设计上，导演与杨俊进行了多次沟通，除拍摄过程中的实时交流外，利用深度访谈的形式对杨俊的过往经历、当前状态和未来规划进行全方位的了解。杨俊的诉求是，希望视障者被社会所关注，能走出家门拥有最基本的运动权利，因此他的拍摄主要围绕视障和运动两个关键词展开。将杨俊制作的 15 条 Vlog 制作成表（见下表），进一步分析杨俊影像拍摄中主题和个人意识之间的关联。

主题	意识	影像名称
		杨俊的 Vlog（2019.4.24—2019.6.28）
运动	协会日常记录	在广州有一群热爱跑步的视障人士——和你分享无障碍陪跑运动
		广州视障跑者周末户外跑步，备战下半年马拉松赛
		充实的上午：主持会员大会，听老总跑步经验分享，中午开心吃水鱼
		602 海珠湿地小米畅快跑视障陪跑记录
		广州仔去贵阳避暑顺便跑个半程马拉松，贵阳跑旅之行
	专业素质体现	亚瑟士 ASICS GEL‑NIMBUS 21 开箱介绍
		亚瑟士 ASICS GT‑2000 7 开箱介绍
		亚瑟士 ASICS GEL‑NOOSA TRI 11 竞速支撑跑鞋介绍
视障	个体经验分享	高考回忆：看不清试卷的学生是怎样高考的？视障男生回忆高考
		连路都看不清的人还能跑马拉松？视障小伙儿用脚步感受城市之美
	视障群体互助	用心煮一杯咖啡给用心品味的人，视障咖啡馆的独特体验
		炎炎夏日来一杯夏日冰爽特饮真的太爽啦，他们在黑暗中为我调饮品
生活	个人兴趣爱好	模仿王自如开箱：荣耀 MagicBook 2019AMD 锐龙版
		抽奖得到的小米小钢炮蓝牙音箱试用
	生活状态呈现	"五一"假期吃牛肉，看世界最大恐龙展

以运动为主题开展的影像主要分为协会日常记录和专业素质体现两种。前者通过展示和拍摄群体影像，可以解读出视障者与陪跑员在参与公共空间、展开跑步活动状态，是杨俊从自身角度塑造视障故事——这是他们所主张的包容和不歧视价值观。后者则是通过一系列专业跑鞋测评完成的。跑鞋对于跑者来说是必不可少的物品，恰好杨俊有着专业的知识储备，能对跑鞋展开客观测量和科学评价。通过测评，能充分体现杨俊的专业素质，进而增强他的自信心。专业跑鞋吸引来的网友多为专业跑者，受众定位十分精准。受到品牌吸引点击观看的跑者一旦认可测评的专业度，就会注意到杨俊作为视障者的特殊身份，同时对视障陪跑形成初步认识。

以视障为核心的影像主要是讲述杨俊及其所属视障群体的个体经验，对深度访谈中令研究者产生困惑的"看不清试卷如何参加高考"和"视障者如何跑马拉松"等问题进行解答，这也是视力健全人士不曾体验过的生活情境。作为少数群体的视障者有着较为固定的圈层，杨俊深知彼此间只有互相帮助扶持才能共同前进，他多次前往招收视障咖啡师的咖啡厅进行拍摄，希望通过自己的镜头传达：视障者面临的困境不是身体的障碍，而是心的障碍，只要人们多一些关心，社会多一些帮助"无障碍"的举措，视障者也能通过自己的双手实现自我价值。

（2）社群层面：社群动员。

参与式影像的第二步是利用影像在社群层面的分享和交流，激发成员问题意识，营造讨论空间。研究者将杨俊拍摄的 Vlog 影像在广州市无障碍健康运动协会内部微信群进行分享，同时向社群成员提出一些问题：你喜欢影像的哪些内容？你认为有哪些部分不清楚？你如何看待影像中提出的问题？我们应该如何改善这些问题？由于视障人士面临出行难、圈层小、经济条件受限等种种问题，人们难以时常聚集到一起开展活动。借助微信群可以打破地域界限，汇集那些通常不会参加社群活动或无法参与社群活动的相关者，形成一个线上对话场域，共同讨论影像中的问题。

在内部交流过程中，社群成员提及的问题共分为四类，这四类问题也展现出社群成员对于所在群体问题思考的不断深入：

①影像技术缺陷。多数成员指出了杨俊在拍摄技巧和后期制作上的不足，建议加入字幕、调整背景音乐、缩短视频时长等，方便视障者观看和收听。杨俊也分享了他的拍摄经验和设备使用方法，向群里一些拥有摄影摄像经验的陪跑员学习。在杨俊的带动下，视障跑者龙井拍摄的个人作品成功入选"光·影·梦"广州视障人士非视觉摄影展，并于广州市图书馆展出，这是继杨俊拍摄 Vlog 后协会成员进行影像实践的又一次尝试。

②视障运动难题。通过观察杨俊拍摄的 Vlog 影像，视障跑者"为食猫"发现"视障队友好多都有跑姿问题，但水平有限，不知道该怎么纠正"。他指出主要是自己视力受限，同时文化水平比较低，表达能力比较差，无法传递出准确的信息。陪跑员 Sam 提到纠正视障跑者"需要耐心，多次，花时间不停重复，还有设置相关的描述体验或道具体验"，但这一点是协会目前尚未做到的。陪跑员 Vincent 建议"拍一下自己跑步视频比较，不知道能不能起到比较效果"，杨俊作为专业人士指出"如果不能手把手教，可以将影像交给专业教练分析"。为了解决视障运动所面临的问题，杨俊开始着手准备下一次训练时针对视障者的纠正跑姿计划。视障者与陪跑员拥有不同的社会生活经验，造就了不同的文化

知识背景，通过社群内部知识共享能帮助更好地解决问题。通过对影像的讨论，在社群内部聊天过程中成员们完成了一次"发现问题—分析问题—解决问题"的过程。这种积极的讨论能进一步凝聚社群，加强成员的身份认同感。

③陪跑专业度问题。随着交流的深入，杨俊在影像中所呈现的陪跑员问题也开始被广泛讨论，如协会平日陪跑员不固定，一到比赛希望通过陪跑获得参赛资格的人员明显增多。协会秘书长老贾说："按我们要求，全马最好3个，大家轮换来陪，半马最好两个。不仅是累，关键是担心陪跑员半路有意想不到的意外，那就问题严重了。前两个月外省一个跑团派3个人（或许4个，不记得了）陪惠姐（视障）跑，结果到终点时只剩一个陪跑员了，危险啊！"视障跑者美媚也提及："训练量不够，赛道上各种状况频出，有一个陪跑，在赛前连15公里都没拉过。有些陪跑员过高地估计自己的能力，沿路不停地呼喝，浪费体能，结果半程就'爆'了。"轮椅跑者张健更是反映："有的人在跑马赛道上，不先问询是否需要帮忙，就想当然地主动帮忙推我的轮椅，结果吓我一跳，还让别人拍照。"问题提出后，社群中不少陪跑员表示愿意按时参加赛前集训，并与视障者建立长期结对关系，帮助自己和视障跑者获得更好的成绩。借助影像展现出来的问题具有说服力，在激发社群成员对话的同时也唤起了成员的责任意识。

④视障现实困境。陪跑员 Daisy 认为，一个好的社会，不全是高楼大厦，而是有残障人士在街上行走，聋哑人进饭店吃饭，盲人拄着盲杖走在街边。如果没有这些，那就是屏蔽掉了，他们只能待在家里。视障跑者阿惠用疫情下居家隔离人们的心路历程，类比身障人士长期以来被迫禁足在家的现实困境和进入社会后遭到的歧视态度。"全国人民都体会到了像不便出行的残疾人一样长期禁足在家的感受，就是闷！闷得不行！心里堵得慌！"公交车上，经常有人对着残疾人说："这么不方便，还出来干吗，不要到处走了嘛！"真能这样吗？就算吃喝无忧，就算有手机，有电视，但是人总是渴望外面的世界与蓝天。这是虚拟世界永远无法给予的。经过这一次疫情，相信大家对残疾人的出行困难会有深刻理解，有一种发自内心的换位思考与共情。阿惠呼吁，在疫情过后，有能力的志愿者可多陪伴盲友等出行障碍人士出行，不要让出行障碍者长期居家忍受各种不便。当身边出现这类出行障碍人士时，不该再戴上有色眼镜去看待他们，同情他们，而是以朋友般的平常心相处，这就是对他们最大的尊重、最好的理解。

在2019年广州市无障碍健康运动协会会员大会上，杨俊当选为新一任会长，提出招募成员组建影像小组，开展协会内部拍摄工作，促进协会内部交流和组织对外传播。在收集了社群成员所提出的问题和建议后，研究者与杨俊开始共同制作对外传播的纪录片《奔跑的 Vlogger》。相比杨俊的 Vlog,《奔跑的 Vlogger》生产影像的行动路径更为清晰,指向性更为明确,在问题的呈现上给予足够的上下文空间,避免误读。在观点的陈述上更为有力,不仅借助杨俊个人表达进行说明,还加入了纪录片的创作美学手法进行呼应,帮助纪录片达到较好的传播效果。应该看到,参与式影像的行动主义实践不仅是以杨俊为代表的个体行动者"走上街头"呐喊,还需要社群成员的共同努力。因为在对话、辩论和批评中,被污名化群体成员可以通过不断培养信心和情感力量去战胜耻辱,这种去污名化的过程单靠个体是很难完成的。通过一个目的明确的参与式影像项目,社群成员能意识到自己有能力变成行动者,借助沟通成员能与社会中的其他人一同发展。同时通过了解社群外部人员的看法,成员能意识到边缘化、歧视性、不公正待遇等问题是如何产生的,以及它们如何影响自己的生活。这种认知能帮助成员在不同的文化、观念、价值共存并相互影响的多元社会中强化自己的公民身份,进一步展开维护自身权益的行动,从而促进社会变革。

　　(3) 社会层面:社会对话。

　　事实上,杨俊和无障碍健康运动协会的成员所指出的视障人士困境是切实存在的。在《奔跑的 Vlogger》展开线上传播和线下放映前,研究者对公众认知的视障群体进行了调查,以李克特量表的五种备选评语("完全不同意""不太同意""一般""比较同意""完全同意")作为态度积极程度等级,对一系列关于视障群体的陈述句进行评价。在现场和线上随机发放了 340 份问卷,共回收 338 份,其中无效问卷 3 份,有效填写问卷 335 份。

　　表示"我曾接触过视障群体"的受访者仅有 18.51%,高达 55.53% 的受访者在现实生活中几乎没有接触过视障群体,有 62.99% 的受访者从未帮助过视障群体。52.53% 的受访者认为这是由于视障群体在生活中较少出现。正如社群成员所提到的视障者的现实困境,他们无法走出家门,被迫在公共生活中消失了。这也导致了 59.70% 的受访者认为自己对视障群体知之甚少,在《国际功能、残疾和健康分类》(ICF) 投入使用近 20 年后,仍有 36.42% 的受访者认为视障者与其他身障者并无不同。

　　在拍摄《奔跑的 Vlogger》的过程中,不断有媒体对协会和杨俊进行采访报道,但调查结果显示,65.38% 的受访者认为与视障相关的影像和报道并不常见,在 47.76% 的受访者认知中,视障群体生活并不幸福,这也说明外界对于视障群体的认知多数停留在想象阶段。尽管有 43.88% 的受访者表示愿意主动观看视障相关的影像和报道,这种善意却因信息的闭塞无法转化成为行动付诸实践,所以视障群体自我发声就显得尤为重要。

　　导演和杨俊希望通过影像合作与推广进行自我发声,借助互联网、传统媒体、社会组织和企业四条渠道进行传播。首先，协会对过往报道进行总结，整合成媒体资料包留档，主动提供影像联络本地媒体进行活动宣传推广。其次，协会积极与社会组织进行联动，与本地跑团联谊发起 Free Running 全程联跑活动，帮助解决陪跑员短缺问题。与企业合作，展出放映协会成员拍摄的作品，传递无障碍理念，通过影像呼吁企业支持公益事业，关注残障人士的运动需求。

除传统方式外，互联网是协会首次启用的渠道，杨俊将他拍摄的 Vlog 上传至视频平台，在协会官方微信公众号上同步传播。在已经上传的 Vlog 中，"跑鞋之王"亚瑟士的开箱视频获得的关注度最高，拥有 5563 次播放量和 41 条评论。除了表示对杨俊专业测评的认可和催更外，也有部分关注杨俊视障者身份的评论。有人为杨俊加油，也有人调侃杨俊的厚底眼镜"有战术目镜的意思"。还有网友留言问他"真瞎还是假瞎"，受到其他网友的一致批评。杨俊认为一方面这种问法非常不尊重，另一方面也意识到外界对于视障人士知之甚少。因此在之后的拍摄和制作中，杨俊都使用大特写自我拍摄，同时在上传 Vlog 时加入"视障"字样，既是对自己身份的认可，也是希望向外界发出属于视障者的声音。在随后的网络交流中，也有不少视障者向杨俊表达他们的喜爱，为杨俊的 Vlog 提出意见和建议，让杨俊感到作为行动者是有价值的，也激发了他制作影像的热情。直观的、可视化的影像，借助互联网提供的跨越时空的交流平台，杨俊和他的观看者共享一个超越社群的、公私两便的、与上下文相关的虚拟现实文本，用沟通建构虚拟公共领域。互联网的去中心化结构也使得普通公民能够实现技术赋权，有助于打破精英话语垄断，展现个体的自我表达。

《奔跑的 Vlogger》也通过以上四条渠道进行传播。根据放映后对观者的调查，67.16% 的受访者被影像内容所吸引，65.37% 的受访者被影像的展现形式所吸引。有 75.82% 的受访者表示能记住影像中的主人公杨俊及其行动路径，并认为影片中主人公提到的问题是客观存在的（84.18%）。通过观看《奔跑的 Vlog-ger》，80.90% 的受访者改变或加深了对视障群体的认知，高达 88.06% 的受访者认可杨俊作为视障人士主动发声的方式，并表示愿意主动转发分享这部影片（75.82%），88.66% 的受访者表示愿意将认知转化为行动，帮助更多视障者走出家门。

通过《奔跑的 Vlogger》的展播效果反馈可以发现，影像有助于改变观者对于视障群体的认知，令观者采取更积极主动的态度接触视障群体并为他们提供帮助。调查结果表明，参与式影像能积极促进社会对话，改善视障社群困境，让更多人将想法付诸实践，投入帮助视障者走出家门、走向社会的社会工作中来，真正让"每个人都有平等体验健康运动的自由"。

20 世纪 90 年代以来，中国掀起了一股"影像行动主义"热潮，其中"参与式影像"在推动社会对话、促进社会变革方面成效显著，本研究立足于个人作品《奔跑的 Vlogger》，借助参与式影像工作方法，在行动主义指导下，探索视障者如何通过拍摄影像实现自我赋权。论文通过梳理参与式的人类学脉络，把握参与式的田野方法和主客位换置思想。研究者在进入广州市无障碍健康运动协会社群展开田野调查后发现，视障者拍摄影像的动机是希望获得对身体权利和媒介权利的重新掌控。

影像实践过程中，研究者与社群中的行动者杨俊同时进行拍摄，发现作品呈现出不同的影像风格。通过研究二人作品的叙事特色，考察影像的视觉建构和价值传递。在作品《奔跑的 Vlogger》中保留创作者在场和介入的痕迹，塑造影像的真实性，最终绘制出《奔跑的 Vlogger》呈现的参与式影像行动路径，从个人层面、社群层面和社会层面展现影像行动效果。本研究利用纪录片将行动过程影像化，进一步挖掘影像的价值，帮助弱势群体在公共视野中更好地进行自我表达，维护自身权益。

文稿

【字幕】
这是正常视力眼中的世界
这是 800 度近视眼中的世界
这是杨俊眼中的世界
【同期声】
你那边能看到什么样
（切头了）
（你要我帮你调一下吗）
就是不够高是吧
（对）
（你要不坐草地上）
坐下来就可以了
（坐下来 OK 的）
这样呢
（OK 很好）
这样就可以吗
（对）

我觉得这个感觉不好

太远了

有什么高的地方能把它架起来

太远了主要是

太远了不好

我想录到那个上半身

【采访】

我是杨俊

我的眼睛是有一些不太方便

就是没有别人看得那么清楚

这个眼睛是最严重的

然后这边是

放大一下能用电脑

然后简单的一些菜单文字

还是能看到一些的

医生说没有办法治疗

已经是定型了

它就是这样了

没有办法了

【出片名】

奔跑的 Vlogger

【同期声】

我想跑 10 公里以上

21 公里啊

10 公里

10 公里以上找我呀

走大圈吧，今天跑

我们开始跑步咯

【采访】

我有跟我家里人说我要去跑马拉松

然后我家里人说

你别搞这些

你还去跑马拉松

就你这个身体

慢慢地我就跑半马

到了后来去外地跑全马

他们就开始重视起来了

慢慢理解马拉松

也慢慢理解我为什么要去跑马拉松

【Vlog】

各位观众朋友们大家好

我叫阿俊

我是一名视觉障碍人士

今天我要去参加一个活动

我们说热心的跑友

来带我们视障人士跑步

甚至去跑马拉松

那现在我们就去活动的地方

我跟你介绍一下

这位是

《南方都市报》的（南都）

《南方都市报》的视频记者张静

哈喽金平

（他的琴放哪）

金平的琴放在那吧

带了琴过来了

等一下可以 show 一下

刘医生

哈喽

这位也是陪跑员

米袋，哈喽

这是什么设备

这是微单

微单

好高级

秒杀我的手机

搞定了搞定了

他们要跑步了

终于来正戏了

好开心

他们要跑步

【同期声】

广州有大爱

奔跑无障碍

1，2，3

广州有大爱

奔跑无障碍

【采访】

现在协会在册的有 50 个会员

第一次集合是在广州的生物岛

当时那个场面

几十人

我粗略地算一下应该有 60 人吧

当时那个场面还是很震撼的

给我的感觉

【字幕】

为了协会的宣传工作

也为了记录自己的生活

杨俊开始学习拍摄视频

【同期声】

拉开就好了

然后固定好

推紧

贴着这个俯仰轴这里

然后调平

最好就是这样子

然后你观察一下

就是这边平了

这边平了

然后这边也可以

然后你觉得 OK 的时候

这个不用抓得很紧的

手抓得紧的话

它一下子起不来

然后摁这个开关键

等机器自动弹起来就行了

【同期声】

你觉得也 OK 吧

拍了看一遍

差不多了

回去配个音就好了

先看一下怎么样

我站那中间

我回去也可以把它切一下

【字幕】

这天下午

仅在天体就有四组记者等待着杨俊接受采访

【Vlog】

俊俊

看这里

采访一下什么感觉

老虎凳

我要拍你

他们要显得脸小

不要站前面

这里到底有多少台相机在拍

显得我很瘦

还要不要来

再来一个

再来一个

【采访】

我们跑步这个团体

每年都会上电视

换来又有什么呢

没什么呀

到底有多少人真的会关注到我们这个组织呢

好像真的没有吧

真的很少

我没有听说过

我在电视上看到你们了

我跑过来跑步

我来帮你们

没有

很少

几乎没有

为什么我们就不能做自己的自媒体呢

我们为什么不能拍呢

说不定看的人就会更多

【字幕】

会员大会即将举行

这是一年一度的换届选举

也是协会接受外界捐助的特定时刻

【同期声】

好

看清楚了

（先坐在这里）

这里先签名

这里

还有杰仔

我找不到杰仔

你去那边看他有没有在正中间

【采访】

他们都是平常很喜欢跑步的人吗

对，他们都是跑全马

3 小时之内的

不要吹

没有

大家都是爱跑步的人

就是平常跑马拉松

来这边的视障人士基本上都是跑马拉松的

有些是新人
我们都在体育中心那边训练
现在很多人都可以跑全马了
我们这个训练时间还是挺长的
这个活动我们搞了 3、4 年
就是视障陪跑
带盲人跑步
陪坐轮椅人士出去跑步
【同期声】
你刚才怎么上来的
抬上来的
反过来
推这里
慢慢一步一步
老钱来这边
它一个一个上的
1、2、3
不用不用
我们再来一台车
这边上
【同期声】
你看现在有几个找不到工作的
不管你再怎么折腾
反正你还是可以去做按摩
不管你怎么折腾吧
你只要学过按摩
你回去还得做
说实话
我学了两个月之后出来
其实我的感受也是这样子
没什么技巧不技巧的
就是用力
用力气就行了
所以我刚做第一年手指就变形了

每天就是练力气

【同期声】

帮我看下这部机子

别搞烂就行了

我要录像

【Vlog】

今天非常感谢

大家百忙之中抽空参加

广州市无障碍健康运动协会

2019 年的会员大会

【同期声】

会员大会选举了杨俊同志

这一位

成为我们新的

广州市无障碍健康运动协会的会长

如果大家同意

请举手和鼓掌

谢谢大家

其实会不会长我觉得不重要

因为平常大家都是一起搞活动

也没有说什么很特别的

一个会长又怎么样

我们做这个协会都是没有钱的

找些企业来赞助也很不容易

要费尽口舌

你知道的

商业化是一定要有的

但是我们是平等的

如果你有更高级的一些才能

比如你写文章

拍视频

剪辑

做媒体

有兴趣加入理事会的

就联系华哥，联系我

【同期声】

1、2、3

我那里有在录像吗

还在录吗

你帮我们录一段视频吧

（好啊）

广州有大爱

奔跑无障碍

【字幕】

ASICS GEL – NOOSA TRI 11 介绍

【同期声】

各位观众朋友们

之后就是自己配

我们看后面的可以吗

这一段是不是 4K 的

感觉很不错

但是帧率就很糟糕了

你看脚那里

其实现在就已经感觉帧不够了

这里帧太低了

我觉得它 30 帧肯定就是很吃力

下次拍运动拍一个 60 帧

我们以后的规格都是 60 帧的 Vlog

【同期声】

本来是想拍视障跑步的

后来变开箱的一个 UP 主

很搞笑的一个

但是里面也有说我们是视障在跑步的

我说我是视障的时候

拍那双鞋子

有一个人说

你是真的瞎还是假的瞎

然后我告诉他

并不是视障的就是瞎子

你用"瞎子"这个词很难听

因为我不想说

我要规避这个问题我才去上 B 站

我不是普普通通上 B 站

我还是要把我视障的情况

去放到标题

或者放到我的签名、各个方面

【字幕】

为了让更多人了解视障群体

杨俊不断寻找合适的拍摄工具

并自学了剪辑

【同期声】

声音的话就是用手机

这个麦克风录的

也没有独立的麦克风

独立那个好像声音更小

（音乐是你自己找的）

音乐是自己找的

这一条是自己的音乐

这一条就是录制的讲话的声音

视频

这一条是滤镜

还有评论呢

笑死了

（评论说什么）

你自己看

（字那么小）

凑近一点嘛

我开大一点给你看

反正我是看不清

你也看不清楚

你还嫌它字小

（我真的很近视的）

【采访】

我并不是以以后有多少粉丝为一个目标

我就是希望我做的东西

包括我身边见到的东西

我都能放到这个平台上面

我能分享出来

我就觉得很好

【字幕】

回看素材时杨俊发现

总抱着吉他的金平

把他心爱的吉他摔坏了

【同期声】

吓死

我刚刚一直在想那个镜头会来

没有想到会那么突然

【Vlog】

糟了糟了

哎呀

摔坏了怎么办

惨了惨了

弦断了还是琴断了

是不是那个带子松了

先装回书包

回去再想办法

粘都可能没什么机会粘了

破财挡灾

起来吧

有专门粘木头的胶

能粘好再重新调音

心痛

【同期声】

要是我，我可能会崩溃

【同期声】

小蛮小心一点

跟在我们后面

因为太窄了这个路

他们在学速记

他们速记班的一块

但是杨俊就比他大很多

阿杰来了

吉他修好了

好了吗

嗯，没问题了，多谢

【同期声】

来，我们小战队

（3、2、1）

你喝什么

金平你换件衣服

之后我们再聊

好皮哦，他

来，这样子对着我

【采访】

我想问你个问题

上一次就比较突然

我知道这个事情

就是摔坏了那把吉他

后面有没有办法补救回那把吉他呢

现在修好了

多谢

到时候我得空过去拿就好了

修好了

修好大概花了多少钱

他是先修后付的

就是 200 块

200 块修得回来

以后可能

每一次都会想

还是检查一下

如果我用回我自己那个背带

就是比较好的

一般不会出现这种情况

因为那条背带它本身是有点松的

是松了那个口是不是

松了口，一下没注意就

"嘭"一声

因为本来吉他就比较脆弱

一开始害怕你的情绪波动大

不会不会

隔了一段时间

趁今天问一下

我听了一些书

所以懂得一点点自我疗愈

控制自己

所以不太会怎么样

那我们好期待哦

就等它修好之后

你可以给我们带来你的那个

周杰伦的那种

【同期声】

辛苦你了

【同期声】

我们很多视障的都会想办法

有很多人戴个墨镜

自己虽然是视障但是不想被别人知道

但是你又没办法不让别人知道

确实走路什么的都要别人帮一下

不能拍我入镜

【同期声】

我带他

阿斌

他其实视力很差

基本上都看不见了

他出门也不拿盲杖
他不想让别人知道他是盲人
因为他有的时候会撞到别人
就假装自己拿个手机
没看到路
就这样走在路上
【同期声】
我这边三个人
你是说视障吗
三个半马
没有
不跑全马
OK
没问题
好的
就这样先
好
【Vlog】
这次我去贵阳跑马拉松
就是从星期五早上出发
一共是 3 天的时间
肯定随身带的物品会先拿好的
一双小腿套
跑步手表
这个是视障陪跑的
就是带盲人跑步的那个绳子
我们平时跑步的话
要用这个绳子
有人带着才可以跑
因为我想拍下来
行程上面的一些东西
想分享给大家看
所以我带着这个
大疆的 OSMO MOBILE 2

【Vlog】

现在是 8 点 10 分

已经顺利地赶到了高铁站

贵阳站到了

下车可以跑了

前面是入口

从这里进去

这里路这么窄的吗

你好

领一下东西

【资料】

女士们、先生们

2019 贵阳国际马拉松开幕式即将开始

让我们共同倒计时

5、4、3、2、1

鸣枪

选手们踏上了赛道

随着一声枪响

赛事正式开始了

大家看到

选手们是从贵阳国际会议展览中心出发

【采访】

像阿斌这种人

他现在也被我改变了

他也愿意在镜头里面出现了

他以前说

他过来还会怕被你们拍到

是我慢慢让他习惯

慢慢去接受

被拍到其实无所谓的

这个

对吧

【同期声】

（底下讨论还蛮多的）

有啊

你看

就是讨论的话在这里

【采访】

很多人挺我

你不是做坏事

你是做好事

你是帮这个群体的人

让外界去了解

那你就没问题了

【同期声】

哈喽哈喽

各位观众朋友们大家好

今天是星期六

也是全新的一次视障陪跑的活动

我们照样是来到平常训练的地方

天河体育中心

你们今天跑多少呢打算

打算跑 10 公里

10 公里

这么猛吗

我们北京人就是这么猛

好厉害

来跑一个

给力

帅哥

你怎么那么帅

小鲜肉

不要说出来好不好

我就要说

他们可能还是一直在跑

视障跑者还是一直在跑

这一点小小的风雨

阻挡不了他们的脚步

来了来了
来了一队了
听说是在那个方向
厉害哦，哥
跑了多少了
7公里
跑了7公里啦
从没有下雨跑到下小雨
现在雨停了又继续跑
他们特别厉害
【采访】
我们用我们自己的一个行动
去告诉社会
我们视障人士是怎么样的
现在一个状况是怎么样的
感觉自己在做特别有意义的事情
但是又很小众
没多少人会关注到
但是还在默默地坚持
可能以后真的能帮到更多的人

天光墟

（纪录片）

扫码观看

作品信息

1. 故事梗概

作品按照时间和事件发展顺序将内容分为"寻光""夜深""微光""天光"四个章节，以探访和寻找天光墟为由，循序呈现天光墟由夜晚至清晨的状态。夜深时，墟市空间被分割成一个个狭小的局部，卖家在各自区域里摆放和售卖商品。而至天光，夜深时的墟市刹那间就恢复成喧闹的市民生活场所。

2. 作品截图/海报

3. 创作人员分工

导演：侯自然

摄像：侯自然、刘梦蝶、张迅恺

剪辑：张迅恺

策划：侯自然、刘梦蝶、张迅恺、涂辛砾、马思怡

4. 获得的主要荣誉

2019—2020 年度影视作品推优活动暨第十届"学院奖"纪录片三等奖；

入选北京国际电影节·第二十八届大学生电影节·第二十一届大学生原创影片；

入选第七届中国国际大学生纪录片大赛复评。

推荐语

我们所生活的时代，是一个城市化快速推进的时代。但并非所有的人和事物都能快速适应。他们如何生活？何去何从？作者站在快速现代化、全球化的广州，以墟市从夜晚到白天的时间变化，带给我们对现代性城市生活的别样观察。

影片首先以卖家拒绝拍摄作为片头开场，向观众提出疑问——"为什么他们如此抗拒摄像头？"带着疑问，作者在街头巷尾寻找消失的墟市，记录墟市卖家群像、采访墟市的管理者，在探索越发深入的过程中，时间也从"天黑"到了"天明"。

纵览整个作品，"时间"作为一条清晰可见的叙事线索贯穿其中：一方面，作品按时间分为"寻光""夜深""微光""天光"四个章节进行叙事，记录墟市从天黑开市到天明散去的过程；另一方面，作品以"第一人称"叙事引导观众进入"我"的叙述状态。顺承变化，《天光墟》呈现出作者与拍摄对象之间逐渐拉近的人物关系，纪录片的视角不仅没有局限于天光墟的外在景观，而且试图通过时间和第一人称的叙事，探索构成这一墟市空间的个体心路历程，从而让作品更富有哲理意蕴。

此外，在视觉呈现上，作者也构思巧妙。作品以墟市作为主要记录场景，以环境灯光为主，从天黑时分频繁出现的手电筒与光斑噪点到逐渐天明的天空，墟市环境灯光的变化一定程度上强化了作品的节奏感与故事感，体现出作者对摄影美学及叙事张力的把握度。结尾以"墟"字作为收尾观照拍摄对象，将人文关怀一以贯之。

（推荐者：杨宝磊）

作品阐释

"天光墟"即天一亮就散的地摊集市，在北方也称为"鬼市"。在这里，夜出昼归的摊主们极其反感摄像头的出现，本片不仅探索摊主们抗拒摄像头的原因，还记录下墟市江湖与"地摊经济"的境遇变化。

在整部作品中，"光"是重要的推进剂。黑夜时分的墟市，"手持电筒"多次出现在黑暗的背景中，闪烁刺眼的手电筒光束、不稳定的"手持光"为夜深的段落增添了虚幻感，营造出某种隐秘的环境氛围。与此同时，光束勾勒出人物轮廓、物品细节，将光线与人物关系、情感世界联系在一起，以光线和色彩强烈的情绪力量叙说着隐藏在这个城市角落的人物故事。

在与卖家的接触中，我们了解到墟市近几年多次被迫关停，买家卖家不得不辗转于多个场地。对此，卖家认为记者的报道是影响墟市正常运行的重要原因。借由此，我们将拍摄过程中"我们"的心理变化、"我们"与拍摄对象的关系变化作为推进叙事的内在动力，并在片头使用2017年卖家"恶言相向"的偷拍片段素材，以天光墟的卖家拒绝被拍摄为切入点，从拍摄者的感受视角反映拍摄对象的生存状态。过程中，视角多呈现出隐藏式拍摄，大部分镜头以人物局部、剪影、背影为主，主要借由人物对话关注不同人物的命运，了解埋藏在平静表象下的人物困境。

本片通过呈现不同人物的视角和不同时间的内容，试图对墟市卖家的生存境遇进行思考。作品剪辑完成之际，恰逢"地摊经济"的推出，作品以"天光墟"作为片名，也是希望表达对墟市做普通生意群体的一种尊重和祝福。

文稿

【字幕】在广州，有一种集市，在整座城市沉睡时开启，天亮后散去，它叫"天光墟"。二〇一七年，我们曾去过海珠桥的天光墟。

【字幕】凌晨5：00　2017.5.27　广州　海珠桥

"你是不是把我弄进去了？"

"不要把我弄进去。"

"弄进去，到网上再有人给我捐钱。"

"你只要不弄到网上去就阿弥陀佛了。"

"搞到网上去就没饭吃了，知道吗？"

"现在人民路啊，都是他们搞到网上搞完蛋的。"

"拍我有什么意思呢，对不对，从来没帅过嘛，不要拍我了。"

"你拍东西不怕，不要拍人，拍他有啥用啊，这些头条你拍上去有什么用，真正的头条你能拍得到吗？"

"为什么天光墟天光墟，它天一亮就解散了嘛，天一亮自己就没有了。"

【出片名】天光墟　天光嘘

第一章　寻光

【字幕】时隔两年，我们想看看海珠桥有何变化。

【字幕】下午2：50　2019.12.8　广州　沿江路

【字幕】海珠桥下　保安

"没了，没有天光墟。"

"现在已经没了是吗？"

"没有了没有了，不让摆了，现在搞得那么漂亮，海珠广场修缮好了。"

"那他们搬到哪里去了？"

"可能搬到芳村那边，天光墟那边去，就是那个白天鹅对面。"

【字幕】凌晨3：30　2019.12.17　珠海桥

【字幕】小吃摊贩

"以前这里也是十二点钟之后才有。"

"那这多久开始没有的呢？"

"这里没有了，差不多好几个月了吧，有四五个月了吧！"

【字幕】出租车司机

"天光夜市啊，天光夜市以前是海珠桥那里比较多。"

"最近有在哪里看到吗？"

"这段时间啊，没看到哪里有。"

"这段时间都没看到啊。"

"对啊，不知道是不敢摆了还是怎么样，以前就在海珠那里啊，早就摆了。这个人民北、西华路口那里，然后还有海珠桥，现在海珠桥那里没人摆。我都不知道现在跑哪里去摆了，我兜来兜去都没看到。"

【字幕】几经周折，我们来到文昌北路。

【字幕】凌晨2：45　2019.12.27　文昌北路

【字幕】本地买家

"以前在海珠广场那里，去过几次，去过四五次那边，10月份国庆的时候也去那边了，但那时候关停了，然后我就来到这里。"

"反正从小对老物件感兴趣，从小就喜欢这些，是啊，我买的最多的就是老书，老书类，那种漫画类的，因为以前那种漫画书，全都是以前画家画的，画完然后再印出来的，画得比较传神嘛，以前那些人……"

"我觉得您淘的这两个东西很童真。"

"他说一个80嘛，然后对半砍，对半砍就八十两个，先拦腰一砍，哈哈哈，不管他说多少。然后他不同意呢，就走两步，然后'过来、过来，七十'，七十不要，就八十两个了，一般那种，只看不买那种，他不好开价，他看到你喜欢了，他做生意的，成年累月的，一看人就知道是买东西还是来看看的，他知道的。"

"康熙的、咸丰的。"

"这多少钱？"

"一手价一千八。"

"一千块。合适你就卖，不合适你拿去。"

"我帮你装。"

【字幕】古币买主

"天光墟，是一档最早从北京开始，一些达官贵人，当官的，破产了，没钱了，他卖东西，不好意思拿出来卖，丢他的面子，他只有拿出来偷偷地卖，卖完了以后就回家，不能让人家知道他破产了，不能让别人知道，所以就叫天光墟，南方叫鬼市，就这样来的。"

第二章　夜深

"叔叔，您坐呗，我们侧脸，就拍不见您，您看相机。"

"呵呵呵，没事没事。"

"就是只拍到您的下半身，就一个轮廓，剪影。"

"可以不？"

"不不不。"

【字幕】声音来源　光头摊主

"不是，关键第一次，不知道你们搞什么玩意的。"

"我们就是想拍一个，这个题材的一个作业。"

"写，写作文。"

"写作文，哈哈哈，差不多吧！"

"哈哈哈！"

"对，可以这样理解。"

"你知道人民桥那个事件，夜间白天都不让摆了，就是你们这些人拍来拍去搞的。"

"这个事情我知道。"

"啊，对啊。"

"但不是我搞的。"

"你们万一发到网上了，形象不好啊，这本身就是要饭的买卖，这都是没能耐的人干的事啊，生活逼迫的嘛，是吧？谁有工作要是拿着工资，不知道睡觉舒服啊，对不对？"

"我最讨厌就是你，又不懂。"

"最讨厌就是我，你还看我的东西，每一次拿东西……"

"我看你东西又不是看你，我讨厌你啊，不是讨厌你的东西。"

"那你讨厌我就不要看我的东西了。"

"你又不懂，又在那里呱呱叫。"

"呱呱叫，我懂人民币就可以了。"

"对了，他就懂得人民币。"

【字幕】光头摊主

"你们干这个，专拿个（相机），好多学生啊，在交通路和桥上面拍那个违章的，那个也值钱，哈哈哈。"

"违章都是用那个镜头自动拍的。"

"不，也有的地方拍不到的，有的拿摄像头，坐到那个草垛子里，在那里面拍。"

【字幕】声音来源　摊主　流浪汉

"我跟你讲，你听我说，你帮衬我一次，两个都带去吧，那个也有意义，我真没赚你钱，亲爱的弟弟。"

"我只不过是，他们都知道，我就是在街边睡觉，让记者给整到好几个报纸上，我说在街边睡觉也不犯法，是不是？我没犯法，公安局都调查过嘛，我没有前科。"

"你是怎么从东北过来的？"

"我走过来的，走坏了很多双鞋，就人有个欲望啊，想上一线城市看看。北京我去了，北京啊，在街边睡觉都不让啊，而且还冷，冻得够呛。我跟你讲，我在他们楼下冻得都直抖，都睡不着，广州这街边睡觉就不冷了，冻不坏人。你知道吗？我在街边睡觉，有好几个居委会的人，免费给我一瓶矿泉水、一个盒饭，还给我一个小薄被子，送的，没要钱，没人用过的，我说很人性化呀，对不对？"

【字幕】摊主　流浪汉

"我一看书上写的，我就照着做，带着快乐的心情度过每一天，让每一天生命的意义都鲜明楚楚，每天都是个新的开始。"

"你觉得书上写的跟你现在想的一样吗？"

"我觉得它有道理，但是我还没有爬上来嘛。我现在还在挣扎嘛，挣扎，你知道吗？就像是蝴蝶在涌动，想破茧而出，要有一个痛苦期嘛，我现在在痛苦期。我给我自己写的：漂泊四方到广州，钟爱珠江水长流，从此没有烦心事，街边度日万事休。这是我自己的真实的写照。"

【字幕】
漂泊四方到广州
钟爱珠江水长流
从此没有烦心事
街边度日万事休

<h2 style="text-align:center">第三章　微光</h2>

"这个成交价，两万八。"

"两万八？"

"对。"

"谁买走了？"

"本人。"

"你抱起来让他们拍一下。"

"对啊，这就可以拍，两万八，今天老板捡个大漏。"

"哎哟，都流泪了，你看，你一说卖它，赶紧擦擦，都流泪了。"

【字幕】声音来源　古币买主
"这是我女儿，11 了。"

"这是什么啊？"

"自己包饺子嘛，自己搞着玩嘛，小孩。"

"以前的照片我给她拍得超漂亮，都找不到了，我老婆要封杀我了，不给我看她的空间了，封杀了我。"

"为啥不让你看她空间啊？"

"不回家呗，一个月回一次啊，这个，30 多天了没回去啊。"

"孩子大了，一个16 了，一个11 了。"

【字幕】古币买主
"我儿子没事写小说卖啊。"

"那不也挺好的吗，写小说。"

"你看我儿子写的。"

"我看看我看看。"

"他没事写小说，炒股票，打游戏，他不往学习方面去学，他三天打鱼两天

173

晒网，他一会不舒服的，请一个星期出去旅游一圈，回来了，上上个星期来了，不过就没碰到你们，我叫他跟你们混几天呢，太不听话了！"

【字幕】声音来源　流浪汉

"我还听说音乐能疗伤。"

"是，我每天都听音乐呢。"

"对对对。每天都听音乐吗，你是听的什么曲子啊？"

"我听摇滚乐。"

"摇滚乐好啊，我去过北京，我就知道崔健嘛，还有汪峰是北京的，那摇滚《一无所有》，我就喜欢那个歌，因为我一无所有，我问个不休，为什么跟我走，可你就笑我一无所有，那你就爱我一无所有。那我说真有人爱我一无所有，我就留意，我是流浪的，留意流浪的人，他讲门当户对嘛，流浪的跟流浪的就般配。"

【字幕】

可你就笑我一无所有

那你就爱我一无所有

【字幕】摊主　流浪汉

"一个人，书上说的，一生见到的人是有多少多少人，很多人无缘对面不相逢，走过了就擦肩而过了。"

"活着挺好的，活着就有希望，我最大的希望是，找个流浪的，跟我一样流浪的女孩，她也不要彩礼，也不要房子，车也不要，生个流浪的小孩。"

第四章　天光

【字幕】早上 6：30　2019.12.17　墟市人数的顶峰

【字幕】古玩卖家

"卖古董的，现在生意难做啊，你看比杀猪的还要起得早，12 点钟就来了，杀猪的 4 点半才起床。"

"那你也照得很辛苦啊，是哪个学校的？以后表扬一下你们，这么早就来拍，这个古玩行业真是谢谢你们了。一定要宣传一下古董文化，现在难做啊，古董啊！"

"你想让我们怎么宣传？"

"你就多拍一点，给那些，画廊啊，就是那些，外国那些有文化交流的地方，就宣传得到了。宣传广州岭南文化，这里叫天光墟，看到没有，晚上交易的，上面，天光墟，是吧？看到没有，这里就是广州的文化。宣传了，很多外国人都来这里淘宝嘛，我们就有生意做了。"

"让更多人知道这里吗？"

"对，让更多人知道，收藏嘛。"

"现在古董生意不好做了啊。"

"对，现在不好做了。"

【字幕】门店店主

"现在就，就是星期一晚上，就是今天早上了，这是星期二了。"

"现在就只有这一天？"

"对。"

"以前是三天的。"

"对对对。"

"现在生意差了，开那么多天没有用啊，对不对啊？"

"是因为生意差所以才……"

"对对对，生意差，第二个呢，这个市场可能方方面面，对不对，讲不清楚的，一言难尽，好像人生一样的，五味杂陈，哈哈，对吧？真的，五味杂陈。不是，你这个，你们是哪个电视台啊？"

【字幕】2019.12.17　早上8：00　收摊

"这个市场面前人人平等啊，市场面前人人平等，咱一视同仁啊一视同仁。"

"收了，开始收了啊，对，生意不好做，不卖钱，再把东西打破了就不划算了，是不是？慢慢来啊，慢慢包，生意多难做是不是？钱多难挣啊，慢慢来啊，慢慢包，慢慢来啊。收了，开始收了啊，8点多了，又到收摊的时间了啊，又到收摊的时间了。"

【字幕】市场物管

"管理市场也不好管理啊，不好管理的原因，就是现在的生意特别难做。"

"你得管理得有模有样，怎么有模有样啊？要是管理得，是不是啊，叫人家有意见，是不是？哪里都得弄得好好的，位置画得规规矩矩的，有的年龄大了是不是，必须得温声温气地把人家说得口服心服，收了摊，高高兴兴地收摊，你要是恶言恶语那样说，不但骂你，还甚至，像那老一点的还要打你，我们来摆摊，多不容易啊，是不是，我们起早贪黑，来了又不卖钱，你这样说我们，是不是，多伤我们的心呐，是不是？你看我在那，拿个喇叭杆，就好像哄孩子一样，收吧收吧，好话多说，是不是啊，又把它收了，他们心里又没什么反感呀，到时间来了就收吧，是不是？就是这样。"

"广州文昌北的西关少爷在此。"

"拍到没有?"

"拍到了。"

"拍到了拍到了。"

"好了,行了行,OK 了。"

"OK 吗?"

"OK。"

"拍得好不好?"

"好。"

"我看一下。"

"你看你看。"

"哎是拍得,是拍得很漂亮,是拍得好漂亮。"

"漂亮,靓仔靓仔,好靓仔啊。"

"这就是地摊啊,收摊了,今天又没卖钱啊。"

【字幕】2020 年 5 月 27 日,中央文明办明确,在 2020 年全国文明城市测评中,不将马路市场、流动商贩列为文明城市测评考核内容。

2020 年 6 月 1 日,国务院总理李克强表示,地摊经济、小店经济是就业岗位的重要来源,是人间的烟火,和"高大上"一样,是中国的生机。

【字幕】声音来源　光头摊主

"我估计你们这,上面有任务,就是拍这些,拍的就是乱七八糟的事情,往上面一交,好制止这个事,是不是这个道理?人民桥,还有海珠中路,也跟这一样,也是他们拍来拍去的,不让摆了。"

"是因为拍才不让摆吗?"

"嗯,不知道怎么回事,这个怎么搞的,那谁知道啊!"

"叔叔,您不相信我们啊?"

"相信。"

"您不相信。"

"相信。"

【结尾字幕】嘘

自由的轮椅
（纪录片）

扫码观看

🎞 作品信息

1. 故事梗概

作品中的两位主人公都有各自的故事主线，吴同昱通过努力训练参加了第十届全国轮椅舞蹈比赛；张健参加了从长沙到广州的 888 公里公益马拉松赛，并身体力行地宣传"无障碍出行"。他们都在用自己的行动树立良好形象，努力克服偏见，为有障碍人士争取权益，实现个人价值与社会价值。

2. 作品截图/海报

3. 创作人员分工

主创：衡畅

推荐语

据中国残联统计，截至 2022 年，我国残疾人总数超过 8 500 万，占我国人口总数的7% 左右，平均每15 人就有一位残障人士，拥有庞大基数的残障人群常常是影像作品的主角，然而公众场合中却少见残障人士的身影。残障人士的出行不便，一方面基于他们的身体状况，另一方面也因为缺少适合残障人士出行的公共设施。更深层次的原因是，作为社会中不可忽视的群体，残障人士并未得到与对待健全人士同等的态度。大众对残障人士的态度与刻板印象密切相关，刻板印象的形成则离不开媒介作品对其形象的塑造。

纪录片《自由的轮椅》选择两位肢体障碍者——轮椅舞者吴同昱和轮椅马拉松跑者张健作为主人公，对主人公的日常出行、训练、比赛、生活状态进行长期的跟拍。他们两人都在自己的爱好上投入热情，也都在出行问题上面临障碍，他们都在通过自己的努力克服偏见，希望被作为一个"普通人"看待，实现自己的个人价值与社会价值。

纪录片《自由的轮椅》以细腻的镜头语言，真实全面地展现了残障人士面临的出行问题、刻板印象以及对自我价值和社会价值的追求，力求展示其"普通人"形象，以打破媒介所塑造的残障人士刻板形象。

（推荐者：晏青）

推荐语

作品阐释

你见过独自坐轮椅上街的人吗？

屏幕上，我们常常能看到残疾人的形象，他们或"深受苦难"，或"身残志坚"。然而在现实生活中，他们在哪？他们是否又真的像众多影像作品中展示的那样，过着饱受困苦、需要关爱、从夹缝中寻找阳光的日子？

我从未思考过这个问题。对我来讲，"残疾人"三个字，似乎一直是一个扁平化的符号，我的脑海中对它的想象既有充满善意的同情，也有无限唏嘘的叹惋，更有充满英雄化叙事的期待。直到遇到我的两位拍摄对象，我才发现，"残疾人"这个称谓根本没那么重要，他们也只是在困境重重的人生中依然热爱生活的普通人罢了。现在，相比"残疾人"这三个字，我更愿意称呼他们为"有障碍人士"。

他们一个是轮椅舞者——吴同昱，一个是轮椅马拉松跑者——张健。

吴同昱是广州轮椅舞蹈队的成员，多次参加全国乃至世界级轮椅舞蹈比赛，拿过优异的成绩。张健独自手推轮椅，参加过近百场马拉松，用双手"奔跑"。他们都在运动领域保持兴趣与活力，以挣脱轮椅对身体的束缚，让人生拥有了高光时刻。这听起来似乎又是"身残志坚"的代表、完美的励志成长故事。但其实和大多数人一样，生活不可能永远充满鲜花和掌声。光环之下，他们每天上班、下班、社交、活动，有独立的人格和对生活的美好期许，也有自己的倔强和脾气。一天一天、一年一年，他们凭借自己的能力过着平实的生活，并且努力使其变得丰富多彩。

到这里，两位生活的平行线似乎还是没有相交，直到我发现，"出行"是他们共同关注的问题。

吴同昱每天开车上下班，他习惯也不忿别人异样的眼光；张健每天乘坐地铁，他不喜欢每天被工作人员贴身跟着和保护。健全人一抬脚就能跨过的台阶，对他们来讲就是不可跨越的障碍；一个斜坡，就可能给他们带来威胁生命的危险。小城镇里，无障碍设施尚未普及；大城市里，无障碍设施逐渐普及但可能不够标准。小到路面的坑坑洼洼、盲道被占用，大到公共场所缺少无障碍洗手间。我不禁想到，明明残障人士自身有独立生活的能力，为什么还是甚少看到他们的身影？究竟是他们自己不愿走出来，还是现阶段的硬件设施没有提供足够便利的条件？

除了硬件上的障碍，还有更多无形的障碍。吴同昱曾略带自嘲地讲述，当他到地下车库开车时，清洁阿姨停下手里的活儿，好奇地盯着他上车、开车；张健独自推着轮椅走在路上时，总有路人投来不同的眼光。他们走在街上，总是不自觉地成为路上令人好奇的"焦点"，似乎"有障碍人士就该待在家里"。

行动来源于意识。我忍不住开始思考这些问题，因为命运的捉弄而成为有障碍人士就要被同情和关爱吗？当有障碍人士过上了和健全人一样有工作、有爱好的生活，就一定要被歌颂吗？当我们习惯了看到屏幕中带有悲情色彩或励志光辉的形象，我们对有障碍人士的印象似乎就容易变得刻板起来。这种刻板印象里，有居高临下的善意，有众星拱月的仰望，唯独缺少一份平视和尊重，而这缺少的态度，才能真正带来"共情"，才能让我们健全人站在他们的视角上思考问题，才能产生优化无障碍环境的行动，才能真正从内而外实现"无障碍"，让轮椅上的他们实现真正的"自由"。

于是，这两位轮椅上的朋友成了我镜头下的主角，我希望用自己所学不多的技艺，记录下他们的高光时刻，更记录他们作为"普通人"的一面，记录他们的快乐、泪水、笑容、挣扎。

在很多健全人眼中，吴同昱和张健两人是身残志坚的代表，站在舞台上或完成了马拉松已是成功。但对他们而言，这只是他们生活中的一部分，活动结束后，上班、加班，一切归于平静。吴同昱和普通人一样注重自己的形象，爱和舞伴开玩笑，有奔向最高点的胜负心，也有成绩不佳时的自责失意。跑马拉松的张健也不是铁人，马拉松让他快乐且疲惫，他会在跑完马拉松后吵着吃小龙虾，会在人多的场合不自觉局促，也会有一份历尽千帆的坦然，甚至稀松平常地谈起自己的寿命。我希望我的镜头是平视且平实的，只是记录他们的乐趣与困境，不过度渲染他们的辉煌，不强调他们过去的痛苦。身体的残障并未剥夺他们作为普通人生活的权利，我也希望我的镜头不会剥夺他们作为普通人的形象。通过日常化的生活事件，我希望将他们的身份去特殊化，还原为社会普通成员的一分子，让两人的生活回归"常态"，走上"平凡之路"。

电影《阿凡达》中，轮椅上的主人公借助外星人的身体实现了奔跑跳跃。现实中虽然没有这类化腐朽为神奇的强大科技，但这类期许或许反映了残障人士对于被认可为"普通人"的希望。正如《自由的轮椅》中呼吁的"无障碍"，对于残障人士来说，无障碍不仅体现在硬件基础设施上，更体现在精神文化层面上，社会对残障人士的态度直接体现着社会精神文明的进步。当残障人士能够以普通人的身份自由生活在社会之中，没有众星捧月或低如尘埃的存在感，没有异样的、同情的、过度关注的目光，我们的社会也就形成了一种良性的生态。

感谢我的拍摄对象吴同昱和张健，毕业作品拍摄历时半年，他们始终愿意在镜头面前表达自己，袒露心声。我们不仅是拍摄者与被拍摄者的关系，更成为互帮互助的朋友，和他们的每一次相处都带给我莫大的能量。希望这部短片同样带给观众能量，也希望在看过这部短片的你的眼中，有障碍人士能被作为"普通人"看待。

文稿

吴同昱片段

1. 场景：舞台候场区
【画面：吴同昱正在做热身运动】
吴同昱：只有我是特邀演员……哈哈哈。
【画面：吴同昱准备上台】
吴同昱：红木棉、红木棉……出场了、出场了……Come on baby……加油啊！
【画面：吴同昱跳集体舞片段】

2. 场景：舞蹈练习室内

【画面：吴同昱正在和轮椅舞伴梁巧婵练习轮椅舞蹈】

【字幕】吴同昱和舞伴梁巧婵即将赴天津参加全国轮椅舞蹈比赛

【画面：吴同昱和舞伴梁巧婵在练习室练习舞蹈】

吴同昱：三项的话就等于跳三支舞，五项的话就等于跳五支舞，我去年决赛的时候跳了 30 多支，一天。

（画外音）吴同昱：我现在获得的最好成绩是在 2018 年，世界轮椅舞蹈 IPC 锦标赛世界排名第四，我想成为世界冠军。

【画面：吴同昱对着镜子整理发型】

吴同昱：是这样吧？你到时候教我怎么绑。

梁巧婵：有手就能绑的，给个橡皮筋你自己绑。

吴同昱：不是不是，现在不绑，现在绑了好丑。

梁巧婵：给你学一下嘛。

吴同昱：下次绑着跳舞好一点。

梁巧婵：你应该用那种……

【画面：梁巧婵帮助吴同昱绑头发】

吴同昱：没有，这样跳舞要好一点。

【画面：吴同昱推着轮椅到镜前，看绑好的发型】

吴同昱：哎呀，太丑了……

【画面：吴同昱和舞伴坐在地上，在镜头前接受采访】

吴同昱：男生就简单一点，拉丁舞里面的男舞者就不需要怎么化妆，可能我的眉淡一点画一下眉，然后把头发梳背头，梳一个头发要坚持三四天。

梁巧婵：上次我绑了个头，坚持了三天……

吴同昱：所以说很多舞者，专业的舞者，他的发际线就会越来越高，前面就没有头发，我们半路出家的还好一点，哈哈哈……

梁巧婵：这里还有很多头发的。

吴同昱：小心点，你的也高了很多了。

梁巧婵：哈哈，对，我也觉得我发际线高了。

3. 场景：吴同昱的车内

【画面：吴同昱开车镜头，车内放着音乐】

吴同昱："以前有一次开车，我去停车场取车的时候，刚好我是坐的轮椅，扫地的阿姨看到我坐的轮椅都愣住了，然后她地也不扫了，看我怎么开车，哈哈哈……"

吴同昱："我这个自动挡是没有离合的，就等于加装了一个装置，可以控制加油和刹车。其实在国外我看到人家截两只手都能开车，用脚还有用他只有一点点的胳膊来控制，所以说只有科技残疾，没有人是残疾的。"

张健片段

1. 场景：无障碍主题演讲现场

【画面：张健在做关于无障碍主题的演讲】

张健：我们为什么要成立这家无障碍旅行社，就是我刚才说的，我们就是要推动国内的无障碍越来越好，每个人可以共享同一片蓝天。

张健：我们是同理心，我们不是可怜，也不是同情，此处应该有掌声……

张健：无障碍设计也是一个通用的设计，是人人都可以受益的。

2. 场景：地铁站内

【画面：张健独自乘坐地铁】

（现场声）欢迎来到江南西站。

地铁工作人员（在地铁门处等着张健上车）：不好意思，让一下……

（画外音）张健：我现在是在一家无障碍出行的旅行社工作，希望更多的身体不方便人士勇敢走出来，也一样坐着轮椅去看风景。

【画面：张健在地铁出口无法出去，需要绕行】

张健：我还要绕到那边，他们还要开门，如果再做宽10厘米就可以了。

3. 场景：室外马路

【画面：张健独自推着轮椅走在街上，自己上坡、过马路，在遇到台阶时自己推轮椅上台阶】

（画外音）提问：这个，你自己可以完成吗？

张健：可以，就练啊。

4. 场景：健身房内

【画面：张健在健身房健身，向镜头展示自己手臂的肌肉】

张健：看，明显粗了很多。

张健：现在一周要练三次了，因为我六月份要从长沙跑到广州，888公里。我从长沙接力，我每一棒42公里，8个人，一个人平均100多（公里），是帮留守儿童的一个公益接力马拉松。

5．场景：公益马拉松新闻发布会现场

【画面："情牵湘粤·油我接力"888公里公益接力马拉松新闻发布会现场，张健在场外候场，复习发言稿】

（画外音）主持人介绍：那么接下来我们就会邀请到一位特殊的来宾，他的跑鞋是什么呢？就是轮椅。（他）完成了70多场的马拉松比赛，也是参加了环岛的马拉松接力赛以及环青海湖一圈的奔跑，他就是张健。好，接下来的时间让我们有请张健……

【画面：张健正在运动衣上签上自己的名字】

现场人员1：来，加一笔。

现场人员2：加个爱心吗？

【画面：队友也拿起笔，在张健背后签名】

队友：给你签个"健爷"，哈哈哈……

【画面：与会人员和张健合影】

合影人员：他身残志不残。

张健：OK，好，我们13号再见。

吴同昱片段

1．场景：酒店卫生间内

【画面：吴同昱面对镜子整理发型】

吴同昱领队：明天我们几点出发？

吴同昱：6点半吧。

吴同昱领队：8点40的飞机来得及吧？

吴同昱：来得及。

【画面：吴同昱放下手里的发胶，对镜研究发型】

吴同昱：反正就把这瓶用完。

（看了看镜子里的发型）：还挺满意啊，嗯瑟。

吴同昱（从卫生间出来）：半个小时搞定，好快啊。

【字幕】吴同昱没能和队友一起出发，于5月17日比赛当天奔赴天津

2．场景：广州白云机场柜台，吴同昱准备前往天津参加全国残疾人运动会

【画面：吴同昱在与机场工作人员沟通轮椅托运事宜】

吴同昱：然后轮椅用超大行李打包，在哪里打？

吴同昱（继续沟通）：或者你们到机舱口托运也行，我就坐自己的（轮椅）。

机场工作人员（打电话申请）：3133申请个平台车。

吴同昱（沟通完后露出满意表情）：待遇还挺不错的，待遇挺不错！

【画面：吴同昱签署特殊旅客乘机申请书】

机场工作人员（提示填写）：身体良好，可以乘机。

机场工作人员（返还证件）：他的证件跟你们的登记牌都还给你。

3. 场景：吴同昱在飞机上

【画面：机场工作人员帮吴同昱抬轮椅】

吴同昱：可以、可以。

机场工作人员：就这样抬上去？小心小心，把这个先拿出去……这个是这样系吗，靓仔？

【画面：吴同昱坐在位置上，其他旅客陆续下飞机】

吴同昱：这次服务不错啊，就不需要太多的商议，不用我把轮椅挪来挪去，就直接到机舱口托运，多好啊！如果每次都那么好就好咯！

4. 场景：吴同昱坐上了前往比赛会场的车

吴同昱：50 分钟才到酒店？酒店和比赛会场远不远？

工作人员：对，离比赛场地不太近，是在学校里。

吴同昱：一个小时。2 点开赛啊……（沉默片刻）

吴同昱：有点紧张，可能昨天没有调整好。

5. 场景：比赛场地

【画面：吴同昱和舞伴在场外候场】

（现场声）场内广播：我们即将进行的是，双轮椅拉丁舞三项排位赛……

【画面：吴同昱和舞伴伴随音乐进行轮椅拉丁舞比赛】

吴同昱（一场比赛结束后，对舞伴说）：去练一下吧？

【字幕】首场排位赛后，吴同昱仍留在场地为第二天比赛练习

【画面：吴同昱和舞伴，在队友陪伴下在场地继续练习舞蹈】

队友（向吴同昱建议动作）：我跟你讲，他起来你再下，延伸的时候……

【画面：吴同昱在练习过程中不慎摔倒，轮椅翻过来压在他身上】

6. 场景：酒店电梯间

【画面：吴同昱和队友交流今天的比赛和练习状况】

吴同昱：不行，对我来说不行，没有那种（感觉）。

队友：因为今天确实是太过劳累了。

吴同昱：我今天老是忘动作，然后到后面记起来，我自己也有发现……

队友：今天早点睡觉，不要搞到太晚。

吴同昱：我怕我今晚睡不着。

队友：怎么会睡不着呢？

吴同昱：但是今晚又不能喝酒……人一旦很劳累的时候，有事情，还有三四天的比赛，除非你回到公司、回到家，才真正地放松。

张健片段

【字幕】2019 年 6 月 13 日　湖南浏阳

张健作为第一棒开始 888 公里公益马拉松接力

1. 场景：室外马拉松开幕式 & 室外道路

【画面：张健在队友的陪伴下开始跑马拉松】

（现场声）主持人介绍：888 公里公益及马拉松开幕了！

（画外音）新闻播报：当天上午 8 时整，在简短的起跑仪式和热身后，梦想无障碍跑团创始人、资深马拉松跑者张健，在 7 位全国知名马拉松跑者和浏阳跑步协会跑者的伴跑下，开始第一棒接力。张健用轮椅当跑鞋，沿何文公路经胡耀邦故居到达浏阳文庙，交给第二棒跑者，用时 5 小时 15 分。张健这种顽强拼搏的精神，感动了沿线观跑的浏阳市民……

张建：我要看后一眼。

队友：你干吗，看什么？

张健：好陡啊！

队友：跑友在前面等你了。

张健（自顾自说）：这个坡好陡！

队友（拍手鼓励）：美女跑友在前面。

【画面：张健在接受地方媒体的采访】

张健：我可以吃点香蕉吗？我全程只喝了水，吃了三块西瓜，没有吃（其他）任何东西。

记者：下坡就比较轻松……

张健：下坡其实也很危险，如果有小石子撞到我的轮椅，有可能就翻了，所以要特别控制速度还有平衡，然后还要留意旁边的车。

记者：之后的话你还要跑？

张健：对，第 12 棒、第 22 棒，第 22 就到了广州那边。

2．场景：车内

【画面：张健在队友的帮助下上车】

队友：扶一下……你在上面扶一下。

【画面：张健在车内调整状态】

张健：好痛，有点像（关节）磨到了。

张健：我是跟老板请了年假的，回去还要加班的……浑身酸……

张健（面向镜头）："他们（家人）的出发点是为我好，你也不方便，还去跑这么剧烈的运动，你吃得消吗？但是其实他们不知道，我内心真正想要的东西是什么。人生一辈子真的很短，沧海一粟，这样一段，哪怕你是 100 年……而且我深深地明白，我根本就没有这么长寿命，因为我身体脊柱侧弯（很重），而且老了以后我也会用电动轮椅的，所以我特别珍惜现在我能自己推着自己去哪里的感觉，以后有什么事情，真的是不好说。"

吴同昱片段

【画面：吴同昱准备坐车前往比赛场地】

【字幕】2019 年 5 月 18 日　天津　吴同昱迎来第二天的比赛

1．场景：比赛场馆内

【画面：吴同昱在比赛场地外候场】

（现场声）场内广播：接下来进行的是双轮椅拉丁舞五项排位赛，请选手们准备你们的第四支舞——斗牛舞……

队友：小昱加油！

【画面：吴同昱和舞伴梁巧婵进行斗牛舞比赛，队友加油助威】

【画面：排位赛名次公布，吴同昱和梁巧婵在双轮椅拉丁舞五项排位赛中获得第一名】

2．场景：休息室内

吴同昱（开心唱歌）：我们什么都不懂，只知道短暂的笑容，是命运对我们善意的一场戏弄……

吴同昱（对镜子自顾自玩耍）：超人，一个轮椅舞者，脱件衣服都那么有 feel。

3．场景：吴同昱练习完返回房间过程中，和队友交谈

吴同昱（感到手腕疼痛）：没有注意，训练得太疯了。

队友：训练？

吴同昱：不是吗，跳完还要跳。

队友：哦，昨天晚上啊……你今天尽力就行了，反正第一是稳拿的。

4．场景：比赛场馆内

【画面：吴同昱和站立舞伴的一场比赛完成后，前往医务室寻求帮助】

【字幕】2019 年 5 月 19 日　天津　第三个比赛日，旧伤复发

医生：以前哪个地方，我看看，现在活动疼不疼？

吴同昱：还行，但是每次这样腕往下就会有点酸痛。

医生：应该还可以，腕不好弄。

【画面：混合拉丁舞五项排位赛名次公布，吴同昱和舞伴表现低于预期，排名第 2】

5．场景：休息室内

【画面：吴同昱握着手腕调整状态，对镜头自述】

吴同昱：今天比完排位赛就不太开心了……（沉默良久）是吧……我为了跳舞啊，自己跳得开心啊……我有感受到前所未有的感觉，也并不是说前所未有，就是在跳舞赛场，特别是最后一支舞的那种状态，那种洒脱，就是你一下子把所有的感情都投进去了，你整个身体都融在舞蹈当中，有时候你做的动作没那么标准已经无所谓了，你只要把这个舞种的情感展示出来，让观众有一个共鸣，那就够了，我觉得……

吴同昱（默默流泪，对镜头）："哇，你这纪录片拍得还真很真实……不知道……不知道……"

【画面：吴同昱在休息室内徘徊】

队友（前来告知比赛结果变动）：你第一，他们第二，上海第三……

吴同昱（不敢相信）：我去看一下……

队友：你现在去外面看一下。哎哟……真的第一，出来了，去看一下！

【画面：站立舞伴冲进门来拥抱了吴同昱】

【字幕】原本以为没有发挥好失落中的小昱得知决赛获得第一

吴同昱：不会吧！

站立舞伴：我说，我发现我们跳到后面的时候都在对我们笑。

吴同昱：我的天啊，这太不可思议了，就这个感觉！拼啦！你没见我一下台我就拼命地喷喷喷，旧伤。

【画面：混合拉丁舞五项决赛名次，吴同昱和站立舞伴排名第一】

张健片段

1．场景：车内

【画面：张健在车上，做着下一棒接力的准备】

【字幕】2019 年 6 月 14 日下午　湖南　张健迎来第二棒

张健：我心情很澎湃。其实我只睡了两个小时，吃了一块西瓜和一包小小的葡萄干，喝了两瓶水。早上还体验了一下厕所马拉松，急着去找厕所……对，因为太辣了，湖南的菜太辣了。如果湖南这边炒菜不放辣椒，他们不会做……

张健（面对镜头自述）：第 12 棒到我了。

张健（面向车内直播的手机）：Hello！我是十二棒张健，马上就要到我了，已经等好久了！

队友：开心吗？

张健：开心！

队友：紧张吗？

张健：不紧张！

队友：兴奋吗？

张健：兴奋！

队友：又开跑了，有什么话要跟大家说？

张健：大家一起加油，注意补水，想跟我一起陪跑的，等一下到幼师学院门口，我们不见不散！

2．场景：马路上

【画面：张健接下接力棒，开始跑接力马拉松第二棒，众多跑友陪跑】

【画面：天色渐暗，张健和跑友仍在坚持；陪跑车内的队友展开讨论】

男队友 1：只要走到国道，都是上坡下坡。

女队友：你看这些路，感觉它是平的，其实它是一个小坡。

男队友 2：对，所以看不到很大的坡，它是缓慢地上升，又长了是吧，这叫暗坡，要命的！

【画面：张健短暂休息】

张健：我要吃小龙虾！我要喝啤酒！我要吃臭豆腐！

张健：反光贴贴完没有？出发了！谢谢大家！

3．场景：车内

【画面：张健的队友在车上，一边直播马拉松现场状况，一边进行解说】

队友：现在马上进行的是第 12 棒传递给第 13 棒，交接，前方一公里左右，还有不到 6 分钟的时间。加油，今天我们走的每一步都不平凡……

【画面：车内播放起歌曲《平凡之路》】

队友：为我们的健哥加油！每一步都不平凡！

【画面：伴随着《平凡之路》，张健和陪跑团在夜色中坚持奔跑，最终张健完成了接力棒交接】

吴同昱片段

【画面：残运会轮椅舞蹈混合拉丁舞五项成绩变更通知】

【字幕】2019 年 5 月 20 日　天津　吴同昱组排名变更为第三

1．场景：公示栏前方

【画面：吴同昱和舞伴梁巧婵一起观看成绩变更通知】

吴同昱（看着公示栏自言自语）：更改……

梁巧婵：就是这样的……

【画面：舞伴准备拽着吴同昱离开，吴同昱突然转身返回公示栏前，拿出手机拍照，舞伴拥抱了他】

吴同昱：这没什么……干吗……

梁巧婵：走啦。

2．场景：颁奖仪式

【画面：吴同昱和舞伴梁巧婵在等待双轮椅舞蹈颁奖，等待过程中面向镜头打招呼】

（现场声）场内广播：女士们，先生们，中华人民共和国第十届残疾人运动会暨第 7 届特殊奥林匹克运动会轮椅舞蹈项目颁奖仪式现在开始……

【画面：吴同昱和站立舞伴在等待混合拉丁舞三项颁奖】

（现场声）场内广播：混合拉丁舞三项颁奖仪式现在开始……

【画面：吴同昱和站立舞伴接受颁奖】

3．场景：天津机场

【画面：轮椅舞蹈队在机场打包处打包轮椅】

【字幕】2019 年 5 月 21 日　天津　广东队准备从天津返程

吴同昱（对镜头做鬼脸，自言自语）：搞笑。

吴同昱（对镜头自述）：明天还有事情做，出去外面办事，后天上班……

张健片段

【画面：张健和队友即将完成最后一棒，冲过终点】

【字幕】2019 年 6 月 18 日　广州　张健完成最后一棒，准备冲线

【画面：张健和队友手牵手共同冲过终点，有人为他送上鲜花】

张健：谢谢，谢谢大家百忙之中抽空来。

结尾片段

【画面：张健跑马拉松的长镜头画面】

（画外音）张健：马拉松，其实也有另外一个词叫做"贴地飞行"，你跟别人一起跑过的路，它可能会过去，但是它会一直深埋在你内心的深处，此处应该有掌声吗……好、好，谢谢！

【画面：吴同昱和站立舞伴在练习室中跳舞，投入忘我】

（画外音）吴同昱：在不一样的角度去看这个世界，这个世界会回馈给你不一样的感受，我觉得轮椅舞蹈带给我最大的感受是，让我能够在舞台上享受自己、做自己。以一个平常人的角度去看我就行。我想成为世界冠军！

和田少年足球梦

（短视频）

扫码观看

作品信息

1. 故事梗概

在新疆和田，有这样一群足球少年，他们逐梦于绿茵场上。"我想成为一名职业足球运动员。""我会一直踢足球。"一张张稚嫩的脸庞掩盖不住他们坚定的眼神。《和田少年足球梦》主要讲的是足球教练李明杰与小球员们共同追求中国足球梦想的故事。

2. 作品截图/海报

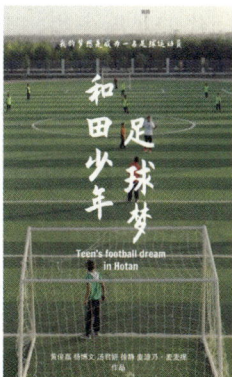

3. 创作人员分工

导演：杨博文、黄俊嘉

制片：汤君妍、黄俊嘉

摄影：汤君妍、徐静、麦迪乃·麦麦提、杨博文、黄俊嘉

采访：麦迪乃·麦麦提

策划/文案：汤君妍、徐静、麦迪乃·麦麦提、杨博文、黄俊嘉

剪辑：杨博文、黄俊嘉

4. 获得的主要荣誉

被国务院外交部发言人华春莹在推特上转发并点赞；

入选国家创新与发展战略研究会"新青年看中国"短视频专辑；

央视、新华社、读懂中国等主流媒体刊登转载；

"传播中国·新疆系列"短视频大赛二等奖；

首届"中华文化传承传播"主题视频大赛三等奖。

推荐语

2021年5月31日，习近平总书记在主持中共中央政治局第三十次集体学习时强调，"讲好中国故事，传播好中国声音，展示真实、立体、全面的中国，是加强我国国际传播能力建设的重要任务"。为对外讲好新疆故事，传播好中国国家形象，暨南大学新闻与传播学院、传播与边疆治理研究院于2021年5月至7月，组织开设了"传播中国"系列训练营，邀请专家学者、业界人士围绕摄影摄像、视频剪辑、影视制作、非虚构写作、挑战杯五个板块进行授课。9月，由36名师生组成的调研团队分赴新疆五个县域开展了为期一周的社会实践活动，用脚步丈量中国，用镜头记录新疆。

足球，一直是国民关注度极高的运动之一。为培养新一代的足球少年，中国开始稳步发展校园足球教育事业。《和田少年足球梦》讲述的就是来自新疆和田地区一个小学的足球教练与小球员们共同追逐足球梦想的故事，作品传递着中国梦不分地域、年龄、身份的理念，记录着孩子们日常刻苦训练的身影，以及拥有实现梦想的舞台和机会。这是青年与少年的碰撞，关于运动的热爱与信仰就在日复一日的训练中传承。该片摄影黄俊嘉同学说："教练员中既有援疆的专业教练，也有本地热爱足球的兼职老师。'足球小将们'在访谈时都不约而同地表达了想成为专业运动员的心声。相信在不久的将来，这些'足球小将们'会为中国足球事业贡献出自己的力量。"

2021年6月9日，中国外交部部长助理、发言人华春莹在推特上转发《和田少年足球梦》短视频，并配文表示"来自新疆的小足球运动员有大大的梦想"。该视频由暨南大学新闻与传播学院、传播与边疆治理研究院的优秀师生团队制作，属于"传播中国"新疆短视频之一，被新华社全球英文频道宣传推广。

新华社全球英文频道的推广宣传与"华姐"的点赞，让我们备受鼓舞，作为广电系青年教师，我将继续鼓励"Z世代"的暨南大学新传学子，用手中的摄像头记录真实中国，让世界更好地读懂中国、理解中国。

（推荐者：施畅）

作品阐释

1. 选题背景

这个选题其实比较意外。它本来没有出现在我们前一天晚上的讨论范围内。当天下午因为在前一个拍摄点意外耽误了一些时间，导致我们到达和田小学的时间是傍晚，刚好足球队在训练，作为一个资深球迷，联系之前对国家大力发展新疆足球的了解，我脑子一热马上就想到了这个选题，并及时告诉了团队的其他成员。他们也对这个选题表示了支持。我觉得拍片子有时候就是这样，要靠点灵感和冲动，策划很重要，但随机应变的能力也要有，这需要长期的积累。

2. 创作理念与思路

作为足球迷，拍摄一部足球相关的作品一直是我的心愿。之前对新疆足球的了解一直停留在媒体宣传上，来之后才发现新疆足球的进步很大，而这绝对离不开国家的大力扶持。来之前以为这里的场地会比较破旧，学生们的训练比较业余，但通过视频你可以发现，小康新区小学足球场草皮质量相当不错，教练员也很专业，学生们的训练也是成体系的。作为一位在大城市长大的青年，看到听到这些的时候也是蛮震惊的，因为我上小学的时候接触不到这样的场地和设施，也接受不到如此成体系的训练。所以对我们学生来说，宣传新疆的发展也许根本不需要那些宏大叙事，单从国家对新疆足球发展的扶持就能看出国家对新疆各方面发展的重视，也可以看到我们的国家正在日益变得强大，有更多的资源倾斜到边疆地区。同时，新疆足球是中国足球的未来，而新疆的发展也是中国未来的发展。

因为选题比较突然，我们没有做太多的策划，更多的还是现场及时捕捉好的画面。我们先询问了训练流程，提前约了训练后与教练和球员的采访。然后派出两名成员对休息的球员进行采访。训练中，我们安排多个机位、多个角度及景别以便输出足量的画面。随后的采访是依照前采准备的问题及采访中临时想要询问的点进行提问。

3. 人物形象

两位小球员球技出色、乐于表达、心怀梦想又脚踏实地，言语中透露着纯真和希望。教练平易近人，专业水平过硬，为人亲和，但对球员们训练严格，是一个非常不错的基层教练形象。

4．创作特色

通过短视频的手法选取一位基层足球教练与两位小学生球员展现中国足球崛起的梦想这一宏大的主题。

🎞 文稿

【同期声】

李明杰教练：球抱着拿回来啊。走，下一个。

【字幕】策勒县小康新区小学足球队教练　李明杰

【采访】

李明杰教练：我是内蒙古赤峰人，我上的大学是师范类本科，专业是足球，在学校里考了吉林省足球协会的二级裁判和中国足协的D级教练员。

【同期声】

李明杰教练：追不上球，咱们练射门有什么意义？

【采访】

2018年毕业之后就来到这里了，找工作是一方面，第二是没有来过新疆，来新疆这边看一看，顺便丰富一下自己的生活阅历。

【同期声】

李明杰教练：对，不要等，我喊跑，你跑就可以了，明白了吗？

足球队员：明白了！

【采访】

李明杰教练：我们训练课是一、三、五，每天40～50分钟的训练时间，然后10分钟的放松时间。

【同期声】

小学生球员：耶！

李明杰教练：走。

【字幕】阿不力米提＆阿卜杜热依木

【采访】

阿不力米提：我的名字叫阿不力米提。

阿卜杜热依木：我的名字叫阿卜杜热依木。

阿不力米提：有时候体育课也上。

阿卜杜热依木：体育课也踢或者下课也踢。

阿不力米提：我们的体育老师嘛，非常好，就是非常严格，就是有时严格。

阿卜杜热依木：但很好。

阿不力米提：对，对我们好。从一年级、二年级、三年级，都对我们好的，我们都记得。

【采访】

李明杰教练：就像刚才采访的阿卜杜热依木，他就特别好。他在踢比赛的时候，他有自己的想法，即使你给他布置了技战术，他也会有自己的想法，会用一些咱们所谓的花活。他虽说做得不好，但他能做出那个样子去过掉他的对手，或者是他会用一些花活传球给他的队友，好多出其不意的想法。有的时候，我在训练的时候，他做出那个动作，我根本就不敢想象。

【提问 & 采访】

记者：最想去哪个城市？

阿不力米提：我最想去北京看看，那里的天安门呀什么的。

阿卜杜热依木：我也是。

记者：还没去过北京？

阿卜杜热依木：没有。

记者：想去北京，除了看天安门还有？

阿不力米提：还有看看足球，买个球什么的。

阿卜杜热依木：梦想是做个球员。

阿不力米提：对，我喜欢的那个是……中国的谁来着？

记者：武磊？

阿不力米提：啊，对对对。我学到了他的友谊，什么足球方式，什么传球方式，其他都还没有学好，我有次模仿，差点把我胳膊摔到。我想那样就是友谊啊，帮助朋友，什么朋友都要帮。

阿卜杜热依木：我想帮助别人。

记者：这种想法有跟爸妈说过吗？

阿不力米提：我说过一次，我哥哥同意的，爸爸妈妈也同意。

阿卜杜热依木：我妈妈也同意，她说加油，你的梦想会实现的。

看得见
（纪录片）

扫码观看

作品信息

1. 故事梗概

纪录片《看得见》主要讲述了视障儿童的教育问题。女孩沛沛和男孩鼎丞属于视觉多重障碍孩子，他们看不见，说不了话，生活不能自理。沛沛到了上学年纪，无学可上，只能在家由家人教育；而鼎丞依托北京良好的教育资源，成为国内视觉多重障碍儿童中为数不多可以上学的孩子。两位妈妈为了孩子都放弃原有的工作，她们的努力和付出令人动容。

2. 作品截图/海报

3. 创作人员分工
导演、撰稿、剪辑、配音：陈依铭
摄像：陈依铭、章万乘

4. 获得的主要荣誉
2020年3月获得"生而不凡"公益新力量影像大赛纪实长片特等奖。

推荐语

在我国，特殊儿童是一个庞大的群体，他们中的大多数仍处于低水平、低质量的生活中。目前中国有近 2 000 万视障人士，十几万视障儿童，即每 80 个人中就有一个视障者。在视障儿童数量庞大的背后是教育资源分布不均的现实问题，除此之外，还有许多不同身心状况的特殊儿童面临着各种困境，他们需要被社会正确认识，他们的需求理应被更多人看见。

《看得见》记录了 2 个有视障儿童的家庭。沛沛患有视觉多重障碍症，母亲辞职在家带他，爸爸以及外公外婆全力合作支持。鲁鼎丞也属于视觉多重障碍孩子，生在北京的他拥有很好的教育资源，妈妈谭琳投身视障儿童公益发展项目，考取了台湾彰化师范大学特殊教育学专业硕士研究生，希望尽自己的力量，推动中国大陆视障儿童教育的发展。两组家庭都在以自己的方式为视障儿童的教育努力着。这些人物本身具有的性格魅力，增强了人物的社会意义和现实意义。

《看得见》将两条完整故事线平行交叉剪辑，最后两条故事线里的主人公相聚同一时空，打破时空限制，形成分—总的结构。全片共有 8 个主要事件，每个事件控制在 3~5 分钟。这样安排有利于全程吸引观众的注意力，调整影片节奏，聚焦人物的情感表达。两条故事线在宏观上又形成四个层次，根据事件发展，层层递进，揭示主题和影片内涵。纪录片《看得见》探讨了当下视力多重障碍儿童的生活与教育现状，充满人文关怀。

（推荐者：陈喆）

作品阐释

《看得见》拍摄了当下视力多重障碍儿童的生活与教育现状，尝试用纪录片的方式去激发社会群体的广泛关注，希望能发挥纪录片应有的价值和作用。《看得见》的创作理念是，在叙事表达各方面秉持人文关怀理念，关注特殊儿童的生存意义和价值。

《看得见》介绍了两组视障家庭，女孩沛沛的家庭和男孩鼎丞的家庭。随着拍摄的深入，揭示出视障儿童们面临着一个现实问题——因教育资源的局限，大部分视障儿童无学可上。影片中沛沛无学可上，而鼎丞是为数不多能上学的视障儿童。两组家庭的母亲都想改变大部分视障儿童上不了学的局面，因此付出了巨大的努力。

在叙事结构方面，作品运用了两条故事线交叉叙事的方法。这样安排有利于故事的层次表达，同时能聚焦人物情感，丰富人物形象，是人文关怀表达的有效手段。一条故事线是讲述女孩沛沛的生活，沛沛属于视觉多重障碍孩子，生活在浙江海盐县城的她无学可上。沛沛妈妈王丰放弃工作，在家教育沛沛。王丰还开设了公众号，把与视障儿童相关的教育知识或教育经验写成文章，发给许多病友家长，互相抱团取暖。另一条故事线讲述的是男孩鼎丞的生活，鼎丞也属于视觉多重障碍孩子，但生在北京的他拥有很好的教育资源，老师对他进行一对一的授课教育。鼎丞妈妈谭琳看到了发达地区先进的教育理念和技术后，投身视障儿童公益发展项目，并且考取了台湾彰化师范大学特殊教育学专业硕士研究生，希望尽自己的力量推动中国大陆视障儿童教育的发展。这两条完整独立的故事线，各由四个主要事件组成，这八个事件时长均在 3～5 分钟，它们交叉叙事，形成四个层次，共同推进故事发展，构成丰富多彩的立体叙事。如第一层次是两组家庭的人物及其生活介绍；第二层次讲的是各自的家庭现状，揭示出视障儿童面临的教育问题；第三层次讲述为争取视障儿童教育机会，两组家庭所付出的努力；第四层次聚焦于两位视障儿童的母亲，她们作为先行者，为视障儿童的未来争取平等权益。最后一部分，两个母亲处在同一时空，她们一起去会见更多家长，带领他们在这条路上勇敢前行。故事安排一共五部分，呈现分—总的结构。两组家庭交叉叙事时，通过解说词和空镜头连接起前后两个故事，使作品上下连贯，过渡自然，保证故事完整性。

在叙事视角方面：

（1）人物选择要体现群体特征。一方面指的是某一特殊群体的共同特征：这两组家庭的需求要能代表整个视障儿童群体的诉求；另一方面指的是特殊群体与观众的共同特征。尽管这些孩子们很特殊，但是他们的身份首先是儿童。作品《看得见》让观众看到视障儿童本质上和普通小孩没有不同，他们活泼可爱、有趣搞怪。

（2）在素材选取方面，要易于受众认知。在以往一些特殊儿童纪录片中，有些创作者以猎奇心理，集中展现特殊儿童的痛楚，会着重选取能戳中观众泪点的画面，以赢得观众同情。这样既影响了观众认知，也使观众对特殊儿童形成了"悲惨""苦难""穷苦"等固有印象。每一位儿童都是独特的、平等的。《看得见》希望呈现出每个儿童自然、纯真的人物形象。与此同时，保护好每一个拍摄对象，有意识地规避某些素材，做好"把关人"。拍摄《看得见》时，会记录下视障儿童的"盲态"，比如常见的动作——孩子用手按压眼睛。他们这一行为是视障群体的一种自我刺激行为，并不是病态行为，相当于部分人喜欢

"跷二郎腿"等日常行为习惯。但是，这些按压眼睛的行为呈现出的孩子的眼睛状态并不美观。在后期创作时，笔者有意识地规避了这些镜头，尊重和保护视障儿童的公众形象，以免给公众造成一些刻板印象。

在叙事语言方面：

（1）多用中近景、低机位的拍摄方法。中近景别有利于捕捉孩子的动作变化及表情变化，传递内心情感。特写镜头是传递人物内心情绪的窗口，相比于其他景别，特写所记录的画面更具视觉张力。因此，多采用中近景和特写镜头，能够更好地表现人物的表情神态和脸部特点，通过画面将人物的内心世界更好地传达给观众，使观众产生共鸣。低机位指的是创作者拍摄时把摄影机的位置放低，使得摄影机和孩子的视线齐平，目的是达到平视孩子的效果。拍摄《看得见》时，摄像师多蹲在地上拍摄视障儿童，保持低机位拍摄，希望以一种同伴的平等角度与他们交流，站在他们的角度"看"世界，以他们的角度思考问题，这不仅可以加强画面内人物和观众之间的亲近感和交流感，也拉近了拍摄者与特殊儿童、特殊儿童与观众之间的距离。

（2）多运用空镜头表达人文关怀。影片中使用的空镜头有三种类型：一是地点转场和节奏转换，比如两组家庭交叉并行叙事，运用代表当地环境的风景镜头作为两条故事线的转换画面。二是运用景物空镜，表达人物性格特点。比如被风吹弯的狗尾巴草在阳光下与风抗争、向广阔天空飞翔的小鸟等空镜，象征沛沛母亲的坚强。整部作品中运用了许多阳光的镜头，象征着希望和光明，传递人物情感。三是运用物件空镜，表达生命感受。比如拍摄家中闭着眼的娃娃或者靠在墙边的盲杖等来指代视障儿童。

（3）解说遵从客观简洁的风格。《看得见》中的解说词只补充相关信息点，不赘述；不用下定论的是非评价句，若需要做判断解说，多用疑问句代替；少用带有感情色彩的形容词，避免给观众带来先入为主的情感倾向。

（4）多用音乐营造意境，建立情感架构。《看得见》全片选取的音乐主要是钢琴轻音乐，舒缓干净的曲风塑造纪录片真善美的人文风格。根据片子的情节发展，选取不同节奏的轻音乐调整节奏。音乐的巧妙运用能挖掘更多的情感空间，它有着无法用语言表达的震撼人心的魅力。

笔者相信每位纪录片创作者都会用温柔、敏感又有爱的心去观察这个世界。即使这个世界看起来不如意，依然会看到希望和美丽的风景。即使生命存在缺陷，生命的火焰也会以不同的方式燃烧，我们依然能感受到生命的激情与魅力。我们每一个人都要尊重每一个生命和每一种生活。

文稿

【字幕】浙江省海盐县

【同期声】

这样大家就知道是沛沛。

沛沛，生日快乐，沛沛。

【解说词】

这是沛沛，6 年前的今天，她出生了。她很特别，患有一种发病率为十万分之一的罕见病——Joubert 综合征。沛沛看不见，只剩百分之五的光感，她也说不了话，不能自主移动。沛沛的这种情况，属于视觉多重障碍。

【同期声】

要推高一点？

嗯。

好。哎哟，咣当咣当了，咣当咣当了。

【解说词】

王丰，沛沛的妈妈，研究生毕业后，成为一名全职母亲。

【采访】王丰　沛沛妈妈

这是我们姥爷自己做的一个光箱，给沛沛做视觉训练的，可以判断沛沛她到底在哪一种亮度下能更好地使用她的眼睛，能看到东西。

【同期声】

又变亮了！

又变亮了吗？

我要来开始变颜色喽，黄色！

【采访】王丰　沛沛妈妈

即便是定义为全盲的孩子，基本上都还有一些残余的感觉光的能力。

【同期声】

左边，蓝色，这只有一个颜色。

我对这个一点都没有兴趣。

你对这个没有兴趣啊，沛沛对这个有没有兴趣？

有兴趣。

妹妹起来了没有？伸懒腰。

【解说词】

沛沛有一个妹妹，这个亲密的小伙伴陪伴着沛沛。

【采访】苇苇　沛沛妹妹

沛沛做什么动作，我都知道。

这说明是沛沛。

这说明是妹妹。

这说明是睡觉。

【同期声】

妹妹……不要……爸爸……去看电影……要回来……坐在沙发上。

【解说词】

沛沛虽然不能说话，但是在王丰的引导下，沛沛学会用自己挥舞的小手来表达。

【同期声】

妈妈、故事、口袋。

【采访】王丰　沛沛妈妈

她现在处在普通小孩子两岁左右那个阶段，词汇量有一些。她能表达很多意思，她现在正在用很多词来组成一些句子。

【字幕】内蒙古呼和浩特市

【解说词】

鼎丞，今年11岁，他和沛沛一样，患有Joubert综合征，是视觉多重障碍孩子，他也有一个弟弟。

【同期声】

看问题的时候，我们并不是只局限在这两种残障观……

【解说词】

谭琳，鼎丞的妈妈，研究生毕业后也成为一名全职母亲。

【同期声】

一会儿让这个史教练，让他带着你，好吗？

摸摸，先摸摸这个马啊。

你摸它的腿，它腿多长，一会儿你坐在这上面，跟它感受一下。

他、他们（视障孩子）需要一个适应的过程。

没事，鲁鼎丞，体验一下，行吗，体验一下。

来。

我是把他抱上去吗？

嗯。

妈妈抱你上去啊，没事，骑完之后咱们就到凉快的地了。

也有点小热。

手抓着，对，抓。

好了，对，真棒。

真聪明，鲁鼎丞。

哎呀，真好，鲁鼎丞，真好。

叔叔坐你后面啊，叔叔抱着你啊。

哇，走咯。

下来吧，儿子，下来啦。

下马啦，鲁鼎丞。

不要，你还要骑吗？

还要骑呢，你看，不下。

来，下来吧，咱们下次还来呢，好吗？

你还要骑吗？

那带着他再骑一圈，可以吗？可以吧。

那你再骑一圈吧。

他很喜欢你，史教练，我觉得你们配合得非常好。

好啦，下来啦。

真棒，鲁鼎丞。

今天很顺利。

真棒，鲁鼎丞，是不是？

哇，好顺利，今天。

其实鲁鼎丞喜欢骑马是吧，去年我们骑了之后一直没有机会，今年我们有了机会再次骑

马，怎么样，感觉，是不是一跳一跳的？

鲁鼎丞很棒，鲁鼎丞真棒。

哎呀，鲁鼎丞自己下的。

看见没有，鲁鼎丞，不靠妈妈也可以，知道吗，盲杖先下，你感受一下这个高度。

对，没关系，鲁鼎丞，你刚刚已经挑战成功一次了，你再来一次。

真棒，哎呀，真聪明，鲁鼎丞，知道先迈左腿。

哎哟，天呐，我也差点摔一跤。

你刚刚怎么下的，先下左脚。

没事，鲁鼎丞，没关系啊。

你想想，想一想，不要靠妈妈。

哎呀，真聪明，真棒。

鲁鼎丞今天得到了一个充分训练的机会，是吧。

【字幕】浙江省海盐县

【同期声】

陆老师，还有一个（问题），沛沛她不是很喜欢音乐嘛，我感觉她节奏感很好，但是我们家里没有懂音乐的，像她在弹琴的时候，我们就不知道怎么去反馈给她。

我们现在是基本上上不了（学），你看，浙江省盲校也是，今年不招生活不能自理的了。我们刚好也赶上要上学这个年纪。

【解说词】

对于视多障的孩子来说，他们需要特殊的教育，沛沛在最需要教育支持的时候，浙江省县城里的普通学校以没有资源、老师为理由拒绝招收。2019 年发布的浙江省盲校招生简章里，也写明只收能生活自理的孩子，因为没有教视多障儿童的老师。县城倒是还有个特殊学校可以无限兜底，但那里更谈不上有什么师资。最后，王丰放弃了沛沛的学校教育。

【字幕】北京市

【解说词】

目前中国大陆约有 14 万视障儿童，但能够入学接受教育人数比例仅占 3.5% 。不仅是视多障儿童，还有大量的单纯视障孩子没法去上学。鼎丞可以上学，他是全国范围内视多障儿童中极少的能上学的孩子。

【同期声】

走喽，起立，我们走啦。

拜拜，我们上学去了，再见。

【同期声】

送完了？

我们又迟到了。

【同期声】

农民生活贫困。

三营门属于几环的啊？

这说不上来。

四环那边，西洼地，东高地，火箭万源。

陈鑫梦，八号线通了对不对？

从珠市口那……

通到瀛海那儿。

通到瀛海多少站啊？

不知道。

大红门那儿是不是第六站？

这说不上来。

【同期声】

很好，请坐，好嘞。

手放好，我们开始上课了啊。

黄老师问你啊，摸一摸你的沟通板。

黄老师问你啊，你现在是在家还是在学校啊？

用力摁。

家。

不对，现在你已经开学了。

学校。

对了，学校。

好，我们再来一遍啊。

非常棒啊，手给黄老师，耐心一点。

你现在是在家还是在学校？

学校。

非常棒，鲁鼎丞最棒了，对了，在学校，很好。

我们现在是在上午第三节课，摸一摸、摸一摸。

第三节课，刚上课啊，一个雪花片，是心理活动课。

好嘞，好，那我们换下一个活动了。

黄老师要考考你啊，看看上个学期会的现在还会不会了。

抬头、抬头，非常棒，抬头了，很好。

小心一点啊，掉了，抓稳一点，抓稳啊。

走神了，继续。

穿过了，对了，穿过了。

然后呢，拉，非常棒，很好、很好、很好，太厉害了。

和你讲一下啊，十个数啊，十个数，闹铃响，还给黄老师啊。

闹铃响了，闹铃响了，玩具给黄老师。

很棒。

鲁鼎丞真棒，非常好，很好。

好嘞，整个过程鲁鼎丞表现都非常配合，特别棒，来，夸夸自己。

夸夸自己了啊，鲁鼎丞我真棒，很好。

这节课就到这了，下课了，该吃饭了。

【采访】鼎丞老师　北京市盲人学校

比如说，我要等，等的时候其实我在数秒，数他这一次的回答，数了七秒，他没有回答，说明他没有反应，一个可能是注意力的问题，一个可能是他又不了解这个东西了。所以第二次我再提问的时候，说这是什么东西的时候，我会马上拿他的手摸，告诉他这是雪花片。这个涉及很专业的东西了，可能大多数人看了之后会觉得好无聊啊，这都什么呀，这么多废话。

【采访】谭琳　鼎丞妈妈

现在在鲁鼎丞上课已经不需要有人这样陪同了，他自己独自上课之后，陪的人可以出来了，当然还是需要有一个人一直在学校里面陪着他。但其实在一年级刚上学那会，他走两步就"啪"坐地上了。他现在已经四年级了吧，经过前三年这样很系统的很规范的康复训练之后，他的个人能力提升了很多。我们也不知道，通过这样的义务教育之后他能达到什么样的程度，但是能看到鲁鼎丞有这样一个质的飞跃变化，作为家长我们内心是很欣慰的。我们觉得，鲁鼎丞真的很幸运，因为像他这样的视多障孩子，在国内其他地区可能连学都上不了。因为他是在北京生活嘛，能来北京盲校上学，得到很专业的支持之后，变化非常大，所以我也很感谢学校。但同时也很惋惜那些在一些二、三线城市没有这样资源的孩子们，他们因为资源的局限，可能连学都上不了，甚至上了学，也得不到这样专业的帮助。

【解说词】

沛沛不能上学，王丰就自己教她。她研读大量的书籍，参与培训和学习，为的就是给她系统科学的康复和教育。

【采访】王丰　沛沛妈妈

先说这个吧，言语治疗。这个对我来说最重要的就是认识到她的困难。我现在知道她呼吸（问题），她说不了话最大的一个制约是呼吸。她连正常的生理的平静的呼吸都做不到，你让她有那么大的气流量来供应她的言语说话，基本上是太为难她了。但是我们转向用手势语沟通了以后，她一年的时间掌握了六七十个手势语的动作。她已经能组成一个主谓宾的句子了，用动作。

这是我以前自己想的一些东西，这是运动的，临时想到的，给它记下来。

这是她那段时间出现一些睡眠的问题，然后我又去研究了一下睡眠。

这个是OT，她的手功能训练的一些资料，这是PT大运动的一些资料。

给她列的有训练的项目、训练的部位、训练的目标。其实写这些是给家人看的，有时候会贴出来，练好之后打个钩。不然你觉得我练了，我觉得你练了。

【同期声】

站稳了，再往前迈一步。

过道里（能）过去吗，还是从前面转？

姥爷，藏起来。

姥爷没藏。

【解说词】

沛沛的康复和教育不是一朝一夕的事情，整个家庭都有明确的分工。王丰负责照顾沛沛和苇苇的生活和学习。沛沛爸爸则承担了家庭所有的经济压力，他希望有一天离开世界的时候能给沛沛留下一笔照顾自己的费用，同时还不想让苇苇觉得不公平。

【同期声】

开爆啦。

开吃啦开吃啦，这次不是开爆啊。

开吃开吃。

你看把沛沛激动得呀……

开吃。

很香，大米的味道。

吃下去的东西都漏出来了。

【解说词】

沛沛姥姥姥爷退休后过来帮小两口带孩子，一待就是七年。姥姥热情外向又喜欢热闹，晨练的活动是她为数不多的社交时间。

【采访】沛沛姥姥

为了一个孩子，我们不要搞得没有我们的活动内容了。我们有我们的活动内容，还有我们的生活。

【解说词】

姥爷包揽了沛沛所有的大运动康复训练，从沛沛六个月大时练到现在，六年如一日。

【同期声】

我们走一会，（再）抱起来。

哎哟，不想走了。

坐身上可以，不能揉眼睛，揉眼睛不让你坐了。

不要姥爷了，让姥爷睡觉去？

姥爷睡觉去，谁管你啊？

你啊。

【采访】沛沛姥爷

我潜意识里面的一种动力是什么呢？我希望我身体不出问题，我希望我能够陪她更长远的时间，我有这么一种心理。

【采访】王丰　沛沛妈妈

我们家里，像夫妻关系，也是得感谢沛沛。如果不是有这么一个孩子的话，我们可能过得比较将就。但是因为有孩子，有生病，全家人都处在这种高压状态。一点小问题很容易让所有的人爆发，所以我们现在就很注重避免这种"小雷"，见"雷"就拆，沟通就越来越通畅。所以有沛沛这样一个孩子，还真不全是坏事。

【字幕】上海

【解说词】

鼎丞在学校上学，谭琳有了更多的个人时间。她投身公益教育发展项目，寻找视障孩子未来更多的可能性。

【同期声】

李娜是我们这边负责这项业务的。

你好。

你好，我叫谭琳，以后我们也是同事。

【同期声】

如果我说"叫"，"叫喊"的"叫"，这样的话就避免输入错误了。我们使用电脑唯一跟非视障人的区别就是全程都用键盘，比如说在屏幕上面移动等等。最大的困难就是，有时候有一些平台无障碍优化得不太理想，读频软件没有办法读到，可能很多开发者没意识到这个方面。

【解说词】

谭琳了解到，在许多发达地区，视障者有几十种职业选择；对于视多障的儿童，也有特殊的教育系统。

【同期声】

我是福州，我是老家福州。

【采访】陈旋旋 台北市视障者家长协会理事长

台北市视障者家长协会成立已经23年了。这23年以来，我们经过一些演进的过程，大概有四个方向在做，第一个就是早疗教育。在孩童上学之前，从出生开始，如果他有视觉上面的问题，家长或是孩童需要做些什么准备。很多时候视障是一辈子的事情，小孩如果没有准备，那他将来就没办法过好日子，家长如果没有准备，那孩子痛苦，家长更痛苦。所以早疗教育是我们一个很重要的服务项目。

【解说词】

王丰也是谭琳公益项目"EYE 加倍"中的一员。利用间隙时间，她在公众号上发表文章。

【采访】王丰　沛沛妈妈

因为沛沛属于 Joubert 综合征里面最严重的一类，也算是给大家一个陪伴，我们一直在，而且我们的情况最严重、最糟糕，但是通过我们的干预和努力，沛沛也在一天天变好，给其他病友一些信心。还有介绍疾病知识的板块，介绍其他病友的心路历程和故事的板块。

我猜可能是一个比较年长的成年的患者，他在留言上写着：我们活着的每一天就是在康复。当时一下子刷新了我的认识。还有姥爷的一次留言。那次可能写的是一篇负面情绪宣泄的文章，姥爷留言的时候说：你要坚强，你不是一个人。（我）特别感动。

我上大学的时候，我们寝室同学问"你的梦想、人生理想是什么"，我当时说我的人生理想是当个好妈妈，全场哄笑。她们以为我"二"，又开始犯"二"了。后来想想这真的是我很乐于去投入很多精力的一件事情，像说事业，好像跟这个比，我都能给它比下去。

【同期声】

一会我们有人去基金会，跟他们负责人和几个家长见面。

【解说词】

中国有两千万视障人群、十几万视障儿童，他们现在处于低水平低质量的生活中。谭琳希望全中国的视障儿童都能得到该有的教育，她现在就要行动起来，哪怕慢一些。

【同期声】

刚才郝勃讲到，他们家孩子在到处求医问药。医生会跟你讲什么，你们家孩子看不见了，他会跟你讲接下来该怎么办吗，他会不会和你说？

不会。

肯定不会。

但是至少自闭症的，他会告诉你去康复机构可以做 ABA，可以做什么。那我们看一下听力障碍，听力障碍现在出生三天要做筛查，三天通不过，四十二天会做第二次筛查，如果还通不过，接下来国家的政策，人工耳蜗、助听器的验配、语言的早期康复训练，后面的整个都有。但是我们视力障碍面临的是，医生看完了，看不见，看不见，回去吧。这是我们面临的状况。

去年，我去台湾参观之后，我突然有个想法，我明白了一个道理。为什么那么多的学校、那么多机构，比如现在也有那么多康复机构，为什么我们把孩子送过去，我们孩子想做康复，他们不收？他们都说没有教过这样视障的孩子，不会教，没有这样的视障教育资源，包括老师，包括设施，包括硬件、软件，很多条件没有。

前两天我带嘉诺参加一个夏令营，记笔记，那嘉诺就需要扎盲板，但他要听的话就扎不下来，扎的话他又……上次月月去台北也是这样，我们在记笔记，她记不了，当时人家就说我给你拿个点字机过来你记吧，她连见都没见过。

不会呀。

会有用，就像我们今天这样，大家个案的问题，心理上的感受……

【解说词】

长期以来，视障儿童的早期教育在家长中没有得到足够的重视，加上社会支持体系的不健全，每个阶段、每个时刻，视障孩子面临的全是挑战。也许有一天，他们能很好地融入社会；也许有一天，他们会有更多的职业选择，不仅仅只做按摩。

【同期声】

Hallo，好久不见！

那像这样的孩子多不多？

多啊！

怎么说呢，父母的心都一样。

都是同病相怜，都一样。

所以为什么我说，找您的话就肯定找对人，因为您是专家，肯定特别能理解他们。他们可能还不如小胖威利这边的孩子的家庭，因为他们现在没有什么可依靠的，政府也好，社会组织也好，都没有。所以我是建议他们自己在浙江省内抱团。

那目前有没有好的治疗方式？

最主要是康复。

主要是康复啊。

对，康复和特殊教育。

对。

因为我们都是希望他能够进入正常的社会环境，比如说能去幼儿园，能去盲校去盲校，能去普校去普校，最后慢慢有正常一点的生活，带着他的特征那样的生活。

【采访】谭琳　鼎丞妈妈

如果不是因为这个，我觉得我前 30 年的人生都是平淡。

【同期声】

就是这样子，就是我感觉我自己不愿意去想办法。

肯定能够把这孩子抚养长大。前面的路其实是可以预期的，它并不是像刚刚我们讲的，我这条路走不通的话，其他路就全都是死路了，其实不是，只不过是没有走过，对吧。但现在好在前面已经有先行者了，有人已经帮你在蹚这条路了。真的，你的好处就在这啊。

【同期声】

沛沛的 2020 年度总结：生活技能、沟通技能……

【同期声】

我也不知道这个期望，或者说以后具体能带来什么能力、水准，我就做嘛，教具就越来越多、越来越多。

【同期声】

点心的那个盒子……

对，点心那个。

她能看出它旋转是吗？

能，她立马就被这个东西吸引了。

她的眼神不是注视在这个上面，她的眼睛是飘忽不定的。

她飘忽不定，她得控制她的眼睛。

对，飘忽不定，她在跟着那个手机看。

或者是彩色的发光的球……

要很亮才行。

我试过，他们不是给我们那个小兔的耳朵会发光吗，但那个变换光的颜色的速度太快了。

你看她，如果她对这个更感兴趣，说明她感觉到了颜色的变化。

她（沛沛）不喜欢玩游戏。

过一段时间有可能就行了。

对她来说太无聊了，就是一个亮光从这里飘过去。

【同期声】

你看最影响学习能力的是啥呀，其实是智力水平。对沛沛来说，如果她的学习能力没缺损，它只是一种环境、设施和支持等资源问题的话，那我解决这个部分，意思是她能学习跟别的孩子同样的内容，像你说的，她能不能学拼音？

你问"沛沛"的"沛"是第几声啊，沛、沛、沛、沛，是第几声啊，沛沛能说对，苇苇说不对，哈哈。

【结束语】

说到这里，才算说完故事的开头。接下来，谭琳将去台湾彰化师范大学攻读特殊教育学硕士，积累更多的专业知识。王丰也将继续做好沛沛的康复与教育工作，随时应对沛沛成长过程中出现的新问题。同时，还有千千万万的家长和社会各界群体在为视障儿童能获得更好的生活而努力着。他们的故事还有很长。有时候，不是因为希望而去坚持，而是坚持下去才会看到希望。

两个民族一个家
（纪录片）

扫码观看

作品信息

1. 故事梗概

在云南省香格里拉市红坡村，本片拍摄的男主人公七林汪学是藏族，信仰藏传佛教；女主人公和世海是纳西族，信仰东巴教。每年的农历二月初八，七林汪学都会陪着妻子和世海去纳西族的宗教圣地白水台上香，35年从未间断。和世海嫁到藏区后，逐渐学会了做酥油茶、吃糌粑，学会了种植、放牧、采松茸，适应了藏族的生活习惯和宗教习惯。在大孙子上大学前夕，和世海陪着丈夫去当地著名的藏传佛教圣地大宝寺烧香，为大孙子祈福。

2. 作品截图/海报

3. 创作人员分工

导演：王雪晔、郑小华、谢为
摄像：杨宝磊、谢为、郑小华
录音：王雪晔、黄超宏
剪辑：杨宝磊、王雪晔
撰稿：王雪晔、谢为、郑小华
解说：雷欣龙
翻译：郑小华、尼玛拉木

4. 获得的主要荣誉

2015 年 10 月获得万峰林国际微电影盛典纪实类二等奖；

2015 年 5 月获得第二十二届北京大学生电影节·第十六届大学生原创影片大赛入围奖。

推荐语

纪录片《两个民族一个家》讲述的是云南香格里拉一个多民族家庭和睦相处的真实故事，具有较高的现实意义和社会价值。片中女主人公和世海是纳西族，信仰东巴教；男主人公七林汪学是藏族，信仰藏传佛教。

和世海嫁到藏区后，语言不通、饮食习惯不同、宗教信仰不同，在家人和当地藏族牧民的帮助下，她一一克服，逐渐学会了做酥油茶，适应了吃糌粑，也逐渐习惯了藏传佛教的各种宗教仪式。

七林汪学也非常尊重妻子的东巴教信仰，每年农历二月初八，他都会陪着妻子和世海去纳西族的宗教圣地上香，35 年从未间断。

本片真实地记录了不同民族、不同宗教信仰、不同生活习惯的家庭成员之间相互理解、相互支持、和睦共处的生活状态，是我国民族和谐、宗教和谐的一个缩影。本片受到时任上海纪实频道总监应启明先生等业界专家的高度评价。

（推荐者：王玉玮）

作品阐释

1. 选题背景

梦牵何处，彩云之南。这片拥有 25 个少数民族的隽美土地——云南，是中国少数民族活动最显著的省份之一。有"人间天堂"美誉的香格里拉是迪庆藏族自治州的一颗明珠，这里共同生活着藏族、纳西族、白族、彝族等十几个民族。四处遍布着佛教寺庙、基督教教堂、伊斯兰教清真寺、天主教教堂等宗教场所。不同民族、不同宗教信仰的人相邻而居，和睦相处，通婚现象非常普遍。

云南地区多民族家庭现象，是我国民族和谐、宗教和谐的一个缩影。2000 年人口普查数据显示，全国范围内多民族家庭共计 16 251.5 万人，占全部家庭总数的 3.23%。在云南少数民族聚居地区，多民族家庭数量常年保持在 30% 以上。

2. 创作理念与思路

通过跟踪拍摄记录云南香格里拉一个多民族家庭不同信仰的宗教活动与日常生活，一方面讲述纳西族、信仰东巴教的和世海嫁到藏区后，在语言沟通、饮食习惯、宗教信仰等方面融入藏族；另一方面讲述信仰藏传佛教的七林汪学尊重妻子的纳西族东巴教信仰，与妻子一起参加东巴教宗教活动，35 年从未间断。本片真实地记录了不同民族、不同宗教信仰的家庭成员之间和睦共处的生活状态，从而体现了我国民族团结、宗教和谐的宏大主题。

3. 人物形象

本片女主人公和世海，从纳西族嫁入藏族家庭，在语言、饮食、宗教信仰等方面经历了很多困难，但是她一一克服并逐渐适应。当地牧民的生活劳动量很大，和世海坚强地一路走过来了。她是一位坚韧不拔、勤劳质朴的少数民族女性。

男主人公七林汪学在家中很支持妻子，也很尊重妻子的宗教信仰和生活习惯。35 年来，为了照顾和世海的饮食习惯，一家人坚持每天吃一顿纳西族口味的饭菜。七林汪学是包容、和睦的藏族人民形象的一个代表。

文稿

【画面：七林汪学、和世海夫妇在白水台、大宝寺上香】

【字幕】在云南香格里拉共同生活着藏族、纳西族、白族、彝族等十几个民族。四处遍布着佛教寺庙、基督教教堂、伊斯兰教清真寺、天主教教堂等宗教场所。许多不同宗教信仰的多民族成员相邻而居，通婚现象非常普遍。

【同期声】七林汪学　58 岁　藏族

我家奶奶是纳西族

她是信东巴教

我信的是藏传佛教

我们有些藏族的宗教习惯

和纳西族宗教（习惯）不一样

但我尊重他们的东巴教

我每年抽出时间来拜访他们的白水台

【字幕】香格里拉　红坡村
【同期声】和世海　53 岁　纳西族

装的这些是烧香时候用的

青稞面和黄豆，什么都有，奶酪、茶、红糖、大米

【解说词】

这一天，和世海准备到白水台上香

她特意换上了他们纳西族的服装

羊皮披肩，七个圆形布盘

中心垂下白色的羊皮飘带，代表北斗七星

象征着纳西族妇女披星戴月和辛勤劳动

100 多公里的山路

每隔几分钟就是一道弯儿

和世海每次都会晕车

而这样的归乡朝圣之旅

七林汪学已经陪伴妻子走过了 35 个年头

【字幕】东巴教发祥地　白水台

【解说词】

东巴教崇拜自然

每年的农历二月八

纳西族的人们都会聚集在白水台

举行盛大的祭祀活动

以鸡血喂剑，献牲畜

这跟藏传佛教不杀生的戒律是相违背的

但为了尊重妻子的宗教信仰

七林汪学每年都会抽空陪她到白水台上香

【同期声】

恭喜发财、平平安安

我也要顶礼

往哪里插呢

嗡啊吽（藏语：烧香祈福专用）

把敬水拿给我，再多烧点（香料）

【同期声】红坡村村长　肖龙梯

对于我们藏区来讲呢

（婚姻）都是父母做主的

他们是自由恋爱以后（结婚），这个是非常少见

他们两个自从结婚以后
这样做一个小家庭以后
共同度过民族的什么节日啊
比方说，母亲那方面，纳西族有什么节日
（奶奶）又是跟着一起过节
这个是非常和睦

【画面：女主人数羊】
【解说词】
刚嫁到藏区
最让和世海感到尴尬和孤独的是
语言沟通的问题
她不会说，也听不懂藏语
出门时，她总是非常尴尬

【同期声】红坡村村长　肖龙梯
比方说，见着一个老奶奶或者老爷爷的话
必须打个招呼
不打招呼是最不尊重的
所以（如果）打个招呼的话
她说汉语
人家老爷爷老奶奶不知道
她刚开始来的时候
很有孤单的感觉

【解说词】
奶酪、糌粑和酥油茶是藏族人的主要食物
嫁到藏区之前
和世海从来没吃过
刚嫁过来的时候
因为吃不惯
她还经常饿肚子

【画面：做奶酪】
【解说词】
打酥油茶、做奶酪
都是婆婆比划着教给她的

现在，她早已完全适应了藏族的饮食习惯

【字幕】大孙子　拉茸面迪　15 岁　藏族

【同期声】七林汪学
我们这里是畜牧地区
我选择的是
让他读畜牧兽医（专业）
现在录取通知书已经到达
（8 月）28 号我们让他去报到
我希望他能够好好、认真读书
毕业以后回到家乡
用科学来养殖

【解说词】
30 多年来
为了照顾和世海的饮食习惯
一家人每天吃一顿纳西族口味的饭菜

【同期声】
明天你去放牛
后天我们要到大宝寺上香
好不好

【解说词】
这一天去放牧的
是阿莲和小孙子七林

【解说词】
红坡村达拉小组的 23 户人家
至今依然自发地坚持轮流放牧的形式
今天轮到了七林汪学家

【同期声】女儿　七林楚姆（阿莲）　32 岁　藏族
早上六点半放牛（到）晚上五点钟
一家看一天

【字幕】女婿　向巴　39 岁　藏族
【画面：女婿放牛、放羊】

【字幕】清晨 6 点

【画面：七林楚姆（阿莲）在房顶上香】

【解说词】

香格里拉是我国最重要的松茸产地

每年 7 月到 9 月底是采松茸的时节

松茸是当地人重要的经济来源

【同期声】

奶奶有没有找到（松茸），让我看一下

等一下，等一下，我没找到

我要拿出来看

【同期声】

回去了

【解说词】

女儿阿莲要回家挤牛奶

和世海觉得采的松茸还不够多

说再去另一座山上找找

她已经一年多没跟丈夫一起采过松茸了

【同期声】

爷爷去年病重了不能来

在家休息

他得的是高血压和脑溢血

现在每天都要吃药

【字幕】傍晚 5：30

【同期声】

这有七个（杯子）

可能是（代表）天上的七姊妹吧

上面上的是水

下面是火的意思

上面供的是毛主席、班禅、菩萨

早上六点、晚上五点半（各）上一次

每天都要上

每天都要念经

吉祥如意啦什么的

这是藏族的规矩

【解说词】

大孙子拉茸面迪今年 15 岁

在当地已经到了谈婚论嫁的年纪

和世海特意抽出时间

为大孙子准备婚嫁用的毛毯

织毛毯这个手艺是她从藏族邻居那儿学来的

【同期声】

每年这样的（毛毯）织两床

这两床是今年织的

冬天没活做的时候

就是做这些

【解说词】

大宝寺是当地著名的藏传佛教圣地

藏族人每逢初一、十五

或者家里有喜事的时候

都到大宝寺来上香

大孙子快开学了

老两口特意换上了藏族的服装

来到大宝寺为大孙子祈福

【同期声】

你下次一定要来我家喝茶

是的，一定要来

好的

我大孙子考上中专啦

我今天是来烧香为他祈福的

希望佛祖保佑他事事顺利

哦，也希望你今后一切顺利、身体健康

【同期声】红坡村村长　肖龙梯

这是非常坚强的女孩子

我们藏族非常佩服

不是一般的坚强根本活不下来

因为我们这边主要是干活，非常辛苦

（在）迪庆藏族自治州

伊斯兰教、基督教、佛教、天主教、东巴教

一系列这些教派没有你我的争论

非常和睦

主要是民族和谐

和谐在哪里

真真正正的和谐相处就（是）这样子（像爷爷奶奶一样）

渡过这些难关

这样作（为一）个家庭的话

是非常幸福的

【字幕】云南地区多民族家庭的现象，是我国民族和谐、宗教和谐的一个缩影。2000年人口普查数据显示，全国范围内多民族家庭共计16 251.5万人，占全部家庭总数的3.23%。在云南少数民族聚居地区，多民族家庭数量常年保持在30%以上。

夏秋冬春
（纪录片）

扫码观看

🎬 **作品信息**

1. 故事梗概

《夏秋冬春》是一部记录苗族家庭生活的纪录片，以家中儿子任俊锋为主线，完整地记录了贵州省雷山县开才村一位母亲去世后家中的人和事，一个破碎的家庭如何从失去母亲的阴霾中慢慢获得救赎。

对于母亲的病，全家人都没有什么办法，只能寄希望于医院的医生，但是连日的病危通知也让全家人知道，苦苦撑了2年的母亲坚持不了多久。在一个夏天的傍晚，刚转入重症病房的母亲病情突然恶化，最终撒手人寰。母亲下葬的当天来了很多人，他们载歌载舞，母亲就这样在歌声中，与祖先一样，长眠在那片草地里。处理完家中的事宜，父子俩为了偿还巨额医疗费产生的债务，先后来到广州打工。儿子任俊锋为了坚持自己的音乐梦想，找了一个夜晚值班的保安工作，让自己有创作时间。一天晚上，他突然想起来自己还欠了母亲一首歌。

2. 作品截图/海报

3. 创作人员分工
导演/拍摄/剪辑：张云龙

4. 获得的主要荣誉

2022 年 "WE 纪录" 优秀作品奖。

推荐语

这是一个发生在贵州省苗族小山村的故事。影片以儿子、女儿以及父亲的人物关系为主体，通过农村青年个体的命运，表达出亲情所展现的人性之美。

《夏秋冬春》讲述的是黔东南苗族小伙子任俊锋及其家人对母亲（爱人）的思念之情。在中国人的传统意识和当下语境里，死亡是一个相对私隐和敏感的话题。影片开始就展现了当地少数民族特有的悼念仪式，环绕亡者，芦笙响起，人们翩翩起舞。之后，创作者的镜头又展现出多个场景故事：赴粤打工，为的是赚钱修复母亲的墓地；工地写歌，为的是寄托对母亲的思念；歌棚录音，为的是歌颂母亲的和蔼与勤劳；侄女满月，好似一个生命的又一轮回。一个个庄重而宁静的影像，呈现出儿子永远忘不了母亲的辛苦劳累，忘不了母亲伟大无私的爱。

全片故事性完整，叙事流畅，多场景调度，将人物特别是主人公的情感表达得淋漓尽致。这是暨南大学新闻与传播学院 2020 级广电艺研究生张云龙同学历经 17 个月拍摄的纪录片。

一年四季的更替，包含着生命的萌发、成长、成熟、死亡。人生亦如是，无论春夏还是秋冬，每个人都要一一走过，在不同的季节里，我们可以看到不同的风景，它就像我们生命中必须跨过的每个阶段。《夏秋冬青》让我们对死亡和生命有了新的感悟。

（推荐者：陈喆）

作品阐释

1. 选题背景

数据显示，"十四五"时期中国 60 岁及以上老年人口总量将突破 3 亿。2035 年左右，60 岁及以上老年人口将突破 4 亿，总人口占比将超过 30%，进入重度老龄化阶段。

在我们忙碌的日子里，岁月悄然而逝，大地日新月异，生活翻天覆地。父辈们已近老年，我们也慢慢步入社会，身边的小孩也在慢慢长大。终有一天，我们的至亲会离我们而去，酸甜苦辣，生命的轮回如此残酷，它不能把过去的时光留住，只能把美好的回忆留下。

2. 创作理念与思路

"父母在，人生尚有来处；父母去，人生只剩归途。"父母在世的时候，你的人生就有了来处，灵魂有了安放的地方；父母走了，前面的家就断了联系，只剩下属于你自己的归途。人生就如一场旅程，有到达终点的，也有半路就下车的。有多少人在前半生的时候跑过了时间？多少人可以做到尽孝而不晚？你没有了归宿，想回家的时候，却没有了根。

本片通过影像记录一个普通苗族家庭一年内的悲欢离合，以家庭中儿子的视角讲述家庭中的人和事。亲人的突然离世，到底会给至亲带来怎样的影响？简单而又沉重，痛苦之中也给人带来反思。

3. 人物形象

儿子，任俊锋，一个为了坚持音乐梦想而当了保安的歌手，本片的主人公，在母亲去世后创作了一首给母亲的歌曲。

父亲，任永金，一个不善言辞的父亲，因为习俗不能去送妻子最后一程，在妻子去世后来到广州工地打工。

母亲，蒋飞农，一位和病魔抗争了两年的母亲，最后撒手人寰。

4. 创作特色

（1）在题材的选取和主题的挖掘上，时刻关注民族地区文化，积极挖掘民族艺术的时代价值，以影像的形式彰显民族文化的独特魅力。本片以影像为媒介，记录苗族人民的风俗习惯，影片对白是苗语，对于苗族文化的保护有着高度的社会责任感与历史使命感。

（2）在人物形象的塑造上，本片着重表现人物的社会关系与人物性格的复杂性，主人公是一个歌手，从事的职业却是深夜上班的保安，追求人物"立体化"。

（3）在艺术结构上，本片不追求宏伟布局，人物精而立体，围绕着母亲去世这一情节展开，展现一个家庭一年的人与事，通过人物自身来讲述故事，影片真实、直白。

文稿

【画外音】
很多人笑话我们，花钱治治不好的病，但是我才不管他们怎么说。

至少母亲还能跟我多说话，我还能陪她。

我想的只是与母亲的感情，我才不管你们，爱怎么说怎么说。

但是如果她真的走了，我再穷，我也要贷款送老妈走好。她走的不会比其他人差。

【字幕】

主要人物

任永金（父亲）

蒋飞农（母亲）

任翠婷（大女儿）

任娉婷（二女儿）

任俊锋（儿子）

【字幕】

夏天·2021

雷山县

贵州省黔东南苗族侗族自治州

【同期声】

我拿了粥给母亲，你拿口罩了没有？

爸，来穿一下这个无菌鞋。

病情还是容易再次发作。

她这个病情，已经见怪不怪了。

刚刚喂她吃了一碗稀饭，安心了很多。

今天早上没有吃多少，早上带过去的还留在那里。

【字幕】

傍晚，母亲病情突然加重。

【同期声】

她清醒了没有？

我刚刚来的时候，她是昏迷的。

出来上了个厕所，现在医生喊她没反应。

她现在是昏迷的。她如果清醒的话，喊她会答应的。

这样子她没那么痛苦，要是清醒反而更痛苦。要是清醒会更可怜她。

昨天从普通病房送过来的时候，她还能睁眼睛。昨天还行，今天变严重了。

早知道这样……但是回家容易出事情。

还是可怜她，能救就得救。

昨天把她转来这里也是想看能不能抢救。

其实我们也知道救不回来了。

救不来啊，在一天是一天。

讲实话，回家怕出事，现在能在一天是一天。

现在她就是很痛苦。

刚才我跟爸一起来喂饭给她吃，她也是坚持吃完了一碗稀饭。

吃完一碗稀饭是吧？

对的，刚刚。

家属进去两个，她现在醒了。

拿个面罩给她。

醒醒，妈，爸跟小弟都在这里，你要坚持，我们回家，你一定要坚持。

【字幕】

母亲最终还是走了。

【字幕】

开才村

贵州省黔东南苗族侗族自治州

【同期声】

背绳子，放到下面再想办法，注意脚下。

盖起来，注意两个人抬两头。

挖三下，剩下就是大伙（挖）了。

【字幕】

因风俗，父亲三年不能去坟地，当天未能送母亲上山。

【字幕】

秋天·2021

由于给母亲治病以及葬礼产生的巨额费用，秋收后，父子俩先后踏上了南下打工之路。

【同期声】

我是在抖音上看见招聘信息的，他们需要歌手，海珠区的。

我就在抖音上私信他，已经加了微信，然后我才过来看。

不过那里也是刚开不久，生意不太好。

反正我没给他准确回复，他想找唱嘻哈、说唱的，不知道能不能收我。

【字幕】

几天后，任俊锋找到了一份工作。

【同期声】

每天都是做这些工作，上下班交接，写车子说明、收费等。

最难的就是写词，曲反而容易一些。

词就是很费事，你写完了，又会重新修改，反正始终不满意。

很直白的歌，这些歌都很简单。

之前我也给妈妈写过一首歌。

那时候妈妈还没去世，我想要完成后拿给老妈听。

她在生病的时候，我想写点鼓励她的、积极向上的歌。

但是，还没写完，妈妈就病逝了，突然就不知道怎么写下去。

我还欠老妈一首歌。

【字幕】

花都区

广东省广州市

【同期声】

下班了没有？

我们到了，你是在天河一品这里吧？

你们在这里面干活？

对啊，就在这里面。

睡这个床冷不冷？

不冷。这个房子密封得好，不冷。

只要不冷就好，我怕他冷。

我在那里也是这样。我上面盖的被子更薄，一张单薄毯子。

现在的工作可以维持我半年、几个月，但是还是得做自己喜欢的事情、自己感兴趣的，不要去做违背自己意愿的事情。

也许会成功，但是会有遗憾。本身应该成那样，现在成了这样，这个也很难说清楚。

我们的生活，本身没有资源能及时查出病来，更别说什么前期、中期。

我妈的病，发现的时候已经准备中期了。

但是她得的是小细胞肺癌，小细胞肺癌扩散得特别快。

如果我要是知道老妈撑不过那段时间，我根本不会出来。

但是，癌症有什么办法？

但是最伤心的时候，是带她去复查身体的时候，有结果的时候。对的。

我那时候最伤心。

带老妈去复查，回来的时候，医生说一会你下来办公室，有点事情跟你说。一下子我的心就凉了半截。

我之前也想过，因为老妈干咳，一般干咳我想到的是可能会有肺炎，我想不到是癌症。

当时我就站在病房门口，医生就跟我说，一会你下来，我有事情跟你说，这是结果。

他喊我到了办公室，他说，你妈妈这个病是癌症。

我直接跟他说，你刚才喊我下来的时候我就知道了。

医生当时跟我说了一大堆，意思就是让我做好心理准备。

我当时跟医生说，这不用你告诉我，你没有必要跟我说。你叫我下来，不让我老妈看见你的时候，我就知道了。我就知道是这个情况了。

最痛苦的就是那几天。

那几天我一直在想这个问题，但是每一天陪伴老妈，喂饭给她吃，跟她聊天，她都是很开心。

她总是在问，什么时候回家。

我不忍心跟她说你得了这个病，我也不忍心跟大姐、二姐、父亲说。那时候我一个人保守这个秘密，几乎每天都会流眼泪。晚上又不能陪她待在医院，没有多陪她几天。

你只能回大姐那里待吗？

对的，主要是当时也不知道怎么待在医院。知道结果是那样子，不敢告诉大姐、二姐、老爸，更加不敢告诉老妈，我自己一个人知道。

那时候心里想的是，怎么办？怎么办？怎么办？

当时百度以及各种各样的方式我都查过，查癌症怎么样治疗、哪里治得好。

没有用。

后面回去，我只陪了她三天。

三天，我抱了她三天。

现在想起来，当时应该多抱一些，怪自己不会念老妈的好，但是没有办法。

烧过去吧。

【字幕】

冬天·2022

【同期声】

准备来了，现在才准备来。

我不来你住处了，你直接发录音棚的定位，我直接来就行了。

【字幕】

花都区

广东省广州市

【同期声】

楼下这里，走了。

先暂时在这里录吧。尽量录，两点四十应该赶得及。

两首。

只能录一首。

昨晚刚写了一首，写完词了。

两首歌录不完，不行的话晚上再录吧。

试试话筒装好了没有？

她的故事，不知道我这里有没有。先录那首写给你母亲的吧。

嗯。

先录那首。

【字幕】

1983 年

2017 年

2018 年

2019 年

2020 年

2021 年

【同期声】

你不吃多点，你走路不厉害。

妈，不要笑了，笑多了不舒服。

开不开心？

他不喜欢坐车，他只能走路，吃饭多点才能走路。

身份证，手机，卡也在。没有落东西，就这些。

【字幕】

父子俩赚钱后，准备回家修建母亲的坟墓。

【同期声】

今天干不干活？

我买了车票，现在要回去了。你也尽快回来，早点。

【字幕】

春天·2022

开才村

贵州省黔东南苗族侗族自治州

【同期声】

石头全部扛完，全部（扛）到老妈坟那里。

那这个可以，明天那个叔来以后，你们就可以修坟了。

那些石头也不是很多。

那先砌起一部分，剩下的后面慢慢弄。

这边要陷进去一点。

转两圈，要转满两圈才行。

全部来，去转圈了才回来。

【字幕】

凯里市

贵州省黔东南苗族侗族自治州

二姐生了一个女儿。

二姐家

【同期声】

电梯坏了。

进来拿凳子坐。

吃完饭了再玩。

外公你有没有胡子啊？

掉了？拿给外公看。

小宝贝。

想哭了？

【字幕】

夏天·2022

此物尽相思
（微电影）

扫码观看

作品信息

1. 故事梗概

《此物尽相思》立足侨都背景，讲述广东江门籍"叛逆"留学青年与同乡华侨在异国相遇相识的故事，两人在相处过程中产生了母子般的情谊，使留学青年逐渐找回对家乡的归属感和认同感，最终两人在江门开平重逢。

2. 作品截图/海报

3. 创作人员分工

总制片：廖信恩

生活制片：李茗轩、张靖旋

外联制片：邱湛富、易楚傛

导演：谢承洲

导演助理：佘乐欣

分镜助理：宋文瑶

选角导演：谢承洲、廖信恩、佘乐欣

场记：佘乐欣

编剧：谢承洲、闫晓晖

灯光指导：陈林龙

灯光助理：黄俊霖、陈胜文

美术指导：杨萌

美术助理：骆敏、李温迪、张妤柯、郑永煌、梁梓峰

现场道具：马欣韵、郑永煌

化妆指导：谭家怡

妆造助理：陈芃谕

服装指导：谭家怡

服装助理：陈芃谕

摄影指导：罗志荣

摄影助理：陈纪作

收音指导：刘洋

收音助理：张靖旋

Dit：佘乐欣、廖信恩、陈胜文

推荐语

一位具有叛逆气质的江门籍留学青年，一位长期在海外生活的江门籍华人，两人的相遇会发生怎样的故事？

《此物尽相思》讲述了一位处于叛逆期的江门籍留学青年到海外留学，遇到了一位同乡华人，在同乡华人的关心和照顾下，叛逆青年渐渐找回了自己对故土的归属感和认同感，也初步有了留学后回国创业的设想。

在国家吸引留学青年回归创业和地方不断优化营商环境的各种政策支持下，留学青年阿明决定回乡创业，用自己的所学回报故土和国家。《此物尽相思》旨在反映近年来，广东省江门市不断优化营商环境，出台一系列减税降费政策，吸引了越来越多的留学生和华侨华人归国创业兴业的良好局面。

《此物尽相思》的影片镜头还融入了碉楼、陈皮等独具江门侨乡特色的元素。人物故事和独具特色的侨乡城市景物交织融合，让影片更具有艺术性和观赏性。

（推荐者：张建敏）

文稿

阿明：男，23岁，祖籍江门新会，在深圳长大的新加坡留学生。性格倔强独立，有主见，喜欢新鲜事物，不会说方言，对故乡的感情不深。因为留学期间私自改学建筑学，与父母闹掰。

阿巧：女，50岁，祖籍江门开平，祖上移居新加坡的华人，在牛车水经营一家糖水铺。性格温良淳朴，保守内敛。为了供在美国的儿子读书，一直不敢作出改变。

其他角色：沛叔（男，50岁，会讲粤语）、同乡会主席（男，35岁）、萍姨（女，70岁，会讲粤语）、房东（讲普通话）、税务员2人、青年建筑师3人。

■■	1	时间	日	场景	内：阿巧糖水铺后厨
出场人物	阿巧				

阳光照在厨房的案台上，阿巧取出红豆，动作熟练地冲洗，浸泡，然后从一只中式碗中拿出陈皮，刮掉白瓤，切成小块，放入瓦煲中煮沸。将浸泡好的红豆一并倒入，盖煲炖煮。之后滤干豆汁，将豆沙和陈皮碾成细沙后再次倒入豆汁中，加黄冰糖煮沸，倒入新瓦煲。

阿巧双手拎着装着陈皮红豆沙的瓦煲走出厨房，前景留下案台上的陈皮与红豆等食材。

出片名——《此物尽相思》。

■■	2	时间	日	场景	内：阿巧糖水铺
出场人物	阿巧、阿明、沛叔（仅声音）、表姐（仅声音）				

新加坡牛车水唐人街上，人流熙熙攘攘。

阿巧坐在糖水铺门口的甜品车上，看着英语书籍练习口语。

阿巧：（练习英语）Hello, my name is Peter. Nice to meet you. Nice to meet you, too. You are welcome.

这时有熟人经过。

路人沛叔：（广东话）阿巧，又在学英文啊？

阿巧：（广东话）哦，随便看看而已。

路人沛叔：（广东话）是不是要去美国照顾儿子啊？

阿巧：（广东话）不是啊，沛叔。

　　阿巧微笑着目送沛叔，笑着摇摇头。

　　阿巧正准备回过神看书，却发现甜品车上有水渍，拿抹布擦了水渍。这时候一个灰头土脸的小伙阿明出现，认真打量着甜品车。

　　阿巧：（广东话）要什么啊，靓仔？

　　阿明一言不发，走进店铺坐下，拿起一张菜单。阿巧有些不解地回头看他一眼，又转头回去。

　　阿巧：（广东话）桌上有菜单。

　　阿明用菜单挡着脸。

　　阿明：（普通话）陈皮红豆沙有吗？

　　阿巧有些没反应过来，又回过头去看他。阿明以为对方没听懂，拿起菜单指着说。

　　阿明：This. I want this.

　　阿巧：（普通话）哦，有的有的。

　　阿巧从瓦煲里舀出一碗陈皮红豆沙，边舀边问。

　　阿巧：要加什么？桂花？汤圆？

　　阿明：不用。

　　阿巧将红豆沙端给阿明。这时候后厨响起电话铃声。

　　阿巧：你先吃着，我接个电话。

　　阿巧去接电话，阿明鬼鬼祟祟地看着对方进了后厨，然后用勺子品了一口红豆沙，露出微微惊讶的表情，然后开始大口吞咽。墙上贴着一幅江门美景海报。

　　后厨中，阿巧正在打电话，有些心不在焉地检查着厨房案台和桌椅上的灰尘。

　　表姐：隔壁阿雪家的青柑在网上卖得那么好，你要不考虑下回来帮忙？

　　阿巧：姐，你又不是不知道，我连上网都不会啊。

　　表姐：不是还有滨仔吗，他明年就毕业了吧。

　　阿巧望向后厨儿子的照片，抹了抹上面的灰渍，然后拿起来端详。

　　阿巧：滨仔……那孩子可能想留在美国吧。

　　表姐：其实我也知道你的顾虑。现在大陆的陈皮价格那么好，今年又减税降费，很适合做生意的，你回来挣钱，够他再读个博士啦。

　　阿巧：我再考虑一阵子吧……姐，店里还有客人，先不说啦。

　　阿巧挂了电话，轻轻地呼了口气，将儿子相片放回桌上。这时她听到外面的铃铛响起，脚步声逐渐远去。阿巧才反应过来，走出厨房。

　　店铺里空无一人，只剩下空空的红豆沙碗，碗旁边放了一包陈皮。阿巧先是走到门口四处张望，没见人影。她逐一检查甜品车里的瓦煲，发现并无异样，最后拎着抹布回到那张餐桌上收拾餐具，留意到那包陈皮并拿起来仔细端详，露出疑惑错愕的表情，时不时还看向外面。

这时门口传来客人的声音，阿巧将陈皮收进围裙口袋里，连忙招呼客人。

顾客：Hello? Fragrans Dumplings（桂花汤圆），please!

阿巧：OK.

阿巧走向糖水车，日历挂在墙上，过去的日期都被阿巧圈出来，显示这一天是2019年11月17日，其他进货日期每周有做标记，11月24日标注"江门五邑同乡聚会"。

■■	3	时间	夜	场景	内：同乡会聚餐酒楼
出场人物	阿巧、阿明、同乡会主席、江门五邑同乡会众人				

同乡会聚餐的酒楼里，挂着横幅："热烈庆祝新加坡江门五邑同乡会成立50周年"。舞台上精彩的舞狮表演，引得台下同乡鼓掌叫好。

萍姨：（广东话）阿巧啊，我看着这个狮子好难过啊！

阿巧：（广东话）怎么啦？

萍姨：（广东话）你看新闻了吗？那个鱼尾狮要拆啦！我本来想带我美国来的外孙去看看的啊……

阿巧：（广东话）不是那一只……

这时不远处传来同乡会主席的声音。

同乡会主席：你起身啊，快点！

众人望向发出声音的方向，看见同乡会主席正站着与一个小伙对峙，阿巧惊讶地发现这个小伙就是那天在店里留下陈皮的阿明。

同乡会主席：你过来，（广东话）有没有人认得这位啊？

众人一言不发，阿明低着头沉默，一脸倔强。

同乡会主席：你看看，一个都不认识你！我看你分明就是来蹭饭的吧。

阿明有些被激怒了，抬起头不耐烦地说话。

阿明：我说了，我是……

同乡会主席：是什么是？我告诉你，今天是我们老乡聚会，你来吃饭，可以，但你不能骗人吧？

阿明：（一脸不服气）我哪骗人了？

同乡会主席：你连广东话都不会说，还说自己是新会人！

阿明：我看你还不像中国人呢！

同乡会主席：嘿！你过来！

主席拽着阿明想往前走，但是阿明显得一瘸一拐，被主席拉疼后骂出声。

阿明：嘶……哦！（广东话）顶你个肺啊！

■■	4	时间	夜	场景	外：小巷道
出场人物				阿巧、阿明	

阿明一瘸一拐地走在小路上，路灯照着他孤独前行的背影。

阿巧追了上来叫住阿明。

阿巧：（普通话）靓仔！靓仔！（停下）

阿明回过头，看见对方是糖水店的老板娘，立即快步往前单脚跳。

阿巧：哎，你别走啊！我知道你是谁。

阿明继续单脚跳，阿巧追上去，阿明低头偷瞄对方，一边继续往前缓慢移动。

阿明：我我我，我现在没钱给你啊。

阿巧：我不是来问你要钱的。你脚怎么了？

阿明：没事。

阿巧：这叫没事啊？要不去我店里拿点药吧？

阿明：不用了，我快到家了。

阿巧：哎，你停一下，别走了。

阿明一言不发，停下来不敢看阿巧。

阿巧：你就在这等我一下，我去拿药给你。

阿巧往店的方向走。

■■	5	时间	夜	场景	内：阿巧糖水铺
出场人物				阿巧	

阿巧从收银台下面拿出药，装进药袋。

从后厨拿来用毛巾包好的冰袋，一起放进药袋。

正准备离开时，看到挂在墙上的围裙，从里面拿出包装好的陈皮，放进袋子后快步离开。

■■	6	时间	夜	场景	外：小巷道、阿明家楼梯口
出场人物				阿明、阿巧	

阿巧跑到刚才阿明停下的位置，没看见对方，四周张望后继续往前走。

阿明扶着楼梯的栏杆，正准备往上跳跃，被阿巧看见。

阿巧：哎，你跑什么呀？

阿明：你，你跟来干吗？

阿巧：唉，你别跳了，我扶你上去。

阿明：我没事，不用。

阿巧：行了，我扶你吧。

阿巧扶着阿明慢慢往楼梯上走。

■■	7	时间	夜	场景	内：阿明家
出场人物			阿明、阿巧		

墙上挂着 John Denver 的海报，桌上有一些建筑手稿。

阿巧坐在矮凳子上给阿明看脚，将他的脚从水盆中拿出来用毛巾擦拭。

阿巧：这样疼不疼？

阿明：不疼……（按到痛处）嘶……

把脚擦干，阿巧拿出活络油。

阿巧：没骨折啊，就是这几天别下地走路了，等好了再说。

阿明：（撇了下嘴）小伤，没事的。

阿巧将活络油倒在手上。

阿巧：你怎么打个工，把自己伤成这样啊？

阿明不做解释，阿巧用活络油擦拭阿明的脚踝。

阿巧：我发现你们这些留学生啊，送出来读书，结果一个个老想着打工……（看向阿明）你租这么好的公寓，爸妈一个月给你多少钱？

阿明：我才不要他们的钱，我自己能挣。

阿巧：为什么不要？

阿明：我不想欠他们。（小声喃喃）他们什么都要管。

阿巧：哪有爸妈不管自己孩子的啊？

阿明：那也不能什么都管吧？我选专业，我的前途，还要他们说了算。

阿巧：爸妈是过来人，怕你以后吃苦头。

阿明"切"了一声，有些埋怨地将头扭向一边。

阿巧：自己擦一下脚。

阿巧起身去洗手，阿明一边擦脚，一边有些好奇地问。

阿明：那个，你是新加坡人吧？

阿巧：算是吧。但是我祖籍是江门开平的，（看向阿明）离你们新会很近。

阿明：你相信我是新会人啊？

阿巧：信啊，这个……我能不信吗？

阿巧擦干净手，从袋子里拿出陈皮。

阿明看着老陈皮，有些尴尬。

阿明：你怎么把它带上了……嘶（把脚放地上，端坐起来），我这个可比一碗红豆沙值钱啊。

阿巧：我知道，这陈皮有个十几年了吧。

阿明：23 年。

阿巧：（有些惊讶）这么好的陈皮，谁给你的？

阿明：（一脸不爽）我妈。

阿巧将陈皮塞给阿明。

阿巧：拿着，收好。

阿明：我不要，不要。

阿巧：收好了！这么好的东西，以后别再拿去抵账了。

阿明看着陈皮，犹豫片刻。

阿明：那这样吧……

阿巧：嗯？

阿明：你把你手机号告诉我，我过几天 PayNow 把钱还你。

阿巧苦笑着拿出手机。

阿巧：我压根都不会上网，你看我这手机……我把手机号给你吧，之后要帮忙就打给我。

阿明：那不行。（站起身）我的做人准则，无功不受禄。等我过几天打工挣了钱，直接送到你店里。

阿巧：（笑着说）都这样还想着打工啊？你这脚没个十天半个月，哪好得了啊？

阿明：你放心，我这身体，明天就能好！

阿明眼神坚定地看着阿巧。

■■	8	时间	日	场景	内：阿明家
出场人物	阿明				

窗外阳光明媚，屋子里的阿明拖着伤腿举步维艰，满脸痛苦。

阿明从冰箱里拿出牛奶，缓慢移动到桌上。发现少了东西，又去拿鸡蛋，进到厨房。

阿明在厨房煎鸡蛋，结果盐离灶台太远，又缓慢移动过去拿盐，回到灶台发现蛋已经焦了。他手忙脚乱，一不小心又把盐给撒了。

阿明穿上衣服出门买食材，走路一瘸一拐，走到楼梯口艰难下楼，一个踉跄摔倒在地。

■■	9	时间	夜	场景	内：阿明家
出场人物			阿明、阿巧		

阿巧在阿明家厨房做菜，阿明的厨房一片狼藉，焦蛋和撒的盐在垃圾桶里。

阿明从房间跛着脚走到客厅，手上拿着学习资料，观察了一下厨房里的阿巧，在客厅坐下。

阿巧：厨房的东西都能用吧？

阿明：呃，用吧。

阿巧：怎么有股焦味啊？

阿明有些尴尬地撇嘴，然后低头学习。

阿巧：说了你好不了吧？（过了一阵子）这么好的棕榈油你都浪费啊。

阿明认真地学习建筑知识，本子上记满了重点以及建筑手绘。厨房里传来阿巧做菜的声音。

阿巧将两菜一汤端上桌，阿明看着直咽口水。阿巧将饭盛好坐下。

阿明开始狼吞虎咽起来。

阿巧：你几天没吃饱了？（叹口气）吃得惯吗？

阿明：呃，洒洒水。

阿巧：（笑了）那个叫"嘛嘛地"。哎，你怎么不会说家乡话？

阿明：我在深圳长大的。

阿巧：难怪……

阿巧也开始动筷子，两人认真吃饭。

阿明：说实话吧，阿姨，你这江门菜做得还挺地道。

阿巧：（轻轻笑了）这就是些家常菜啊。你叫我阿巧姐吧。

阿明：可是阿姨，你不是一直在新加坡吗？

阿巧：哎，从小我就喜欢跟着爷爷琢磨这些菜。他老人家还跟我说什么，读书可以比不上姐姐，但是做菜这一脉，必须要好好接下来。（摇头）

阿明似懂非懂。

阿明：那这样吧，阿姨……阿巧姐，无功不受禄，你这么帮我，我也带你看看我喜欢的东西吧。

阿明带着阿巧走进卧室。卧室里摆着"流水别墅"等各种建筑模型、一些明星建筑师的海报。阿巧下意识检查了一下台面上是否有灰尘。

阿明：你看，这个叫"流水别墅"，是20世纪一个美国人设计的。因为是建在一个瀑布上，所以叫"流水别墅"，很酷吧。

阿巧：嗯……（似懂非懂地点点头）

阿巧看向另一个建筑模型，阿明向她介绍。

阿明：（指着另一个）还有这个，美国国家美术馆，是一个华裔建筑师设计的。

阿明指向墙上的海报。

阿明：就是这位，贝聿铭老师，我的偶像……他设计的建筑是最有几何感的。

阿巧：确实还挺好看的。

阿明：是吧？我再给你看点别的。

阿明单脚跳到电脑旁。

阿巧俯身检查灰尘，同时说话。

阿巧：所以你跟你爸妈闹别扭，是因为学了这个呀？

阿明：对，我来这边自己换的专业。

阿巧：为啥不和他们商量呀？

阿明：哼。他们只觉得金融好，（回头弄电脑）没啥好商量的。

阿巧被放在边上的一个相框吸引，上面是阿明小时候过生日的照片，照片里桌上有一碗红豆沙，上面写着日期：11.17。旁边有一张纸条："Tell they：You can take responsibility for your decision."

阿明：哎，对了，阿巧姐，你有什么喜欢的建筑吗？

阿巧：这个我真不了解……哎，我觉得我们江门的碉楼还挺好看的。

阿明：哦，碉楼啊，我小时候见过。（看向电脑）我搜一下……

阿明用谷歌搜出一些碉楼的照片。

阿明：哦，我有听说，这些建筑是当年华侨回国建的，但是现在看来有点落伍了。

阿巧不是很赞同的样子，走向电脑前。

阿巧：没有吧，我看着挺气派的……你知道碉楼怎么建成这样的吗？

阿明：不太知道……

画面停留在屏幕里一张碉楼照片上。

■■	10	时间	日	场景	内：阿明家
出场人物			阿明、阿巧		

上一镜头的碉楼照片被阿明画在纸上，画外传来英文纪录片的讲解。

（英文解说：Why is the watchtowers of Jiangmen designed like this? In the mid-19th century, a group of Jiangmen farmers crossed the Atlantic Ocean and came to San Francisco for gold. We call them gold diggers. Some of them made a lot of money in the United States, so they returned to their hometown and build ancestral homes with western architectural drawings. Jiangmen Watchtowers has gorgeous decoration, integrating the essence of Eastern and Western classical aesthetics. In addition, they are tall and tough, which can resist the rampant bandits at that time.)

阿明一边画着碉楼，一边听 iPad 里的纪录片解说。

阿明被页面边窗的江门美食 Vlog 吸引，点进去看了一会，拿着 iPad 起身。

阿明走路稍微比之前顺畅，走到客厅烧了水，将 iPad 放在餐桌上，进到厨房，取出一包新加坡泡面。

（江门美食 Vlog 的背景音仍在继续）

水烧开后，阿明在餐桌坐下，正准备撕开泡面袋子，目光被 iPad 里的美食吸引。

阿明看了看泡面袋子，看了看 iPad 上的烧鹅和黄鳝饭，走回厨房，把泡面放回原处。

■■	11	时间	夜	场景	内：阿巧糖水铺
出场人物			阿明、阿巧		

阿巧正看着手机发愁，短信显示："姐姐：最近这段时间扩张需要些资金，你能否借点钱给我周转一下？"

阿明提着几袋菜，来到阿巧的店铺。阿巧正在点账。

阿巧：阿明，刚想找你来着。怎么买那么多菜啊？

阿明将买来的菜拎高。

阿明：阿巧姐，无功不受禄，谢谢你之前照顾我。

阿巧打量着菜，欣慰地笑着。

阿巧：哎呀，你客气什么？

阿明：给你的，拿着吧。

阿巧接过阿明手中的菜，走进厨房。

阿巧：那你先坐，我炒几个菜。

阿明坐下来，这时阿巧拿着一份烧鹅从厨房出来。

阿巧：你说巧不巧？刚才隔壁沛叔也给我送了烧鹅。我本来想打电话问你要不要过来吃的。

阿明：新会烧鹅吗？

阿巧：是啊，你们是老乡，下次介绍你们认识一下。

阿明：算了吧，我不爱认识生人。

阿巧：懂事点，孩子。

阿巧进到厨房，将菜从袋子拿出来放在桌上，嘴上仍在说话。

阿巧：来人生地不熟的地方啊，第一件事就要找老乡。我们都是这么相互照顾着过来的……

阿巧认真地做菜。

阿明坐着看手机，刷着江门美食，咽了咽口水，于是起身偷看厨房。

厨房里阿巧利索地洗菜，切菜，切肉，下锅……各种烹饪手法娴熟。门外的阿明看得出神。

阿明轻轻地走进厨房，有些拘谨地说话。

阿明：那个，阿巧姐。

阿巧：嗯？饿啦？

阿明：不是……你能教我做菜不？我想认真学几个江门菜……

阿巧有些好奇地转头看向阿明。

阿巧：（笑着）你这是怎么了？想家了是不是？

阿明：怎么可能……我就是想不用回家，就能吃到这些，所以才要学。（端起一盘烧鹅）

阿巧：欸，你还没洗手呢，别动那个（抢过烧鹅盘子）……这样吧，你先把人家沛叔的手机号记一下。

阿巧擦干净手，拿出手机。

阿明：我有你的不就行了吗？

阿巧：我又不上网，万一有事联系不上呢？

■■	12	时间	夜	场景	内：阿巧糖水铺
出场人物	阿明、阿巧				

（第 13～16 场，以背景音乐、碎片镜头和人物衣着转换体现时间推进，时间控制在 1 分钟左右）

■■	13	时间	日	场景	内：阿明家
出场人物	阿明				

阳光明媚的早晨，阿明按掉闹钟起床。

阿明收拾好行头背上书包准备出门，忽然停住，从厨房拿出新围裙折进书包。

■■	14	时间	日	场景	内：阿巧糖水铺
出场人物	阿明、阿巧				

傍晚，阿明拎着菜到阿巧店里。

阿巧示范做菜给阿明看，阿明试吃后露出惊喜的表情。

阿明在阿巧的指导下做菜，两人品尝后难以下咽。

阿巧跟阿明讲解做菜，阿明争着要炒勺，一旁的阿巧笑着看他，并找来佐料帮他下锅。

平移长镜头展现两人买菜回家、做菜、吃菜。

阿巧吃阿明做的菜，微微点头。

阿明开始独自上手做菜，动作干练。一旁的阿巧欣慰地看着。

■■	15	时间	夜	场景	内：阿明家
出场人物			阿明		

阿明卧室的钟显示晚上十点。阿明看着建筑书籍，从床上起身。

阿明在自己的厨房看着佐料思考，突然眼前一亮，打火炒菜。

■■	16	时间	日	场景	内：阿巧糖水铺
出场人物			阿明、阿巧		

阿巧张罗着店面，阿明端着做好的菜来找她。阿巧尝了一口，连连点头。阿明有些得意地从包里拿出新加坡肉骨茶粉和咖喱酱，指向食物，并竖起大拇指，阿巧笑着摇了摇头。

■■	17	时间	日	场景	内：阿巧糖水铺后厨
出场人物			阿明、阿巧、表姐（仅电话声）		

牛车水户外张灯结彩，人们在街头放起烟花和鞭炮。

糖水铺的后厨，阿巧正在与表姐打电话。

阿巧：那个，钱的问题真的不用我帮一部分了吗？

表姐：放心啦，我之前是不知道，原来大陆这边有个什么"银税互动"，就是只要你纳税信用好，就很容易贷款啦。现在都搞定了。

阿巧：太好了，那你好好干啊，姐。

这时后厨门被打开，阿明提着大包小包的菜进来，跟阿巧打招呼，阿巧看着阿明提的东西。

表姐：嗯，那我先忙做菜啦，明年一定要回来过年啊。

阿巧：没问题，新年快乐啊，姐。

阿巧挂了电话，看着阿明，阿明正在将大包小包的菜拿出袋子。

阿巧：阿明啊。

阿明：嗯？

阿巧：听说广东那边这几年税收都有优惠哦，特别针对你们这种高学历人群。你不考虑毕业回去吗？

阿明：我可不考虑。

阿明一边从袋子里拿东西一边说话。

阿明：（回过头）我还想多读几年书，然后找个建筑大师的事务所上班，那样比较酷。

阿巧：（点点头）也是……欸，你买了些什么？

阿明：菜啊，按你列的单子买的。

阿巧：那……这些呢？

阿巧指着阿明买来的一些甜品原料、果酱等。阿明窃笑着一样样拿起来。

阿明：哈哈，说了帮你搞点创新嘛。你看，忌廉、芋圆、糯米粉，还有几种口味的果酱……这些东西在国内很常见的。

阿巧：可是，广东的糖水有放这些吗？

阿明：没有吧，但可以试试啊，创新是第一生产力呢。

阿巧：（笑了）你怎么老想些不着调的？

阿明：哪不着调了？反正我来试，不成功也算我的。

阿巧：唉……你先把菜洗了吧，正经事先做了。

阿明把东西收进袋子，阿巧随手拾起一个，检查保质期和灰尘。

■■	18	时间	夜	场景	内：阿巧糖水铺
出场人物	阿明、阿巧、滨仔（仅电话声）				

唐人街室外到处放起烟花，欢度春节。

阿巧和阿明对坐着吃饭，桌上摆着各种食物。

阿巧凑近阿明，认真对他说话。

阿巧：我觉得你还是给你妈打个电话，拜个年吧。

阿明沉默了片刻，咽下口中的菜。

阿明：哼，算了吧，我不习惯说客套话。

阿巧：（叹了口气）唉，10月吵到现在，该和好了吧？

阿明：你又不知道他们骂我多难听。

阿巧：我是不知道，但是我知道，他们现在肯定很担心你，一个人在那么远的地方，不领生活费，也没个消息，就连过年都没个问候。

阿巧有些无奈地看向手机，没有任何消息。阿明察觉到阿巧有些失落，东张西望后指着墙上的江门风景海报说话。

阿明：阿巧姐，阿巧姐？要不咱聊点开心的吧……我一直好奇，这些海报是你家吗？

阿巧看向海报，笑了。

阿巧：是我从小长大的村子。

阿明：你不是祖上就来新加坡了吗？

阿巧：是啊，但是那边一直都有亲戚在，所以小时候每年放假我都要回江门。你看，那栋是我们家的碉楼。

阿明：那里头有人住吗？

阿巧：（摇头）空着很多年了。

阿明看着海报入神，阿巧继续指着海报。

阿巧：但是旁边这些果园啊，农田啊，倒是被我姐姐回国接手了。以前，她就爱带着我在里头捉迷藏，摘果子。那里每年夏天有荔枝，秋天有甜橘……唉，好多年了。

阿巧看着海报入神。

阿明：你没有考虑过回去吗？

阿巧回过神来，有些沮丧。

阿巧：唉，年纪大了，哪有那么容易……还要供儿子读书，回不了，不敢回啊……也不知道他在美国记不记得今天是春节。

阿巧再次无奈地看了看手机，苦笑。

阿明也看了看自己的手机，上面有多个来自妈妈的未接来电。他抬头望向阿巧。

阿明：阿巧姐，能问你个事吗？

阿巧：什么事啊？

阿明：我在你这蹭了年夜饭，无功不受禄，你可不可以教我说一句粤语，就当我替你儿子说给你听？

阿巧：（笑了）好啊，你想学哪句？

阿明：我想学……"我回来了"。

阿巧：我、翻、黎、啦。

阿明：（发音不标准版）我、发、黎、啦。

阿巧：我、翻、黎、啦，不是"发"，是"翻"，我、翻、黎、啦。

阿明：我、翻、黎、啦。

阿巧：差不多，"我、翻、黎、啦"。

阿明：我、翻、黎、啦，我、翻、黎、啦……妈，我……（被打断）

阿巧的手机响了，是儿子的来电，一脸喜悦。

阿巧：喂，滨仔啊……新年好啊！

滨仔：妈，新年快乐，恭喜发财！

阿巧：你也是啊，学业顺利！吃饭没啊？

滨仔：还没呢，专门早起给你拜个年。

阿巧：谢谢儿子啊……你那边冷不冷啊？

阿明看阿巧打电话很投入，便收拾碟子进厨房。

滨仔：冷啊，比去广东还冷……妈，你吃饭了吗？

阿明将碗筷放在厨房台面上，打开冰箱，犹豫了片刻，从里面拿出泡着的红豆。厨房外传来阿巧的对话。

阿巧：我吃着呢。我跟之前和你说过的那个男孩一起吃的。等你回来带你们认识啊……

阿明将红豆放进锅里煮，然后从口袋里拿出老陈皮。

阿巧：哎，你们同学几个怎么过春节啊？（过一会儿）哦，别去酒吧啊……

厨房外的阿巧正在和儿子打电话，一脸喜悦。

滨仔：妈，我跟你讲个正事。我明年毕业以后呢，打算跟几个同学一起回江门创业，他们负责技术，我管财会融资这一块。

阿巧：（有些惊喜）真的假的？美国跟中国情况不太一样的哦。

滨仔：放心，我早就调研过了，现在中国创业条件是最合适的。

阿巧：太好了，你大姨早就想叫我们回去了，太好了。

厨房里阿明切好陈皮，放进锅里。

厨房外的阿巧正在和儿子打电话。

阿巧：那个，儿子啊，妈有段时间没给你打钱了，还够吗？

滨仔：哎呀，妈，别担心啦。我有自己打工挣钱的。

阿巧：你又打工啊，别又耽误学习啊。

厨房里阿明正准备将煮好的红豆沙端出来给阿巧，听到电话停住了。

阿巧：嗯，自力更生是好事。但是妈跟你说，没钱就马上告诉我，千万不要借钱，不要赊账、抵赖，很丢脸的，知道吗？

厨房里，阿明躲在门后听他们打电话，将那碗红豆沙放在了桌上。

阿巧：我们有钱就花，没钱就省着点。一定要踏实节俭，诚信为本。做人得脚踏实地，知道吗？

滨仔：知道了……你和我说过好多次了，妈！

阿巧：妈妈呢，最不喜欢那种没钱还想着享受的人了……

阿明走出厨房，和阿巧打了个招呼。

阿明：我出去一下。

阿巧：（对着阿明点点头，转向电话）你别嫌妈烦哦。春节嘛，妈妈肯定想跟你多啰唆几句啦。

滨仔：好啦好啦……妈，你知不知道现在有个流感很可怕啊……

■■	19	时间	夜	场景	内：阿明家门口
出场人物			阿明		

鞭炮声、礼花声从远处传来。

阿明走到家门口，掏出钥匙准备开门，插到一半又停住，把钥匙拔出，看看手机，上面依旧是妈妈的未接来电。阿明放下手机，用手敲门。

阿明：（广东话）妈，我翻黎啦。

门口一片寂静，楼道外是热闹的烟花景象。

■■	20	时间	夜	场景	内：阿巧糖水铺
出场人物			阿巧		

厨房里，一碗新鲜的红豆沙在桌上摆着，阿巧尝了一口，陷入沉思。

■■	21	时间	日/夜	场景	内：阿明家
出场人物			阿明		

阳光明媚的早晨，床上的阿明看了看手机，然后起身。

阿明从冰箱里拿出牛奶，移动到桌上，发现少了东西，又去拿鸡蛋，进到厨房。

阿明在厨房煎鸡蛋，动作娴熟，鸡蛋翻面色泽均匀。

阿明端着鸡蛋回到餐桌，发现阿巧正打电话来，阿明按了静音，坐下来吃蛋。

回到卧室，阿明时而操作电脑，时而画图，时而躺床上发呆，时而摆弄模型，时而看看手机。

阿明坐在电脑前看消息，时钟显示已是夜晚九点。床头放着那包老陈皮，以及阿明小时候的生日照片。

■■	22	时间	日	场景	内：阿明家
出场人物			阿明、房东（仅电话声）		

晴朗的早晨，卧室里传来手机响声。

阿明不耐烦地从床上起身，看了一眼电话，是房东打来的，心里一怔。阿明接起电话。

阿明：你好啊，房东大哥。

房东：老弟啊，和你说个事。

阿明：（有些紧张）怎么啦？

房东：呃，是这样的，我亲戚一家本来是来这边过年的嘛，但是现在不是疫情嘛，不知道什么时候可以回国，所以可能要暂时搬到你那边住，你看看这几天能不能找其他合适的地方，实在不好意思啊……

■■	23	时间	日	场景	外：阿巧糖水铺门口
出场人物	阿明、房东（仅电话声）				

阿明匆忙地跑到阿巧的店铺，发现大门紧闭。

阿明蹲在门口拨打阿巧的电话。

电话提示：Sorry，the number you dialed is not in service.

阿明沮丧地蹲在门口，这时电话打来，阿明期待地拿出手机，发现是房东。

房东：老弟啊，我先把钱退给你吧，这样方便你找房子。

阿明：啊？我不是很久没交房租了吗？

房东：你妈妈11月的时候就把一年的房租都给我啦。

阿明呆住了。

房东：我多给你两个月的钱做补偿，你看行不行？实在不好意思啊。

阿明：不……不用了。

房东：用的。我直接 PayNow 给你哈，转账给你妈妈还要手续费……

通话结束，阿明坐在店门口呆住。

夜晚的巷道里，阿明一边啃干粮，一边拿出手机，看着通讯录里妈妈的号码，深呼吸了一口，滑动屏幕，上面显示出沛叔的号码，打通电话。

（第24～30场以碎片镜头交错叠化、声画错位等剪辑配合情绪背景音乐，时间控制在1分钟）

■■	24	时间	日	场景	内：阿明家门口
出场人物	阿巧				

阿巧连续敲阿明家的门，无人应答。阿巧检查了一下门把手上的灰尘，黯然离开。

■■	25	时间	日	场景	外：阿巧糖水铺门口
出场人物	阿明				

阿明孤独地坐在糖水铺门口与沛叔通话。

阿明：喂，你好。

沛叔：喂，是阿明吧？

阿明：啊？你知道是我啊。

沛叔：唉，阿巧走之前都和我交代过了，让我随时照应你。有什么事吗？

阿明头靠在墙上，感慨万千。

■■	26	时间	夜	场景	内：阿巧家
出场人物	阿巧				

阿巧收拾行李，准备离开。

整理物品时发现一张2019年的旧挂历，11月17日被标记起来：阿明生日。她端详了片刻，将挂历装入行李。

阿巧不舍地看了看房子，拖着行李离开，关上了门。

■■	27	时间	夜	场景	内：阿明家
出场人物	阿明				

阿明看着床头自己小时候生日的照片，盯着上面的红豆沙陷入沉思，之后将照片放入行李中。

■■	28	时间	夜	场景	内：沛叔家
出场人物	阿明、沛叔				

沛叔推门带阿明进入新的卧室。

阿明在卧室中埋头学习，笔记本上写满建筑笔记。

（画外是关于国内在疫情防控期间经济表现良好、创业欣欣向荣的资讯——部分插入网络视频画面）

阿明翻动日历，时间到达2021年。

即将毕业的阿明欣慰地看着自己毕业设计的建筑图纸，内容是关于碉楼的活化。

阿明抬头看向桌子远处的碉楼海报。

■■	29	时间	日	场景	外：塘口社区与碉楼群
出场人物	阿明、建筑师群演3人、税务员2人				

飞机划过天空。塘口镇归来的巨幅画像。

阿明在塘口采风调研，行走在田野与小巷间。

税务员正在户外给阿明讲解税收服务。

税务员 A：这一户呢，是建档立卡贫困户梁叔，您把他招过来一块儿干，连续三年都能享受 7 800 元的税款减免。

阿明在古楼与其他建筑青年讨论方案，"指点江山"。

阿明与村民在稻田旁共同策划打造乡村网红体。

碉楼的修缮工作正在进行，阿明看着工人们辛苦劳作，十分欣慰。

■■	30	时间	日	场景	内：塘口室内（大采光空间）
出场人物			阿明、税务员 2 人		

大采光办公空间里，税务员正在细心地给阿明科普纳税事务。

税务员 B：您这类工作室属于小规模纳税人，现在每季度销售额未超过 45 万元可享受免征增值税优惠。

■■	31	时间	日	场景	塘口社区
出场人物			阿明、本地青年建筑师、阿巧		

江门碉楼和田野，午后一片祥和。

阿明与本地建筑师正在田野里调研，田野林立着碉楼。

青年建筑师：这一片村子目前都纳入社区活化范围了。这些碉楼立面也需要翻新。比如这一栋，你看。

本地建筑师指向远处的碉楼，阿明看过去，心中百感交集。

青年建筑师：他们家基本都是华侨，现在很多也回来了。有一个还在我们活化的社区里开商铺。

阿明：你先过去那边看看，我去里面转一圈。

阿明朝着碉楼，走向田野深处。不远处，阿巧正在检查稻子，抬起头看见了正在走来的阿明。

阿巧和阿明定在原地，久久微笑着。

田野里，春稻随风摇曳。两人坐在碉楼下的平地上泡茶喝。

阿巧：听沛叔说你几个月前就回国了，可是一直没来找我，还以为你又出去留学了。

阿明害羞地低下头，之后微微抬起头看天。

阿明：我只是想着，见你之前，总该有点改变吧……就像这碉楼，如果一直不修不用，那只会越来越陈旧。

阿巧笑着微微叹气，看向阿明。

阿巧：你这孩子，没少让人操心的，倒还会说大道理了。

阿明：阿巧姐，听说你在塘口社区开了间糖水铺，生意很不错啊。

阿巧：（笑着摇摇头）只是受你启发，让滨仔他们帮我试了点新品……像你说的，人总该有点改变啊……

阿明和阿巧都看着天空。

阿巧：这次回来，打算休息多久啊？

阿明：嗯？我毕业了，回来开了个工作室，做古建筑修缮和社区活化。

阿巧：（似懂非懂）不是建筑设计了吗？

阿明：当然也是，只是换了一种这里需要的方式。以前我一直想着当什么建筑大师，做点别人想不到的。后来学了家乡菜，又看了那么多历史资料，才发现，别人想不到的，最美的建筑，就是这里的碉楼。

阿巧欣慰地点头。

阿巧：碉楼是真的很美。

阿明：你知道吗？其实就是因为这里的碉楼，我们才会记住我们是一个地方出去的人，所以无论到哪儿，我们都会拜一样的祠堂，老乡之间都会相互照顾，就像你当年说的一样。

阿巧欣慰地笑着。

阿巧：我们到店里聊吧，我煮碗陈皮红豆沙给你喝。

阿明：（笑着）行，但是无功不受禄，要煮就拿这个煮吧。

阿明从口袋里拿出当初用来抵账的老陈皮递向阿巧，阿巧十分惊喜。

阿巧：你还一直留着它呢？太好了。

阿巧接过陈皮，下意识检查包装上的灰尘。

阿明：我算是明白它的意思了，陈皮25年成材，我和它同岁。

陈皮包装在阳光下被照得通透，远方的春稻随风摇曳，碉楼在田野里挺立着。

■■	32	时间	日	场景	阿明家的祖宅
出场人物	阿明、阿明母亲（仅声音）				

一栋围院老宅，阿明走到一户门口，轻轻敲门。门内传来中年妇女的声音。

阿明母亲：（普通话）谁呀？（一直无人应答，改说广东话）边位啊？

阿明：（广东话）妈，我翻黎啦。

（本文稿为剧本，拍摄成片有改动）

为癌而战
（纪录片）

扫码观看

🎞 **作品信息**

1. 故事梗概

《为癌而战》主要有三条故事线，讲的都是癌症儿童家庭来广州治病的故事。第一条故事线是 2 岁的李凯浠治病的故事，她患有神经母细胞瘤，中期，做完手术后效果不理想，体内的癌细胞仍在生长，她的妈妈莫洁雯一边顶着家里人要她放弃孩子治疗的压力，一边继续寻找新的治疗方案。第二条故事线是 6 岁的陈凯丰，他患有肝癌，晚期，很多医生表示无力回天，劝他的妈妈巫敏丽放弃治疗带孩子回老家，但是妈妈不甘心、不放弃，仍在寻找一丝治疗的希望。第三条故事线是 9 岁的谢凯研，他是骨肉瘤患者，妈妈罗响英一个人带着 3 个孩子，凯研的姐姐因为弟弟治病没钱而辍学，凯研的手术难度极大，有终身瘫痪的风险，妈妈陷入思想斗争中。

2. 作品截图/海报

3. 创作人员分工

导演：王子牧

拍摄：王子牧、姜婉茹

剪辑：王子牧

推荐语

　　一直以来，"癌症"都是我们不愿意去谈论的一个词语。身边有人不幸患上了癌症，很多人内心也只能是感慨一下生命的无常。作为癌症患者这样一个群体，当他们必须面对这样的命运时，除了痛苦、无可奈何之外，他们的身上还展现出坚韧、乐观又充满活力的一面。

　　纪录片《为癌而战》将镜头对准癌症儿童这个群体，记录了在广州公益机构"抗癌小家"里生活的三个家庭的故事。创作者耗时半年，开放式跟拍记录了三个孩子的治疗过程。这类选题深刻反映了社会大病医疗的现实情况，具有社会警示意义。在拍摄上也能够看出创作者的用心之处，在视听语言处理上展现了影视艺术研究生应该具备的艺术修养。创作者合理运用声画语言，从构图、运镜、光线、色彩和配乐上真实呈现人们看病就医的过程，使观众在观影中获得"身临其境，眼见为实"的感受，增强了纪录片的共情力、感染力。在后期剪辑方面，创作者采用了多线叙事结构，将三个家庭的故事交叉剪辑，让观众情感跟随片中人物命运的变化而变化，甚至产生与片中人物相同的情感反应，增强观众情感共鸣。总的来说，虽然是一部学生作品，但该片直面人性的冷与暖，聚焦脆弱的医患关系，真实记录了癌症儿童的生存现状，让更多人了解癌症对个体以及家庭的打击，不仅让人们对现代医学、医患关系有了新的认识，还向观众传达了对生命的敬畏与人文价值的思考，是一部值得观赏的优秀纪录片作品。

　　生老病死是人之常情，但是很少有人能够从中参透生命的本质。也许有人会认为，患上癌症的人很难有未来，但《为癌而战》这部纪录片以真实的抗癌故事和感人的个人经历告诉我们，生命不止于病痛，也不关乎生死，癌症不是所向披靡的，我们每个人的未来都掌握在自己的手里。

（推荐者：陈喆）

作品阐释

1. 选题背景

21世纪以来，随着人民生活水平的日益提升，大众愈发将目光聚焦在社会保障、医疗健康等民生问题上。癌症被称为"众病之王"，虽然人类的医疗水平不断发展，但是离真正攻克癌症还存在一定距离。"谈癌色变"仍然是一个现实问题。疾病与生死，曾经是人们一再回避与抗拒的话题，但当癌症已经成为人类生命健康的重要威胁之一，当生死话题不断进入人们的视野，我们需要重新审视疾病与生命的关系，以更真实的视角走进癌症，探索生命真正的意义与价值。一次偶然的机会，我认识了一位"广州小家"的志愿者。广州小家是中国本土的非营利民间机构，致力于为远离家乡来广州治疗的贫困孩子和家长提供温暖舒适的居住环境，从2014年开始，为急需帮助的大病患儿以及家属提供基本生活、心理关怀等方面的帮助。"小家"免去了孩子和家长的路途奔波之苦；提供齐全的厨卫用品、家具、家电，免费的粮油、日用品，也为贫困患儿募集医疗费，定期组织探访，通过陪伴关怀，让孩子和家长们感受到来自社会的温暖。"小家"的存在，让在病痛中挣扎的孩子得到家的庇护，让承受着巨大精神压力的父母有一个放松的空间，给他们带来更多的希望和力量。因此我想拍一部关于癌症儿童治疗的纪录片，用镜头呈现病人与癌症抗争的全过程，让人们感受生命在看似最脆弱的时刻迸发出的珍贵而强大的能量，从而引导观众更加真实、理性、全面地认识癌症，让社会更多人注意到癌症儿童这个群体，并给予他们正确合理的帮扶，帮助他们走出困境。

2. 创作理念

本片采用直接电影式的创作手法。为了拍摄《为癌而战》，我花了大量时间和患儿家属们待在一起，培养彼此的熟悉感。在正式开拍之前，我先在"广州小家"担任志愿者一职，平时负责和小朋友玩游戏，或者是辅导他们的功课。有时也帮患儿家长买菜做饭，或者去医院帮他们挂号拿药。通过一天天的相处，"小家"里的家长和孩子们也放下了对我的防备之心，逐渐把我当家人一样看待。于是我开始将摄影机架在一边，随时拍摄"小家"里发生的各种事件，家长和孩子们也很快熟悉摄影机的存在，这种旁观式的记录还原了他们生病时的真实场景。在后期剪辑上，我采用了片中人物自述和重要场景跟拍相结合的方式讲述抗癌故事，将三个孩子的抗癌经历交叉剪辑，让三个家庭的命运相互衬托，相互对比，增强故事的可看性和冲突性，使讲述过程具有情感张力，引起受众的共鸣，从而完成了纪录片主题内涵的表达。

3. 人物介绍

片中主要人物是三位母亲：

第一位母亲是来自广东肇庆的莫洁雯，她的女儿李凯浠属于神经母细胞瘤中期患者，这是儿童最常见的颅外肿瘤。经过一段时间的治疗，李凯浠体内的肿瘤仍在生长，后续高额治疗费让这个家庭入不敷出，家里长辈劝莫洁雯放弃治疗，她的内心充满了矛盾与纠结。

第二位母亲是来自广西的巫敏丽，她的儿子陈凯丰被确诊为肝癌晚期，老家医院的医生都劝他们放弃治疗，但是巫敏丽不愿意接受这样的结果，带着凯丰来广州寻求奇迹，但陈凯丰的病情没有好转反而越来越严重，在广州求医无果的巫敏丽内心极度痛苦与绝望。

最后一位母亲是来自江西的罗响英，她有两个女儿和一个儿子，儿子意外摔倒，查出了骨肉瘤早期，更令人心寒的是罗响英的丈夫得知儿子患癌后便抛弃了他们，罗响英只身一人带着凯研来广州寻找做手术的机会。面对挫折与困境，她并未表现出沮丧，而是积极寻找各种途径，期望找到治愈孩子的方法。

4. 创作特色

本片主要创作特色是"真实的记录、真诚的交流、真挚的情感"。

"真实的纪录"是指在前期拍摄中采用旁观式记录，对事件和人物进行全景式跟拍记录。纪录片来源于真实，但被摄者面对镜头难免会处于一种非自然的状态之中，镜头的影响无疑是自然情感流露的一道屏障。为了打破与被摄者之间的隔阂，我花很长时间蹲守在医院和"小家"，与被摄对象建立信任关系，尽量规避拍摄的画面中包含被摄者刻意的配合和表演。因为我是单人拍摄，且拍摄纪录片不像拍摄电影那样可以预判画面，很多现场是需要抓拍的，因此我选择使用比较轻便的微单相机配合广角镜头进行拍摄。这种旁观式记录还原了他们生病时的真实场景，在这些沉痛的背后，是对生命、对人性的尊重与思考，人世的温情贯穿其中。"知其不可奈何而安之若命"，痛苦背后的坚韧顽强，是无法用言语表达的。

"真诚的交流"是指在拍摄期间我与被摄对象真诚交流，挖掘对方内心情感。他们往往处于一种极度孤独的状态，内心总有一种被理解的渴望，所以我在和他们沟通时，尽可能地规避猎奇心理，而是以全程陪伴的方式和患者相处，在不干扰患者正常治疗的前提下挖掘其情感诉求。

"真挚的情感"是指在后期剪辑中融入情感元素，让纪录片更具温度和深度，观众在观影过程中也能产生共情。《为癌而战》采用了三个家庭故事交叉剪辑，每个故事片段 5~8 分钟，通过对人物命运变化的相互衬托、相互对比，不仅能持续吸引受众注意，让观众沉浸在故事中，更能调动观众情绪跟随片中人物命运的变化而变化，产生共鸣。

文稿

【字幕】去年，三位母亲带着自家的病患孩子来广州治疗，"儿童希望广州抗癌小家"为他们提供了极大的帮助。求医之路，道阻且长，但他们临难不惧，为癌而战。

【同期声】
我们能够有机会动手术的肯定动手术，说实在的。

【采访】
现在是保命要紧，医生说你这个手术一定要做，他说你不做手术，你打化疗药等于是白打、没打。

【同期声】
好烦啊。
你烦还是我烦？我看你一点都不烦。

【采访】
你不接受也得接受啊，只能面对现实了，对吧。有钱没钱都是次要的，只要她身体健康就好了。

【同期声】
你打算什么时候给他上疗，你一直在拖疗。
想上也上不了，医生说想上也没办法上。

【采访】
他只知道他生病，他不知道他病得这么严重。我不敢跟他说（实情），也不知道怎么跟他说。

【采访】
以前总是会想到，孩子只是生个小病，比如感冒、发烧、咳嗽这种，真没想到孩子会得癌症。这个群体的孩子真的需要去关注，真的需要去帮助，需要去陪伴。

【出片名】为癌而战

【字幕】广州　越秀区　儿童希望助医小家

【字幕】"助医小家"主要为异地就医的大病困难家庭搭建"家"的环境。免费提供住宿、自助厨房、生活物资，使患儿家庭可以在医院附近往返治疗，相互扶持。

【字幕】李凯浠　2 岁　神经母细胞瘤患者

【同期声】

哭了怎么办呢，饿哭了就不好看了，是吧。

我们把你喂饱饱的。

妈妈练成超人了是不是？宝宝。

【采访】莫洁雯　李凯浠妈妈

我们是十个月的时候就发现了肿瘤，当时两个月没有睡过觉，我小孩，就是她每天都会哭，因为那个肿瘤压到了气管，弄得那个气管都变窄了。

【同期声】

我来，我来。

快点，顺着她，顺着她喂药

我知道。

他牙齿都变黑了。

【采访】莫洁雯　李凯浠妈妈

当时我们到儿童医院的时候，那些医生都叫我们放弃，叫我们回家。我跟我老公说，既然已经来到这里了，就会尽全力把她治好，就算以后（治不好），以后的事以后再说嘛，至少我们是尽力了，对吧，也不想（放弃治疗），那么小的小孩。

她当时全身都是（肿瘤），就是头啊，肝啊，重隔啊，脖子啊，还有骨头那些，全身都是，都已经是多发转移的了。你不接受也得接受啊，只能面对现实，对吧，只能自己面对啊。现在感觉什么都不重要，就是照顾好她就是最重要的了。

【字幕】2020 年 11 月　医院附近的出租屋

【字幕】"助医小家"的工作人员拜访申请入住患儿家庭的临时出租屋。

【字幕】陈凯丰　9 岁　肝母细胞瘤患者

【同期声】

就是你跟孩子住在这里？宝宝你好。

叫阿姨好。

宝宝，你好。

陈凯丰，叫阿姨好。

你看手机看得太入迷了。

【字幕】李兰凤　"助医小家"工作人员

【同期声】

原发位在哪里？就在肝？是恢复一段时间再做，再决定下面的上化疗时间，那上化疗时间就不定，总共是多少个疗程，现在还没有明确的一个方案。

【采访】巫敏丽　陈凯丰妈妈

他那时候肚子疼，有一个晚上他痛得很厉害了，第二天就带他去检查。检查出来了，医生说有肿瘤，肿瘤已经转移到肺了。做了手术之后，那个肿瘤又开始长了，其实上化疗也没什么用了，那个主任也叫我们放弃，不要（让）孩子那么痛苦，可以少受点罪。

【同期声】

陈凯丰，你可以跟我聊聊天吗？

可以。

读几年级？

二年级，我回去读三年级了。

你在学校没有运动吗，有没有体育课？

有。

最喜欢的是什么体育课。

抢不到球？

抢不到球？那你就是喜欢打球咯，篮球还是足球？

足球。

噢，喜欢踢足球。

【字幕】谢凯研　9岁　骨肉瘤患者

【同期声】

他说可以放疗，做了手术也要放疗，就是说可以不做手术直接放疗，他说放疗的复发几率也是很高的。

一般的尤文式肉瘤都是这样的，化疗加手术再加放疗。

我和你说，我们能够有机会动手术肯定动手术。他们有的没做手术，没做手术最容易复发。所以今天王教授已经跟我说得很清楚了，他说，你放疗可以，复发很快，做手术的话就不会。他这样说的，他说得很直白了。

【采访】罗响英　谢凯研妈妈

去年确诊的时候是四月份吧，清明节的时候摔了一跤，回家没多久就说脚痛。五月份的时候就说那个脚的肌肉痛，我们开始也不知道是这个病，后面就不会走路了。医生说你运气还好，发现得早，还有做手术的把握。不过当时在我们那里，他说做手术只有1%的把握，我就不敢做。我来广州，是抱着一个误诊的希望。不过来到这里也是一样的，这边的医生说你现在保命要紧，这个手术一定要做。他说你不做手术，打化疗药等于是白打、没打，他说做了手术才有机会，没做手术一点机会都没有。

【字幕】李凤兰到出租屋接罗响英一家入住"助医小家"。

【同期声】

什么时候可以到小家那里啊？

下午就可以去，反正你今天不上疗。

你很想去了对吧？

是啊。

你好期待去。

他说那个大妈什么时候来接我们，整天说。

不要叫我大妈。

哈哈哈，你要不要跟爸爸视频聊一下？来，坐起来。坐起来，要不要跟爸爸视频一下。

不要。

为什么，要不要跟爸爸来个视频，告诉他你住进小家了，让他高兴一下，好不好？

我妈妈一般有什么事情都不会跟我爸爸说。

那我跟他说呀。

我爸爸不管我们。

【采访】罗响英　谢凯研妈妈

他说他从小就没有爸爸的关爱，他等于是没爸爸的感觉。他这个爸爸就是挂名的，他们根本没感情。他爸在他身上没花过一分钱，他去年也得了胃癌，也动了手术。他是先救他自己的命，儿子的命不是命，你知道吗？他这个人是有点儿这样的。

【同期声】

你的两个女儿很漂亮，凯研翻出他两个姐姐的图片给我看。

我那个大的 20 岁，就是前两天满的 20 岁，就这个月。

其实她还是想读书的。

想读书。她那天就在怪我，有一点点。说实在，读肯定是想读的。

大学考到又没得读，为了弟弟，为了妹妹，她放弃了读书。是出来社会她又经历了一些事情，知道文化的重要。

是啊。

所以太难了！

现在这个社会比不得我们那个年代，我们那个年代没有文化的人还可以拼一下，现在没有文化，拼都没得拼。

没什么机会。

她说了她现在在自学，在家里面自学，看一下明年，她再去考。

好有上进心。

【同期声】

不要搬那么多东西，该寄回家寄回家啊。小家很多东西都有，基本上都有的。你就带换洗衣服跟送饭的东西就可以。

你坐在那里先。

你扶着我。

【字幕】罗俊成　12 岁　骨肉瘤患者

【同期声】

你有几个疗啊？

不知道。

你也不知道？

不知道还要打几个呀，医生没有说。

我可能过年都还不能回去。

我也是，我可能今年也回不去了。

今年回不去也没关系了。

但是明年可能可以回去，因为我要动手术了，我可以回去。

真难喝，一点都不甜。

不要按我这里，这个脚是做手术的，这只脚没有。

做手术很痛吗？

不痛，打的麻药，那个麻药针有这么大，把我吓得腿都软了。那个麻醉针一下子打到脖子上，我眼泪都掉下来还没哭，牙齿都咬紧了。

好厉害哦，我们干了一些"惨不忍睹"的事情。

被人开膛破肚，是不是？

【同期声】

下雨了。

我们藏起来躲猫猫。下雨了，下雨了，给我挡一下雨咯。

哈哈，搞得小妹妹都好害怕。

你不给妹妹进去吗？

【同期声】

吃饭了。

煮点河粉吃好不好？

不要。

你今天都没吃东西。

妈妈在煮什么东西呀？

就煮中午的那些东西，煮不煮？

不煮。

煮那些河粉，好好吃的。

【采访】莫洁雯　李凯浠妈妈

我妈家几姐妹叫我不要治了，因为在她们的理念中，得肿瘤的人都是不会好的，治了也是白治，到时候人财两空。她爷爷奶奶是说钱都是身外物，最重要的是把她治好。就是我妈说这话我挺难受的。她那么小的一个小生命，为什么要被放弃，为什么能够说出这种话？我当时挺难受的。

【同期声】

走啊，跳舞啊。

走啊，跳舞啊。

现在都学会说普通话了。

【采访】莫洁雯　李凯浠妈妈

每次看到她学会一件事情，她说的每一句话，听起来就很欣慰，就算再苦再累也是值得的。

【字幕】2021年1月　中山医科大学附属医院

【字幕】陈凯丰因伤口感染导致腹部积水，在肝功能恢复之前无法继续上疗，面临拖疗困境。

【同期声】

我感觉管子要出来了。

管子没出来。

刚才妈妈一直扯。

刚才我不小心扯到了。

下面没有线，扯不出来。

好痛啊。

我发现你今天真的表现得很好。

【采访】巫敏丽　陈凯丰妈妈

医生明确说了，他的身体会越来越差，吃东西又吃不下。

【同期声】

好痛啊，好难受啊。我要快点好起来。

要加油。

【采访】巫敏丽　陈加丰妈妈

这几天在医院我经常哭，他就问我，妈妈你为什么哭啊，我说我看到你痛了，妈妈眼泪就流出来了，心就觉得很痛。他就说，妈妈那我不叫了，我忍住。我不叫痛了，我忍住，这样说。有时候会想到，老天爷为什么一点机会都不给他，他还这么小。

【同期声】

等会才是重头戏。

【字幕】2021 年 1 月　中山医科大学附属医院

【字幕】谢凯研准备接受骶骨肿瘤切除手术，手术风险较大，或面临终身残疾。

【同期声】

等下会冷的吧，宝宝，你是趴着做手术。

我知道是趴着做，难道还能给我侧着做？

我们一定要战胜它。加油，不哭了，没事没事，不紧张。

有什么不舒服的跟我们说啊。

没事的哈，睡一觉就好了哈。

谢谢你们，谢谢你们了。

弟弟总说要看你，干吗整天站在后面呢？

【字幕】谢凯研的姐姐坐了一夜火车，但没能在手术室关门前抵达。

【采访】谢菲　罗响英女儿

有没有读大学其实也没有那么重要，我妈压力不那么大就好了。因为她真的好累啊，她真的很累。如果你让我去读书，我压力也会很大，我自己也会很难过的。反正我能做一点是一点，也不是养不活我自己。可能帮她照顾一下我妹妹就已经给她减轻挺多负担了，她能好好地在这里照顾我弟弟。

【同期声】

怎么不叫的呢？

现在他要去 ICU。

要去 ICU 啊。

对。

怎么样了？

现在生命体征是平稳的。

手术还顺利吗？

顺利，但他还是要去 ICU 再观察一下。

宝宝。

现在他是听不到的，因为还处在麻醉状态。

宝宝。

你放心，他现在没事。

宝宝、宝宝。

术后来了。

我可以进去吗？

家属不要进去了。

我不可以是吧。

【字幕】2021 年 2 月　广州抗癌小家

【字幕】经医院检查，李凯浠体内肿瘤停止生长，莫洁雯决定带孩子回肇庆老家调养。

【同期声】

我们这个病很难搞的。

那现在医院怎么建议？

就是说拿药回去吃，稳定之后再说，她承受不了长时间化疗。

她这个年龄段已经放了十八个疗程，放疗了三个部分，再继续放疗就过度了，明白吗，现在就已经过度了，所以回去之后肿瘤有可能被吸收。

这样都给你想到啦，坐上去？

她现在精神状态很好。

精神状态很好，看不出来得病。

回家。

要回家是吧，你是不是想回家？

回家。

你在里面睡觉吧。

【采访】莫洁雯　李凯浠妈妈

反正到现在治了那么久，我们虽然说结疗了，但是复发率还是挺高的。看她以后怎么样吧，现在不想想太多了，好累啊。因为想那么多也没用，还不如什么都不想，好好过好每一天，对吧。感觉现在什么都不重要了，最重要的就是她能好，真的，她治好了一切都好了，一切都会变好的。

【字幕】2021 年 2 月　中山大学附属医院

【字幕】春节前夕，巫敏丽接受了医生的建议，放弃在广州治疗，准备返回广西老家。

【同期声】

今天啥季节？

今天啥季节呀，今天是农历二十八。过两天就过年了，就到大年初一了哦，你的新年愿望是什么呀？

身体快点好，又有火锅吃，又有烧烤吃。

你好了都满足你，好不好？

【采访】巫敏丽　陈凯丰妈妈

感觉这辈子好亏欠他，他都没去哪里玩，没有吃什么好吃的，都是想着省一点钱，现在才感觉好后悔，那时候应该多带他出去走去。

【同期声】

爸爸，你连九块钱都付不起。

哪里，付得起。

一天 100 块的工资，还买不起泡面，我不信。

爸爸是骗你的，一天 100 块，广州你都来不了。你想啊，你生病要用多少钱？

一天能赚多少钱？不要说谎。

没有没有，那要看你的情况了。

【采访】巫敏丽　陈凯丰妈妈

现在单单治病就花了十几万了。如果钱用完，可以治得好，小孩子健健康康的，那也是值了。现在是钱没了，又治不好，真的很绝望。

【同期声】

疗又不能上，吃靶向药也不行，去了一个医院又带了点希望来，带点希望，又看着一点点破灭。

这就是命啊，为什么要这样。

太难受了，我要说不下去了。

不说了。不管怎样你要坚强，绝对不能垮掉。

【采访】巫敏丽　陈凯丰妈妈

今天带他回家，我也是抱着希望，希望他回到家了，身体慢慢地就会恢复过来。没想过未来，不敢想，陪着他一天是一天，我都没想过放弃，有一点机会我都想争取，就算借钱，怎么样都行，只要治好他就行。

【字幕】2021 年 2 月　中山大学附属医院

【字幕】谢凯研手术后转入普通病房，进入术后观察阶段。

【同期声】

他背后这里有个切口，他把骨头都切掉了。

很棒的，宝宝。我们现在就好好地加油，恢复好，我们打赢了一场大仗的。

我有没有把神经切掉？

没有没有，早上教授不是给你看了，你那个腿还可以走路啊。

可以走，以后可以走路，可以大小便，知道吗，不要紧。

可是我的脚还是没有知觉。

你早上都动过了，能动就行。

不要紧，宝宝棒棒的。我们现在打赢这场仗了，知道吧？打赢了这场大仗！

【字幕】2021 年 3 月　广州助医小家

【同期声】

那个脚啊，这个右脚直着走，不要那么宽，不然到时候走路就是这样的了。

我说要拿这个走路更安全一点嘛，碰到要倒了。

你没看到过摔跤不害怕，我们看到过摔跤很害怕的，骨头摔断的话很危险的。

用手撑着走。

我脚有力气，为什么用手撑着。

你刚做完手术，你脚还有力气吗，你觉得？你一下子抓不到东西就会绊倒，有这个就不会绊倒你。

有力气的话踢起来给我看一下。

这样就舒服多了，你看。

这样就安全多了，你想去哪里我都不管了。加油凯研，你能行，你那拼命挣扎的生命，在自由地绽放；不向生活屈服，就像那根手指一样；虽然有点颤颤巍巍，但是已经见证了科学的奇迹。

【采访】罗响英　谢凯研妈妈

有的时候我一个人压力真的好大，你知道吧。这两年他得这个病，把我的想法、我的规划全部弄没了。说句实话，带我儿子这一年过来这里，要是没有遇到这些好心人，没有在这个小家，更累。我希望他以后健康成长，平平安安的就可以了。还有一个，以后也尽力去帮助人家。

【同期声】

这不是横着的吗？

这是竖着的呀。

哎，圆的那一张呢？

没有圆的，打不了那个尺寸。

漂亮。

超俊妈妈。

诶。

过年你们可以把它开一下，在家就把它打开，你看，很漂亮。

有一种过年的气氛。

有年味。

【字幕】

2021 年"儿童希望广州助医小家"一共接待了 126 个家庭，共 340 人。2022 年，儿童希望基金会将在大医院旁设立更多的"助医小家"，为异地求医的患儿家庭带去温暖和希望。

莫洁雯带凯浠回老家继续治疗，目前体内癌细胞已经被控制。

九岁的陈凯丰于 2021 年 7 月份永远离开了我们。

罗响英一家在广州顺利结疗，谢凯研体内癌细胞被完全清除。